묵향 10
외전-다크 레이디
미투랑 전투와 나이아드와의 대결

묵향 10
외전-다크 레이디

초판 1쇄 발행일 · 2007년 06월 22일
초판 3쇄 발행일 · 2015년 12월 30일

지은이 · 전동조
펴낸이 · 유용열
기　획 · 김병준
편　집 · 김민태. 김은희. 박한솔
펴낸곳 · 도서출판 스카이미디어

주소 · 서울시 동대문구 용두동 234-35번지 대명빌딩 201호
전화 · (02)922-7466
팩스 · (02)924-4633
E-mail · skymedia62@hanmail.net
출판등록 · 제6-711호

Copyright ⓒ 전동조 2015

값 9,000원

ISBN · 978-89-92133-15-9 04810
ISBN · 978-89-92133-00-5 (세트)

※ 온라인상의 불법 복제물의 유포나 공유는 저작자의 재산권을 침해하는
　중대한 범죄 행위로 관련법에 의거해 처벌 대상이 됩니다.
※ 작가와의 협의에 의하여 인지는 생략합니다.
※ 잘못된 책은 본사나 구입하신 서점에서 교환해 드립니다.

DARK STORY SERIES II

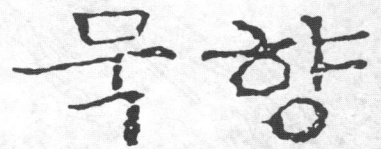

외전-다크 레이디

전동조 장편 판타지 소설

10

미투랑 전투와 나이아드와의 대결

차례
미투랑 전투와 나이아드와의 대결

•

•

•

호비트족의 욕심 …………………………7
브로마네스의 영토 ………………………26
지도에서 사라진 코린티아시 ……………41
아르티어스의 정체 ………………………59
풀줄기와 검의 대결 ………………………74
마법의 책 …………………………………85
소년 첩자 제스터 …………………………94
아르티어스 님의 목걸이 …………………102
말토리오 산맥의 침입자들 ………………113
감사합니다, 드래곤이시여 ………………132
미투랑 요새 전투 …………………………143
무엇에 쓰는 물건인고 ……………………172
마스터들의 협상 …………………………184

차례
미투랑 전투와 나이아드와의 대결

변화하는 제국의 질서 ·················194
닥쳐온 운명의 시간 ·················208
다시 나타난 정령왕 나이아드 ·················216
아주 오랜 친구의 만남 ·················223
다크의 실종 ·················236
정령계로 간 묵향 ·················243
나이아드와 묵향의 대결 ·················250
고약한 드래곤의 성격 ·················269
아르티어스의 바보스러운 모습 ·················276
풀리지 않는 비밀의 내공술 ·················280
황태자의 무도회 ·················285
새로운 여행의 비밀 ·················291

호비트족의 욕심

　전쟁은 이제부터 새로운 국면으로 접어들기 시작했다. 미란 국가 연합의 세 배가 넘는 광대한 토지를 갑자기 손에 넣은 크라레스 제국은 그 넓은 땅덩어리를 감당하지 못하고 엄청난 고생을 하고 있었다. 하지만 이제는 얘기가 약간씩 달라지기 시작했다. 크루마에서 보내온 5만 5천 명과 미란에서 보내온 4만 명. 도합 9만 5천 명의 새로운 병력이 투입되었기 때문이다. 이 새로운 병력들이 주요 병참선을 지키기 위해 투입되기 시작하자 발등에 불이 떨어진 쪽은 코린트 제국이었다.
　크라레스 제국의 점령지 곳곳에서 모습을 드러내기 시작한 9개 사단급의 병력들. 그 갑옷 위에 산뜻하게 그려진 문장으로 봤을 때, 바로 며칠 전에 그려 넣었다는 것을 어렵지 않게 상상할 수 있었다. 갑옷 한쪽 구석에 용병(傭兵)을 뜻하는 꺾어진 버드나무 문장이 그려져 있기는 했지만, 그들이 신분을 숨기고 있는 다른 나라에서 보내준 지원군일 것은 뻔한 사실이었다.

하지만 군대에 소속된 수준 낮은 병사들인 경우 이 녀석이 어떤 국가 소속인지 알아낸다는 것은 거의 불가능했다. 또 운 좋게 소속된 국가를 알아냈다 하더라도, 그 국가에다 그쪽의 병사들이 아니냐고 문책해 봤자 아무 소용없었다. 그놈은 얼마 전에 군대에서 해고되었다거나 그만뒀다고 발뺌을 한다면 더 이상 할 말이 없기 때문이다.

만약 그 상대가 기사급이라면 오랜 시간 공을 들여 키운 인물이기에 해고했을 가능성이 거의 없다고 봐도 무방하겠지만, 용병이나 하급 병사들의 경우 이리저리 떠도는 것이 하나도 이상할 것이 없었다.

자신이 태어난 국가에 대한 소속감이라든지 또는 그 국가에 대한 충성심이 있다고 한다면 얘기가 달라지겠지만, 일부 귀족들이 모든 것을 다 차지하고 있는 이런 국가 체계에서 평민들에게까지 그런 소속감이나 충성심 따위를 바란다면 오히려 그게 더 우스운 일이다. 평민이나 농노들의 경우 될 수 있다면 세금이 적고 영지의 주민들에게 살뜰하게 대해 주는 인자한 영주가 오기만을 바랄 뿐, 그 이상은 바라지도 않았다. 물론 바라는 것이 없는 만큼 그들이 뭔가를 솔선해서 해 줄 가능성 또한 없었다.

이렇듯 크라레스가 거의 10만에 가까운 병력을 추가로 배치하자 코린트 남부 집단군 사령관인 다리엔 후작은 이제 본격적으로 크라레스 침공군을 향해 압력을 가해 오기 시작했다. 더 이상 시간을 끌었다가는 적의 병참선이 더욱 든든해질 것은 불을 보듯 뻔한 사실이었기 때문이다.

최대한 바짝 땅바닥에 엎드려 몸을 숨긴 채, 망원경을 통해 앞을 살피던 사내가 옆에 있던 사내를 향해 중얼거렸다.

"정말 대단한 놈들이야. 전에도 한 번 봤지만 도대체 저 녀석들의 저 살기 넘치는 만행은 도저히 익숙해지지가 않는구먼. 안 그래, 맥스?"

사내의 망원경에는 뛰어난 무술 실력을 갖춘 몇 명의 기사들이 엄청난 속도로 돌아다니며 격투를 벌이는 장면이 포착되었다. 적들은 고작 10여 명이었다. 그나마 다섯 명 정도는 뒤에서 쉬고 있고, 학살극을 자행하고 있는 것들은 나머지 다섯 명이었다. 수십 명이 넘는 사람들이 검이나 창, 혹은 활 따위로 무장을 하고 어설프게 그들을 향해 저항하고 있었지만, 상대가 원체 강하다 보니 그것은 그야말로 헛된 발악이었다.

순식간에 수십 명이 죽어 나자빠지자 이들은 아예 헛된 저항을 포기하고 도망치기 시작했다. 하지만 그들은 악착같이 쫓아다니며 그들을 죽이고 또 죽이고 있었다.

사내와 함께 아래쪽에서 펼쳐지고 있는 지옥도(地獄圖)를 감상하고 있던 맥스 또한 그와 같은 의견이었는지 이 갈리는 듯한 목소리로 내뱉듯 말했다.

"지독한 놈들!"

사내는 눈에서 망원경을 떼고는 인상을 찡그리며 말했다.
"우우윽…, 속이 메슥거려서 더는 못 보겠군."
하지만 맥스는 질리지도 않는지 아래쪽을 계속 바라보면서 이죽거렸다.
"저 녀석들 기사 맞아? 도대체가 제정신이 박힌 놈들이라고는 생각되지 않는데 말이야."
"저놈들은 기사도 아니야. 제기랄! 그냥 달려 내려가서 저것들을……."
분노에 찬 음성을 내뱉으며 금방이라도 검을 뽑아 들고 아래쪽으로 달려 내려갈 듯한 사내를 맥스가 붙잡았다.
"이봐! 참으라구. 자네 혼자 내려가서 될 일이 아니야. 그래듀에이트만 다섯 명이야. 우리 둘 다 내려간다고 해도 저 밑에 쓰러져 있는 시체들 숫자만 더 추가해 주는 꼴이 될 거야."
"에잇! 제기랄. 지원군은 아직도 안 오는 거야? 느려 터진 놈들!"
"그러게 말이야. 이봐, 쟈크! 아직도 멀었나?"
쟈크라고 불린 사내는 간단하게 무장한 무사처럼 차려입고 있었다. 그는 마법진에서 시선을 돌리며 대답했다.
"예, 통신은 벌써 끝냈습니다. 아마 2, 3분 내로 공격대가 도착할 겁니다."
"빨리 와야 할 텐데……. 전처럼 일이 다 끝난 후에 도착한다면 큰일이야. 저 녀석들은 떼거리로 옮겨 다니니까 우리들만으로는 어떻게 기습을 가할 수도 없고 말이지."

맥스가 투덜거리고 있을 때, 망원경을 들고 있던 사내가 급히 말했다.

"이봐, 저놈들 벌써 끝냈어. 전처럼 곧장 공간 이동해 버리면 큰일인데……."

맥스도 걱정된다는 듯 말했다. 이미 전에도 한 번 이런 식으로 놓친 기억이 있기 때문이다.

"설마…, 하지만 그럴지도 몰라. 제발 빨리 와라, 굼벵이들아!"

"어어? 저 마법사 녀석 공간 이동 마법진을 그리고 있어. 어딘가로 공간 이동하려는 모양이야."

"제기랄! 이번에도 실패인가?"

그들이 투덜거리고 있을 때, 저 아래쪽 산중턱쯤에서 뿌연 빛이 일렁이더니 10여 명의 사람들이 모습을 드러냈다. 동료들이 나타난 것을 재빨리 알아본 사내는 얼굴 가득히 미소를 머금고는 아직까지 망원경으로 적들을 주시하고 있는 동료의 어깨를 툭 치면서 반갑게 말했다.

"이봐, 맥스! 도착했어. 도착했다구."

"어디?"

동료가 가리키는 곳을 향해 맥스가 급히 시선을 돌렸을 때, 공격대는 이미 여섯 대의 타이탄을 꺼내 탑승하는 중이었다. 그리고 또 다른 네 명의 기사들은 두 명의 마법사들의 도움을 받아 상대방 마법사를 사냥하기 위해 밑으로 달려 내려가고 있었다. 그 재빠른 동작에 감탄했다는 듯 맥스도 미소 지으며 말했다.

"이야~! 굿 타이밍이야. 놈들은 아직도 도망 못 쳤어. 이제 느굿하게 구경하는 일만 남았군."

"도와주지 않아도 될까?"

맥스는 동료의 정신 상태를 의심하는 듯 신랄한 표정으로 맞받아 쳤다.

"너 미쳤냐? 네 실력을 알아야지. 우리는 여기서 구경만 하고 있는 게 도와주는 거야."

"그도 그렇겠지."

맥스와 그의 동료가 아래쪽으로 시선을 돌렸을 때, 적들도 이미 준비를 끝마친 상태였다. 급조해서 만든 것처럼 투박하게 생긴 큼직한 세 대의 타이탄을 꺼내 들고 기다리고 있었는데, 마법사나 기사들은 한 명도 보이지 않았다. 이미 어딘가로 피신해 버렸을 것이다.

"저 녀석들, 훈련을 아주 잘 받은 놈들이야. 실력도 대단히 뛰어나고 말이지. 방금 소탕하는 것 봤지? 순식간에 수십 명을 죽여 버리잖아."

맥스의 말에 사내는 히죽거리며 답했다.

"헤헤…, 아무리 그래도 은십자 기사단의 정예들에 견줄 수 있겠어? 저놈들 타이탄이 덩치가 조금 큰 것 같지만 저 모양을 보라구. 철판을 덕지덕지 붙인 것이 그냥 대충 만든 것처럼 보이잖아. 크라레스 같은 작은 국가가 우수한 타이탄을 만들 능력이 있겠어?"

그의 말에 맥스도 고개를 주억거리며 답했다.

"과연 무식하게도 생겼군……."

"거기다가 숫자도 이쪽이 훨씬 많잖아. 압승일 거야."

곧이어 양쪽의 타이탄들이 격전을 벌이기 시작했다. 한참 전투를 지켜보던 사내는 눈을 크게 뜨며 놀랍다는 듯이 말했다.

"어? 그렇지도 않은데? 6대 3인데도 저 녀석들 아주 잘 버티고 있잖아. 확실히 덩치가 크니까 유리한 면도 있는 모양이군."

"설마? 내가 듣기로는 표준 중량을 벗어날 정도로 무겁게 만들어 봐야 동작만 굼떠진다고 하던데? 그렇다면 놈들 타이탄에 붙은 엑스시온이 상당히 강력하다는 말인가?"

"글쎄…, 그거야 알 수가 없지."

더 이상 할 일이 없자 살금살금 그들의 옆으로 다가와서 같이 구경하고 있던 쟈크가 입을 열었다.

"아닙니다. 저쪽 타이탄이 훨씬 더 강력합니다. 동작을 봐도 저 덩치 큰 타이탄이 오히려 더 빨라요. 상대 쪽 타이탄이 속도나 파워 면에서 월등합니다. 하지만 이쪽이 숫자가 원체 많으니까 밀리고 있는 것이죠."

자신들보다는 타이탄에 대해 훨씬 더 많이 알고 있는 마법사 쟈크가 그렇게 말하자 맥스는 믿을 수 없다는 듯 말했다.

"뭐야? 그렇다면 저놈들을 상대하려면 금십자 기사단 정도가 동원되어야 한다는 말인가? 하기야, 뭔가 믿는 것이 있으니까 감히 본국을 침공할 생각을 했겠지."

"아무리 그래도 크라레스의 군사력은 취약할 수밖에 없습니다. 지금의 경우에도 실력이나 타이탄의 성능은 어떤지 모르지만 숫자에서 밀리고 있지 않습니까?"

"크흐흐흐, 그건 그래. 그래도 녀석들 제법 버티는군."

"아마 오래지 않아 결판이 나겠죠."

"정말 대단하군. 흐흐흐…, 며칠 동안 여기서 죽치고 앉아 있으면 놈들을 볼 수 있지 않을까 생각했는데, 역시 기다린 보람이 있었어."

"대단하죠? 타이탄들끼리 치고받는 것은 정말 돈 주고도 보기 어렵죠."

바로 이때 그들의 시야에 공간 이동을 해 오는 또 다른 무리들이 잡혔다. 희뿌연 빛이 번쩍이더니 10여 명의 인물들이 모습을 드러내는 것을 보고 맥스가 그쪽을 가리키며 외쳤다.

"이봐! 저것들은 또 뭐지? 쟈크 자네는 도대체 증원군을 얼마나 요청한거야?"

"그, 글쎄요."

그들은 새롭게 나타난 인물들이 과연 어느 편인지 몰라서 허둥대고 있었다. 새롭게 나타난 녀석들이 아군이라면 모르지만 적이라면 엄청나게 곤란한 사태에 직면하게 되기 때문이었다.

새롭게 나타난 인물들 중에서 약간 체구가 작아 보이는 인물이 주위를 두리번거리더니 갑자기 손을 들어 숨어서 지켜보고 있는 자신들을 향해 가리키자, 그들은 가슴이 덜커덕 내려앉는 것을 느꼈다. 그 작은 체형의 인물이 자신들 쪽을 가리키자 건장해 보이는 무사 한 명이 그들을 향해 엄청난 속도로 달려오기 시작했다.

그리고 남은 인물들의 뒤편 공간이 활짝 열리면서 아홉 대의 타이탄들이 모습을 드러낸 것은 거의 동시에 벌어진 일이었다. 공간을 열고 모습을 드러내는 타이탄들이 모두들 푸른색과 붉은색으로 칠해져 있는 단순한 형태의 타이탄들인 것을 보고 맥스가 놀라서 외쳤다.

"저, 적이닷!"

"모두들 튀어!"

자신들을 향해 엄청난 속도로 달려오고 있는 기사가 적이라는 것과 그 달려오는 속도로 봤을 때 자신들보다 한참 윗줄에 놓이는 실력을 가지고 있는 인물임을 눈치 채자마자, 그들은 이제부터 벌어지게 될 '돈 주고도 못 볼 구경거리'를 구경할 생각은 일찌감치 포기하고 죽자고 도망치기 시작했다.

그들은 추격자가 단 한 명이었기에 자신들의 생존율을 높이기 위해서 각기 반대 방향으로 달리기 시작했다. 그렇게 해야 최소한 50퍼센트 정도 생존율을 끌어올릴 수 있기 때문이다.

기사 두 명은 무력한 자신을 내팽개치고 죽어라 도망쳐 버리고, 이제 홀로 버려진 쟈크는 자신을 향해 계속 달려오는 기사에게서 도망치기 위해 정신이 흐트러지는 것을 억누르며 정신을 집중해서 주문을 외우기 시작했다.

"에이비에이션(Aviation : 비행 마법)"

다행히 거리가 꽤나 많이 떨어져 있었기에 쟈크는 상대가 도착하기 전에 마법을 완성할 수 있었고, 엄청난 속도로 하늘을 향해 솟구쳐 올랐다. 하지만 곧이어 방금 전까지 쟈크가 있던 위치까지 도착한 상대방 기사는 재빨리 품속에서 단검을 꺼내어 자신의 손아귀에서 벗어난 얄미운 마법사 녀석을 향해 던졌다.

그런 후 잠시도 지체하지 않고 둘 중 한 녀석을 택해서 무서운 속도로 달려가 버렸다. 기사의 행동이 원체 재빨랐기에, 쟈크는 기사가 자신을 향해 뭔가를 던졌을 거라고는 생각지 못하고 계속 고도(高度)를 올리다가 사타구니 쪽에서부터 전해져 오는 지독한 고통에 비명을 터뜨렸다.

"으아아악!"

쟈크는 거의 수십 미터 이상의 높이로 비상하고 있던 상태였기에 고통에 의해 정신이 흩어지며 마법이 깨진 순간, 쟈크의 몸은 땅바닥을 향해 급속도로 곤두박질치기 시작했다.

퍽!

엄청난 소리가 울려 퍼지며 사방으로 피가 튀었고, 비통하게도 쟈크는 자신의 생애를 마감할 수밖에 없었다. 그리고 살 길을 찾아서 튄 둘 중의 한 명에게도 쟈크와 같은 운명이 기다리고 있었다.

"이런 떠그랄! 더럽게 빠르군. 하필이면 왜 내 뒤에 붙은 거야? 맥스나 따라가지. 내가 그렇게 만만해 보이나? 억!"

사내는 뒤쪽에서 점차 거리를 좁혀 오고 있는 상대편 기사를 향해 투덜거리다가, 상대가 품속에서 단검을 꺼내서 던지자 다급한 신음을 삼키며 재빨리 피했다. 하지만 그가 단검을 피한다고 무리하게 진행 방향을 튼 사이 상대와의 거리는 더욱 좁아지고 있었다.

더 이상은 안 된다고 생각될 때까지 달아나던 사내는 이윽고 검을 뽑아 들며 반전했다. 하지만 그가 채 반전을 끝내기도 전에 뒤에서 쫓던 상대는 순간적으로 검을 뽑아 들며 그를 지나쳐 버렸다. 뒤쫓던 상대는 달리던 속도가 워낙 빨라서였는지 재빨리 반전하지 못하고 크게 원을 그리며 뒤로 돌아 뛰어가 버렸다. 그리고 남아 있던 사내는 그제야 자신이 이미 상대의 검에 치명적인 상처를 입었다는 것을 깨달았다.

"지독하게 빠른 검……. 으윽!"

사내가 쓰러지자 그 충격으로 옆구리에 길게 나 있던 상처가 더욱 넓게 벌어지며 피를 폭포수처럼 토해 내기 시작했다. 하지만 그것도 잠시. 사내가 숨을 거두자 피는 더 이상 세차게 흘러나오지 않았다.

조금이라도 생존율을 높이기 위해 동료와 서로 반대 방향으로 죽자고 도망쳤고, 가공할 만한 실력을 지녔을 거라 느껴졌던 상대방은 운 좋게도 동료를 쫓아가 버렸다.

맥스는 죽자고 달려가면서 무력한 자신에 대해 회의감을 느낄 수밖에 없었다. 상대가 자신이 아닌 자신의 동료를 뒤따라갔다는 것을 알았을 때, 잠시나마 안도의 한숨을 내쉬었던 자신에 대한 혐오감도 있었다. 이렇게까지 해서 살아야 하나 하는 일말의 회의감이 들었지만 맥스는 고개를 세차게 흔들며 그 감정을 쫓아 버렸다. 동료들의 희생을 헛되이 해서는 안 되기 때문이다.

맥스는 혼란한 와중에 자신의 달리는 속도가 느려졌다는 것을 깨닫고 사력을 다해 달리기 시작했다. 그에게는 죽은 동료들을 대신해서 상부에 상황을 보고해야 하는 의무가 있기 때문이다.

상대방 기사 녀석이 얼마나 꽁지가 빠지게 도망쳤는지, 첫 번째 놈을 황천에 보낸 후 돌아왔을 때 이미 녀석은 어디로 도망갔는지 보이지 않았다. 그렇기에 그는 놈의 흔적을 대충 뒤지다가 잡을 가능성이 없다는 것을 깨닫고는 아직도 쿵쾅거리는 소리가 요란하게 울려 퍼지는 곳으로 달려갔다. 타이탄들끼리의 전투는 상당히 오래 끄는 것이 정석이었기에 서둘러 달려간다면 자신의 먹잇감이 한 대 정도는 남아 있을지도 모를 일이었다.

하지만 그가 격전지로 돌아갔을 때 이미 상황은 끝나 있었다. 기사들의 실력도 이쪽이 약간 앞서는 상태에서 등급이 앞서는 타이탄을 가지고 12대 10으로 싸웠으니 이렇듯 결과가 빨리 나와 버린 것이었다.

"제기랄! 내 것도 하나 남겨 둬야지. 그렇게 빨리 끝내 버리는 법이 어디 있어?"

사내의 투덜거림에, 자신의 타이탄을 이용해서 뒤처리를 하고 있던 동료가 낄낄거렸다.

"헤헤, 미적거리다가 지금에야 나타난 녀석이 무슨 잔소리가 그렇게 많아? 그건 그렇고 잡으러 갔던 놈들은 어떻게 됐어?"

"그놈들 어찌나 재빠르던지 한 놈은 놓쳤어."

쓰러져 있는 적 타이탄을 들어 올리고 있던 타이탄의 움직임이 잠시 멈추며 경악스런 외침이 들려왔다.

"설마?"

"아니야. 내가 뛰어가니까 아예 저항할 생각도 안 하고 바로 튀더라구. 그것도 한 놈은 이쪽, 한 놈은 저쪽! 내 몸이 두 개가 아니니까 어쩔 수 없었어. 자식들 반항이라도 좀 했으면 모두 다 황천길로 보낼 수 있었는데…….”
"뭐, 다음에는 기회가 오겠지.”
"그건 그렇고 대장은?”
"저쪽에서 포로를 심문 중이야. 뭔가 괜찮은 정보라도 건지면 좋을 텐데 말이지.”

"정말 거창하게도 해치웠군.”
여기저기에 흩어져 있는 시체 더미를 한참 동안 바라보고 내린 아르티어스 어르신의 소감이었다. 아르티어스와 다크가 들어선 곳은 제법 큰 마을이었는데, 식사나 하고 갈까 하는 생각에 들어선 후 그들이 본 광경은 반쯤 썩어 버린 수많은 시체들뿐이었다. 그런데 이 시체들이 문제였다.
군인들끼리 싸우다가 서로가 죽었다고 한다면 얘기가 다르겠지만, 이건 아무런 힘도 없는 마을 주민들을 학살해 놓았다는 데 문제가 있었다. 남녀노소를 가리지 않고 행해진 이 학살은 명확한 목적을 가지고 있었다. 여기저기에 쓰러진 시체들 외에 광장 한복판에는 나이가 지긋해 보이는 인물의 시체가 가로수에 거꾸로 매달려 있었다. 그리고 그곳에는 반란 분자들에게 협조하면 이렇게 해 주겠다는 명확한 포고문까지 붙어 있었다.
다크는 이리저리 둘러본 후 고개를 절레절레 흔들면서 말했다.
"좀…, 심하네요. 아무리 보급 상태가 안 좋아지고, 또 게릴라들 때문에 힘들다고 해도 이런 방식은 별로 찬성하고 싶지 않아요. 이건 최후에나 쓰는 방법이지, 지금 크라레스에는 충분히 힘이 있는데……."

"그건 아니야. 나도 오래전에 여행을 하면서 느낀 것이 있지. 이런 광경을 본 것도 이번이 처음은 아니고 말이야. 이건 크라레스라는 나라에 국한된 문제가 아니야. 이 나라만 이런 식으로 행했다면 더 이상 생각할 필요도 없겠지만, 다들 그러는 것 같거든. 왜 호비트란 종족들은 이렇게 서로를 못 잡아먹어서 쓸데없는 곳에 정력을 낭비하지? 왜 쓸데없이 적을 만들어서 전쟁을 벌이는지 이해를 못 하겠구나."

"글쎄요. 아마도 욕심이 너무 많아서 그런 거겠죠."

"욕심이 많다고? 그건 무슨 말이냐?"

"아버지는 그런 거 못 느껴 봤어요? 예를 들어 그러니까 으응…, 아버지가 예전에 살던 곳 주변에 혹시 다른 드래곤의 레어는 없었나요?"

원래가 생각이란 것을 깊게 하지 않던 인물이 뭔가 상대를 이해시키기 위한 예를 찾아내려니 힘들 수밖에 없었다. 아들의 물음에 아르티어스는 자부심 가득한 어조로 말했다.

"없어. 오래전부터 말토리오 산맥은 나 혼자만의 것이었지. 그 때문에 다른 드래곤들은 나를 말토리오의 지배자라고 부르는 것이 아니겠냐?"

"말토리오 산맥은 아주 넓은 곳이잖아요. 그런데 어떻게 혼자서 사세요?"

"우리 드래곤들의 경우 누군가가 먼저 둥지를 틀고 살고 있는 곳 주변에 새로이 정착하고자 하는 녀석이 생겼을 때는, 새로 정착하는 녀석이 그곳에 먼저 둥지를 튼 드래곤을 찾아가서 정중하게 부탁을 해야 하지. 여기에 둥지를 틀고자 하는데 괜찮겠느냐고 말이야. 그때 먼저 살고 있던 드래곤이 좋다고 허락을 해야 둥지를 틀 수 있는 거지."

다크는 미심쩍은 시선을 아르티어스에게 던지며 비꼬았다.

"그렇다면 다른 드래곤들에게 허락을 안 했다는 말이에요?"

아르티어스는 급히 고개를 저으며 변명을 늘어놨다. 아들이 자신을 그렇게 속 좁은 드래곤으로 생각하는 것은 참을 수 없었던 것이다.

"아니, 나는 그렇게 속 좁은 드래곤이 아니야. 이웃이 하나쯤 있어도 좋을 텐데, 이상하게도 우리 골드 일족 주변에는 다른 드래곤들이 잘 정착하지 않아. 아마도 녀석들이 봤을 때 지혜나 힘에서 모두 다 우리 골드 일족에게 밀리니까 근처에 살기에는 자존심이 상한다는 거겠지. 하하하핫!"

다크는 호기스럽게 웃고 있는 아르티어스를 바라보며 고개를 절레절레 흔들었다. 아마도 골드 드래곤들은 모두 다른 드래곤보다는 자신들이 훨씬 잘났다고 생각하는 모양이고, 또 그것을 유감없이 다른 드래곤들에게 표현을 하니까 모두들 "에잇, 재수 없어" 하면서 그 주변에 오지 않는 모양이었다. 대충 그 전말을 짐작한 다크는 헤시시 미소 지으며 말했다.

"헤헤헤…, 뭐 그건 그렇다고 치고……. 그렇다면 옆에 드래곤의 레어가 있다고 가정하자구요."

"그래, 그렇게 가정한다면 하고 싶은 말이 뭐냐?"

"그 레어에 가 보니까 아버지의 레어보다 훨씬 근사하고 쾌적하더라 이거죠. 그때는 어떤 생각이 들어요?"

아들이 말하는 의도가 뭔지 잘 알 수 없었기에 아르티어스는 얼떨떨한 어조로 답했다.

"그…, 글쎄? 나도 드워프 몇 마리 잡아다가 이렇게 만들어 볼까 하는 생각이 들지도 모르지."

"아니, 그렇게 말구요. 이 녀석을 해치우든지 아니면 내쫓아 버리고 이 둥지를 뺏고 싶은 생각은 안 들어요?"

자신으로서는 상상도 하기 힘든 말을 서슴없이 해 대는 아들을 보고, 아르티어스는 그녀의 정신 상태를 의심한다는 듯 질책했다.

"뭐? 뭐라고? 너 지금 제정신이냐? 드래곤들끼리 겨우 레어 하나 뺏자고 집안싸움을 벌이라는 말이야? 그냥 드워프들을 찾아가서 족치는 편이 훨씬 쉬운데 뭐 하려고 그러냐? 또 우리들에게 있어서 레어가 크든 작든 그건 별로 중요하지 않아. 그렇기에 일부 드래곤들은 그냥 동굴에서 살기도 해."

'으음, 주택 문제로는 해결이 안 되는군' 하고 생각하면서 다크는 뭐 또 다른 것이 없을까 궁리했다. 그러다가 한 가지 떠오르는 것이 있었다. 아르티어스의 창고 가득히 쌓여 있던 그것.

"그렇다면 황금은 어때요? 전에 둥지에 가 보니까 많이도 쌓아 놨던데. 다른 드래곤의 레어에 아버지가 모은 것보다 더 많다면 그걸 뺏고 싶다는 생각은 안 들어요?"

하지만 이번에도 아르티어스의 대답은 전과 동일했다.

"드래곤의 것을 탐내는 것보다는 드워프나 호비트를 족치는 쪽이 빠르고 더욱 쉽지. 또 겨우 황금 따위 뺏자고 그렇게 치고받을 필요는 없어. 많이 쌓아 둬 봐야 그거 1년에 한 번 구경할까말까 하는데 그렇게 많이 모아 봐야 별 소용이 없거든."

"도저히 말이 안 통하는군요. 그렇다면 관점을 바꿔서 이렇게 생각하기로 하죠. 사람들이 만약 황금이나 토지 따위를 원한다면 어떻게 하는 게 좋을까요? 드래곤을 잡아다가 족칠 수도 없으니까 만만한 상대를 고를 거 아니에요? 드워프 따위 족쳐 봐야 모아 놓은 황금도 별로 없을 거고, 이웃 나라를 박살 내서 황금을 뺏는 게 더 쉽죠. 뭐 그런 식으로 서로들 치고받는 거예요."

이제야 이해가 간다는 듯 아르티어스가 끄덕거렸다. 그리고 다크의 말을 통해 몇 가지를 깨달을 수 있었다. 드래곤이 드래곤들끼리 싸우지 않고 호비트나 드워프, 또는 엘프를 족치는 이유는 동족인 드래곤을 족치는 것보다 그편이 편하고 쉽기 때문이다.

그렇다면 호비트나 드워프, 또는 엘프가 만약 드래곤보다 더 강력하다면? 그렇다면 당연히 족치기 쉬운 드래곤을 택하겠지. 그런 식으로 말한다면 드래곤도 동족들끼리는 충돌을 일으키지 않는다는 것뿐, 호비트보다 욕심이 적다고는 절대로 말할 수 없는 존재들이 아닌가?

"흐음, 그러니까 호비트들이 이렇듯 난리를 치는 이유가 욕심 때문이라 이거지?"

"그럼요. 욕심에는 아주 많은 종류가 있죠. 재물에 대한 것, 권력에 대한 것, 무술에 대한 것 등등 별별 것들이 다 있다구요. 그래서 자신이 원하는 것을 얻기 위해 싸움을 걸고, 남을 중상모략하고……."

다크가 줄줄이 나열하기 시작하자, 아르티어스는 고개를 가로저으며 신중한 어조로 말했다.

"아니야, 그건 아닌 것 같아. 만약 그런 식으로 엉망진창인 종족이라면 오래전에 멸망의 길로 들어섰어야 해. 하지만 호비트는 정말 놀라울 정도로 발전해 가고 있거든."

"아뇨, 욕심이 없다면 그건 이미 인간이 아니죠. 하지만 모두들 그렇게 자기 마음 내키는 대로 했다가는 엉망이 되기에 법이라는 것을 만들었지요. 남을 이유 없이 죽이든지, 또는 물건을 훔치든지, 폭력을 가했다든지 하면 잡아다가 벌을 주죠. 그 때문에 자신의 욕심을 이루기 위해 합법적인 노력을 하는 거죠. 예를 들어 어떤 물건이 탐난다면 훔치거나 빼앗지 않고 일을 해서 번 돈으로 구입하는 식이 되는 거죠. 전에 제가 살던 곳도 그랬고, 여기도 대충 그런 식으로 돌아가는 것 같아요. 하지만 국가들 간에는 제제를 가할 만한 다른 국가가 없으니 당연히 강한 국가가 마음대로 하게 되죠. 이제 이해하시겠어요?"

이제 모든 것이 이해가 간다는 듯 아르티어스는 고개를 주억거리며 말했다.

"흐음…, 대충은 이해가 가는구나. 그러니까 여기 내가 보고 있는 작품은 그런 이유로 만들어진 거로구먼?"

"그럼요, 당연한거죠. 뺏으려는 자와 지키려는 자가 충돌하면 이 모양이 되는 거죠. 물론 이들이야 지키려는 자는 아니지만, 지키려는 자를 도와줬다든지 뭐 그와 비슷한 이유겠죠."

"그건 그렇고, 식사는 어디서 하지? 시체들보고 밥해 달라고 할 수는 없잖아?"

"뭘 그런 것을 가지고 걱정을 해요? 딴 마을로 가면 되죠. 이런 식으로 본보기를 보이는 것은 딴 사람들이 보라는 뜻인데, 주변에 있는 다른 마을들까지 몽땅 다 이렇게 만들지는 않죠. 왜냐하면 와서 볼 사람이 꼭 있어야 '본보기'라는 것이 빛을 발하거든요."

"그도 그렇군. 어디 보자."

아르티어스는 품속에서 지도를 꺼내어 뒤적거리다가 말했다.

"여기 있군. 저 길을 따라 한 10킬로미터쯤 내려가면 마을이 또 하나 있어."

브로마네스의 영토

죠드는 키에리가 짐 보따리를 들고 움막집에서 천천히 걸어 나오자 기겁을 하며 말했다.
"완전히 회복되지도 않으셨는데 어디로 가시려고 하십니까?"
죠드의 말에 키에리는 느긋하게 대답했다.
"대충 회복되었으니 걱정 말게나. 가 보고 싶은 데가 있어서 말일세."
"어디 말씀입니까?"
"테롯사 산맥의 남쪽."
"예에? 거기는 갑자기 왜 가시려고 하십니까?"
"그냥 가 보고 싶구먼."
"가만…, 테롯사 산맥이라면."

"깊게 생각할 것 없네. 자네도 제임스가 올린 보고서를 봤으면 알겠지만 그라세리안이 실종된 곳이지."

"예, 그런데 거기는 왜?"

"그리고 우리들이 처음 그라세리안을 만난 곳이기도 해."

"예?"

"나는 아들 녀석이 생각하는 것처럼 그라세리안이 사망하거나 납치되었다고 생각하지는 않아. 아마도 그는 또다시 은둔을 시작했는지도 모르지. 처음 그를 만난 곳과 마지막으로 그가 사라진 곳이 같다면 죽었을 가능성은 거의 없다고 봐야 하지 않을까?"

죠드도 고개를 주억거리며 맞장구를 쳤다.

"그야 그렇지요."

"나는 한 번 더 그에게 부탁하려고 하네. 코린트를 위해 조금만 더 일해 주지 않겠느냐고 말일세. 여기서 그곳까지는 너무도 멀지. 자네가 함께 가기 싫다면 그쪽으로 공간 이동만 시켜 주면 돼."

"아닙니다, 저도 함께 가겠습니다. 잠시만 기다려 주십시오. 짐이 별로 없으니까 시간도 별로 안 걸릴 겁니다."

죠드는 재빨리 집으로 뛰어 들어가서는 짐을 챙기기 시작했다. 사실 키에리를 은밀하게 이곳으로 모시고 와야 했기에 가지고 온 것도 별로 없었다. 하지만 그가 그 와중에도 가지고 온 이 작은 보따리 안에는 마법사로서 여행을 하는 데 거의 필수품이라고 할 수 있는 것들이 들어 있었기에 그것을 놔두고 갈 수는 없었다.

마침내 운명의 그날이 찾아왔다. 크루마가 금지된 마법들 중에서 가장 악랄한 것이라고 알려진 유성 소환 마법을 쓴 이상 그것은 어쩔 수 없는 결과였다.

유성 소환 마법은 매우 복잡하면서도 정밀하고, 또 매우 힘든 마법이다. 저 머나먼 우주에 모여 있는 자그마한 혹성들 중의 하나를 끌어 와서 지구에 떨어뜨리는 이 마법은 유성이 도착하는 데 시간이 엄청나게 많이 걸린다는 점을 제외한다면 최강의 위력을 지닌 공격 마법이었다. 저 멀리 떨어진 혹성에 힘을 가해 그것이 일정한 궤도로 날아와서 시술자가 원하는 정확한 위치에 메다 꽂히게 만드는 것은 정말 엄청나게 힘든 작업이다.

하지만 일단 그렇게 해서 날아오기 시작한 유성은 정확한 위치 파악이 불가능하기에 그걸 멈출 수가 없었다.

"지금쯤 대충 떨어질 때가 되지 않았나?"

로체스터 공작은 짜증난다는 듯이 말했다. 노마법사에게 물어 유성 소환 마법의 위력을 구경하기에 안전하다고 생각되는 지점에 자리를 잡고 기다린 것까지는 좋았는데, 몇 시간이나 기다렸는데도 이놈의 유성은 떨어질 생각을 안 하고 있는 것이다. 그것을 알고 있는 노마법사는 송구스러워하며 재빨리 대답했다.

"그건 저도 잘 모르겠사옵니다, 전하."

"코린티아는 어떻게 되었지?"

"예, 모든 주민들을 대피시키는 데 성공했사옵니다. 생각한 것보다는 혼란이 적었다는 제임스 각하의 보고였사옵니다."

"그런가?"

"그런데 한 가지 문제가……."

"뭔가?"

"예, 인질로 잡아놨던 각국의 왕자들 중에서 일부가 그 혼란을 틈타서 탈출했사옵니다. 지금 수색 중이온데……."

로체스터 공작은 더 들을 가치도 없다는 듯 단호하게 말했다.

"놔둬라."

"예? 하지만……."

"대신 그놈들의 명단과 소속 국가명을 상세히 적어서 보고서를 올리도록 해라. 어느 정도 안정되고 나면 그 국가의 국왕들을 문책하면 되니까 말이지."

"저, 하지만 그 와중에 크라레스의 왕자도 도망쳤는데요? 지하 감옥에서 꺼내어 이송하는 도중에 괴한들에게 습격당했다는 보고가 올라와 있습니다."

이번에는 로체스터도 신음을 삼킬 수밖에 없었다. 왕자를 인질로 계속 협박을 했었지만 아직까지 통하는 것 같지 않았다. 도저히 안 된다면 나중에 인질로서 가치가 없는 왕자를 공개 처형하며 귀족들의 사기를 높여 줄 생각이었는데, 그 왕자 녀석이 이걸 눈치 챘는지 도망쳐 버린 것이다.

"크라레스의 왕자가? 으음…, 하지만 그것도 어쩔 수 없지. 그놈들은 처음부터 왕자의 생사(生死)는 걱정하지도 않고 전쟁을 벌인 거니까 말이야. 왕자를 죽이겠다고 협박을 해도 눈 하나 깜짝하지 않던 놈들인데, 그런 가치 없는 인질이 없어졌다고 해서 크게 걱정할 것은 없겠지."

노마법사는 주위를 둘러본 후, 불꽃놀이를 구경하려고 모인 다른 사람들과의 거리가 상당히 떨어져 있기에 훔쳐 들을 수 없을 거라는 생각이 들자, 목소리를 낮춰 조심스레 말했다.

"예, 그런데 그 왕자의 건 말이옵니다. 서거하신 키에리 전하의 명령에 의해 지하 감옥에서 약간의 세뇌 작업을 행했사옵니다. 일단 적국의 왕자이니만큼 다음에 크라레스의 국왕이 될 가능성도 크지 않겠사옵니까?"

노마법사의 말에 로체스터는 크게 흥미를 느끼며 낮은 목소리로 물었다. 그 역시 그것이 얼마나 비밀을 요하는 사안인지를 알고 있었던 것이다.

"그래? 어떻게 세뇌를 했는데?"

"예, 아예 바꾼다면 표시가 날 테니까 조금만 수정했사옵니다. 기억을 약간 왜곡시켰고, 또 본능을 조금 자극해 놨사옵니다. 그리고 자제력을 조금 억제해 놨구요. 사실 성장이 끝난 인물에게 이런 방식을 쓴다면 별로 큰 영향이 없겠지만 성장기의 인물은 다르지요. 지금은 별로 표시가 나지 않겠지만 점점 시간이 지나면서 아주 엉뚱한 인물로 변해 버릴 것이 분명하옵니다."

"그래? 대충 언제쯤 되면 그 결과를 알 수 있지?"

"빠르면 5년, 늦어도 10년쯤 후면 결과가 나올 것이옵니다. 아마도 지독하게 호색하고 게으른, 욕심덩어리에 부하들을 못 믿는 그런 희한한 인물이 되어 있겠죠."

"크크크, 5년이라……. 그때까지 크라레스가 멸망하지 않고 남아 있을까?"

"그것은 잘 모르겠사옵니다. 하지만 그 정도로 천천히 인성이 변해야 왕위를 이어받을 수 있겠죠. 어쩌면 왕좌를 빨리 차지하기 위해 자신의 아버지를 암살할지도 모르구요."

"글쎄, 그건 그때가 되어 봐야 알겠지. 그건 그렇고 저기 오는군."

불현듯 로체스터 공작이 시퍼런 하늘을 바라보며 말하자, 노마법사는 눈을 최대한 크게 뜨고 하늘을 바라봤다. 하지만 몇 군데 조각구름이 떠 있기는 했지만, 밤도 아니고 이런 대낮에 유성을 본다는 것은 무리였다.

"예? 어디에 말이옵니까?"

"참, 자네 눈에는 안 보이나? 저 멀리 하얗게 빛나면서 떨어지는 것이."

시간이 좀 더 지나자 노마법사의 눈에도 하얗게 빛나며 떨어지는 작은 덩어리가 눈에 들어왔다. 엄청나게 큰 유성이었기에 눈에 보인 것이다. 유성은 정확히 쟈크렌 요새 위쪽은 아니었지만 대충 그 부근쯤에 떨어질 것이 확실했다. 그리고 그것이 마법서에 기록되어 있는 위력의 절반 정도만 낸다고 해도 쟈크렌 요새는 먼지로 화해 버릴 것이 분명했다.

하지만 바로 이때 이변이 일어났다. 쟈크렌 요새의 오른쪽에 위치한 산들 중의 하나에서 붉은색의 빛줄기가 하늘 위로 치솟는 것이 보였다. 그리고 곧이어 들려오는 지축을 울리는 거대한 폭발음. 하늘 위에는 새로운 태양이 탄생한 것처럼 거대한 빛의 덩어리가 생겨났다.

하지만 그것도 잠시. 아래에서 위로 솟아오른 붉은색 빛줄기가 가지는 위력이 얼마나 대단한지 모르겠지만 그 폭발에 따른 충격파까지 몽땅 다 하늘 위로 날려 버린 듯 아래쪽에서는 엄청나게 밝은 빛 무리만을 볼 수 있을 따름이었다.

"도대체 어떻게 된 거지?"

어리둥절한 표정으로 로체스터 공작이 물었지만, 노마법사 역시 모르고 있었다.

"저, 그건 소신도 잘 모르겠사옵니다."

"혹시 드래곤이 뭔가 일을 벌인 건가?"

"그럴지도 모르겠사옵니다."

"호오, 그렇다면 잘되었군. 모두 다시 쟈크렌 요새로 불러 모아. 그 공백을 틈타서 크루마 놈들이 쟈크렌 요새를 점령하기 전에 빨리 돌아가야지. 그 천혜의 요새를 크루마에게 넘겨 줄 수는 없지 않겠나?"

"전하, 그것을 잠시만 미룰 수 없겠사옵니까?"

"왜 그러나? 모든 게 잘 끝나지 않았나?"

"그게 아니옵고, 아마도 빛줄기가 날아온 방향으로 짐작컨대, 저쪽은 웜급 레드 드래곤 브로마네스의 영토이옵니다. 웜급의 레드 드래곤이 자신의 영토를 향해 날아온 유성 때문에 분노했다면…, 그렇다면……"

이제야 노마법사가 걱정하고 있는 것이 뭔지 눈치 챈 로체스터는 걱정스럽게 말했다.

"정말 큰일이군."

노마법사는 잠시 생각하더니, 이 궁리 저 궁리 한다고 걱정스런 표정으로 서 있는 로체스터 공작을 향해 조심스럽게 말했다.
"전하, 이렇게 하는 것이 어떻겠사옵니까?"
"오, 좋은 의견이라도 있나?"
"예, 먼저 선수를 치는 것이옵니다. 재빨리 브로마네스에게 사신을 보내는 것이 좋을 듯하옵니다. 푸짐한 선물과 함께 그의 둥지 위로 떨어지는 유성을 어떤 녀석이 만들었는지 넌지시 알려 주는 것이옵니다. 그렇게 되면 크루마는 머리끝까지 화가 치민 브로마네스의 분노를 받아 내야 하는 사태가 벌어지겠지요. 어떻사옵니까?"
로체스터는 흡족한 듯 미소를 지으며 큰 소리로 답했다.
"좋아, 그 의견이 매우 마음에 드는군. 까미유를 불러라. 그 녀석이라면 충분히 브로마네스 앞에서도 주눅 들지 않고 일을 해내겠지."
"예, 전하."

하얀빛을 뿌리며 일어난 대 폭발. 다크의 능력도 엄청나게 뛰어났지만 아르티어스의 막강한 방어 마법 덕분에 그들은 로체스터 공작과는 달리 크라레인시에서 고작 3킬로미터 정도 떨어진 매우 가까운 곳에 자리를 잡고 유성이 떨어지기만을 학수고대하며 기다렸었다.
이것보다 더 대단한 불꽃놀이는 구경하기 힘들다는 아르티어스의 꾐에 넘어간 다크는 아르티어스가 그들의 주위에 둘러쳐 놓은, 열 겹이 넘는 방어 마법진의 한가운데에서 마법과 대자연이 어우러져 만들어 낸 이 경이로운 폭발을 구경할 수 있었다.

유성 소환 마법의 특성상 오차가 상당히 크다는 것을 염두에 두고 아르티어스는 자신들의 머리 위에 유성이 직격해도 끄떡없을 정도로 강력한 방어 마법진을 친 것이었는데, 정작 유성은 그들로부터 5킬로미터, 크라레인시로부터는 3킬로미터 정도쯤 벗어난 위치에 떨어졌다.

"정말 장관이지?"

유성이 떨어지면서 벌어진 대 폭발은 둘째 치고, 그에 따른 강력한 충격파에 3킬로미터쯤 떨어진 크라레인시가 박살 나는 것을 보고 입이 떡 벌어져 있던 다크는 잠시 할 말을 잊고 있다가 간신히 정신을 차리고 대답했다.

"그, 그렇네요."

얼빠진 아들의 모습에 대단히 만족한 아르티어스 어르신은 의기양양하게 말했다.

"마법의 힘이란 것은 저렇게 위대한 것이란다. 겨우 검술 따위 아무리 익혀도 저 정도 위력은 죽었다 깨어나도 낼 수 없지. 어때? 이제 다시 마법을 배워 볼 의욕이 솟아 나오지 않냐?"

"아뇨, 저건 너무 심한 것 같아요. 어떻게 저렇게 강력할 수가 있죠? 저런 위력이라면 쓸데없는 희생자만 생기는 것 아니에요?"

"뭐, 그런 것까지 생각하면서 싸울 필요는 없지. 우연히 저 근처에 있다가 날벼락을 맞은 놈들은 그날 재수가 없었을 뿐이야. 그런 놈들까지 생각한다면 무술도 익힐 수 없는 것 아니겠냐? 예를 들어 검을 던졌는데, 맞으라는 녀석은 피하고 그 뒤로 지나가던 행인이 맞을 수도 있는 거잖아. 우연히 지나가던 호비트 한 마리가 죽으나 1만 마리가 죽으나 똑같은 거 아니냐?"

아르티어스는 아들의 동의를 구하고자 한 말이었지만 아들의 대답은 완전히 그의 기대에서 어긋났다. 그녀는 오히려 아르티어스의 정신 상태가 의심된다는 듯 새초롬한 눈빛으로 그를 쳐다보며 말했다.

"다르죠. 아버지는 숫자 관념이 그렇게 없어요? 하나하고 1만하고는 엄청난 차이가 있다구요."

"내 생각에는 별로 차이가 나는 것도 아니야. 개미구멍 근처에 앉아서 한 마리를 죽이는 거나 1백 마리를 죽이는 거나 똑같은 거야. 둘 다 무료할 뿐이지."

"뭐, 아버지야 종족이 다르니까 그렇게 생각할 수 있을지도 모르죠. 만약 상대가 드래곤이라고 해도 한 마리가 죽으나 1백 마리가 죽으나 마찬가지예요?"

"그야 당연하지. 나약한 놈들이 죽어 봐야 별것도 아니야. 평소에 수련을 안 한 탓이지. 그 기나긴 시간 레어에 틀어박혀서 마법이나 익힐 일이지, 낮잠이나 퍼 잤으니 죽어도 싼 거라구."

"그런 식으로 생각하신다면 뭐 할 말 없죠."

아르티어스는 유성의 폭발로 생긴 거대한 구멍과 완전히 박살나 버린 크라레인시를 번갈아 바라보다가 말했다.

"자, 이제는 어떻게 할 거냐? 또다시 날아올 유성은 없는 모양인데……."

"뭐 딱히 할 일도 없으니까 돌아가죠. 이제 시체 더미 보는 것도 질렸으니까."

"흐음……. 그러니까 감히 내 영토에다가 유성을 떨어뜨린 놈들이 크루마의 마법사들이라는 거냐?"
그야말로 잡티 하나 안 섞인 찬란한 금발을 길게 기른 아름다운 용모의 사내. 바로 이 사내가 바로 유성을 간단하게 소멸시킨 웜급 레드 드래곤 브로마네스였다. 그에게서 뿜어져 나오는 엄청난 투기(鬪氣)와 살기(殺氣) 덕분에 까미유와 함께 왔던 짐꾼들은 모두들 파랗게 질려서 한쪽 구석에 모여 눈치만 힐끔거리고 있었지만, 까미유는 브로마네스 앞에서도 차근차근 침착하게 할 말은 다 하고 있었다.
"예, 그렇습니다. 아주 치졸한 놈들이죠."
"훗! 아무리 호비트 따위가 간덩이가 커져도 그렇지 감히 내 영토에?"
"호비트가 아니라 엘프일 것이라는 것이 아마도 정확한 추리일 겁니다. 크루마에는 엘프들이 아주 많이 살거든요."
브로마네스는 앞에 서 있는 젊은이를 꽤나 호기심 어린 표정으로 바라보기 시작했다. 자신이 레드 드래곤이라는 것을 알고 있으면서도 저렇듯 침착하게 말하는 호비트는 처음 봤던 것이다. 그리고 자신의 그 광폭한 눈길을 그대로 받아 내는 호비트 또한.
"엘프들이라. 자연의 법칙에 순응하는 그들이 그런 극단적인 방법을 썼다는 것은 좀 의외로군. 그런데 네 녀석은 누구냐?"

갑자기 자신이 누군지 묻자 까미유는 상대의 저의가 의심스럽기는 했지만 순순히 답변을 했다.

"예, 저는 코린트의 기사인 까미유 드 크로데인 후작입니다. 이번에 유성이 떨어진 것 때문에 브로마네스 님께서 열 받으…, 아니 진노하셨을 거라는 추측 때문에 그걸 사용한 사람이 누군지 명확하게 알려 드리라는 로체스터 공작 전하의 명령을 받고 왔습니다."

까미유는 얼마 전 어머니가 전사함으로 인해 그녀의 작위를 이어 받아 명실 공히 후작으로서 '각하'라는 칭호를 받을 수 있는 위치에 올라왔다. 그리고 그와 함께 제2근위대의 대장이라는 중책을 떠맡고 있었다. 그런 까미유의 대답을 듣고 브로마네스의 눈동자가 기이하게 빛났다.

"요 근래 밑에서 투닥거리던데, 이번 일을 기회로 내가 크루마에다가 복수해 주기를 원해서 온 것은 아니고?"

정곡을 찌르는 상대의 말에 까미유는 헤실거리며 대답했다.

"헤헤…, 그런 마음도 물론 있죠. 하지만 브로마네스 님의 진노가 피해자인 코린트 쪽에 떨어지는 것을 막는 게 우선입니다."

브로마네스는 어이가 없다는 듯 황당한 표정을 지으며 말했다.

"꽤나 정직한 놈이군. 그래 네 녀석 말은 잘 알았으니까 가 보거라."

"예. 저…, 그런데…….""

상대가 가지 않고 머뭇거리며 말문을 열자 브로마네스가 말했다.

"왜? 또 다른 용무가 있느냐?"

"예, 이왕에 여기까지 온 김에 한 가지만 여쭤 볼 것이 있습니다."

"뭐냐?"

"혹시 검술을 극한까지 익힌 헤즐링이 진짜로 있는지 궁금해서 말이죠."

"뭐라고? 검술을 익힌 헤즐링이라고? 그런데 그 질문을 하는 저의가 뭔지 궁금하군."

"저, 그건 다름이 아니라……."

까미유는 여태껏 있었던 일에 대해서 자신이 알고 있는 바를 상세하게 브로마네스에게 설명했다. 그 설명을 들은 브로마네스의 표정은 매우 심각하게 변해 갔다. 아닌 게 아니라 자신의 앞에 서 있는 호비트의 말을 들어 보니, 그의 추리에도 일리는 있었기 때문이다.

하지만 브로마네스는 까미유보다 더 많은 숨겨진 진실을 알고 있었다. 예를 들자면 코린트의 대마법사인 그라세리안 드 코타스가 사실은 광포하기로는 레드 드래곤을 앞서간다는 블루 드래곤이라는 것이라든지, 호비트와 호비트로 트랜스포메이션한 드래곤이 겉모양은 같더라도 마나를 구동시키는 내부가 다르기에 절정의 검술은 익히기가 절대로 불가능하다는 사실 등이었다.

"흐음, 네 추리도 그럴듯하다마는 아마도 그 호비트 계집아이가 드래곤일 가능성은 거의 없다. 물론 그 아이를 따라다닌다는 아버지는 드래곤일 가능성이 매우 크겠지. 너는 잘 모르겠지만 역사상 호비트를 자신의 양자로 받아들였던 드래곤은 꽤 있었다. 아마도 그 아이는 호비트이고, 드래곤이 양자로 받아들인 것이 아닌가 생각되는군."

"그렇다면, 코린트 최강의 고수이셨던 키에리 발렌시아드 전하를 패배시킨 그 꼬마 계집애가 인간이라는 말씀이십니까? 하지만 그 나이에 그런 검술을 익힌다는 사실 자체가 도저히 불가능한데도 말입니까?"

까미유의 말에 브로마네스도 아연한 표정을 지었다. 상대의 말에 상당히 일리가 있었던 것이다.

"그냥 여자도 아니고 꼬마 여자 애라고?"

"예, 15세 정도……. 아무리 많이 봐 줘도 18세는 힘들죠. 마법사들에게 물어봤지만 그렇게 어린 몸을 유지하는 것은 힘들다고 하더군요. 그리고 로체스터 전하께서도 절대로 그런 몸으로 검술을 익힌다는 것은 불가능하다고 말씀하셨습니다. 원래가 검술을 익히다 보면 근육도 붙는 것이고 최고의 경지로 올라가면 육신도 젊어지긴 하지만, 어려지면서도 그렇게 가냘픈 몸매로 바뀐다는 것은 불가능하다고 하셨죠."

"호오, 그렇다면 뭐냐? 호비트는 절대로 아니라는 말이냐?"

"예, 그래서 내린 결론이 드래곤이었습니다만……. 드래곤은 원래 성체가 되면 독립하지 않습니까? 그런데도 아버지가 따라왔으니 헤즐링일 가능성도 배제하기 힘들다는 것이었죠."

"아주 재미있는 문제로군. 글쎄…, 그건 내가 좀 더 조사해 보면 알게 되겠지. 그건 그렇고 일 다 끝났으면 가 보거라."

"예, 그럼 이만 가 보겠습니다."

우아하게 인사를 하고는 돌아서는 그 젊은이를 따라 짐꾼들이 허겁지겁 산 밑으로 내려가는 것을 보며, 브로마네스는 혼잣말을 중얼거렸다.

"뭐야? 진짜 헤즐링인가? 그래도 호비트들의 검술을 제대로 익힌 드래곤은 나하고 아르티어스뿐인 줄 알았었는데, 누가 그 헤즐링에게 종족의 특성을 뛰어 넘어서 고급 검술을 가르쳤지? 나나 아르티어스도 그걸 익히지 못했었는데……. 어쨌든 둘이 어울려 다니던 그때가 좋았지. 그 녀석이나 나나 그때는 젊었으니까, 흐헤헤헤."

그렇게 말하면서 브로마네스는 자신의 허리에 매달려 있는 고풍스런 멋을 풍기고 있는 바스타드 소드를 물끄러미 바라봤다. 그 검은 아르티어스가 자신에게 선물한 것이었고, 자신은 그 대신 자신의 거대한 바스터 소드를 아르티어스에게 선물했었다. 레드 일족과 골드 일족은 원래 사이가 썩 좋은 편은 아니었지만 브로마네스와 아르티어스는 여행 도중에 만나서 매우 깊은 우정을 나눴었다.

그때 서로 간의 변치 않는 우정을 상징하기 위해 자신의 머리카락을 적색에서 황금색으로 바꿨다. 물론 아르티어스도 황금색에서 적색으로 바꿨고…….

"참 중요한 것은 지금 그게 아니잖아. 감히 내 머리 위로 유성을 떨어뜨릴 생각을 한 녀석들부터 손봐 준 다음, 그 궁금증은 천천히 해결하기로 하지. 흐흐흐흐흐."

지도에서 사라진 코린티아시

"중요한 정보를 입수했사옵니다, 공작 전하."
 부하의 표정에서 이미 좋은 일이라는 것을 알아챘지만, 공작은 시치미를 떼고 부하에게 질문을 했다. 그래야지만 부하도 자신의 할 말을 하기가 쉬운 것이니까.
 "오호, 그래 갔던 일은 어떻게 되었나?"
 "예, 적 타이탄 10대를 파괴하고 세 명의 포로를 잡아왔사옵니다. 그런데 포로를 심문해 보니까 의외의 소득이 있었사옵니다."
 "그래, 뭔가?"
 "예, 이번에 투입된 은십자 기사단은 그 보유 전력의 절반인 32대인 것을 알아냈사옵니다. 나머지는 모두 쟈크렌 요새에 남아 있다고 하옵니다. 그 외에 철십자 기사단 3개 전대, 30여 대를 합해 봐야 타이탄 60여 대에 지나지 않사옵니다. 그런데 오늘 10대를 파괴했으니 이제 남은 것은 겨우 50대 남짓밖에 안 되옵니다."

부하의 보고에 공작은 빙글거리며 말했다.

"아주 좋은 것을 알아냈군. 그런데 나는 그것보다 더 좋은 소식을 이미 알고 있지."

"예?"

"코린트의 수도 코린티아가 지도 상에서 완전히 사라졌다."

"예? 어떻게 그럴 수가……."

경악하는 부하의 표정을 보며 공작은 살짝 미소 지었다. 그 모습을 본 부하는 황급하게 표정을 감추며 죄송스런 표정을 지었다. 상관 앞에서 지나친 경박함을 보였다고 생각했던 것이다. 하지만 공작이 미소를 지은 이유는 달랐다. 자신도 그 사실을 보고받고 엄청나게 놀랐었는데, 역시 언제나 침착한 표정을 유지하고 있던 부하도 자신의 반응과 같다는 것을 확인하고 지은 미소였던 것이다.

"토지에르의 보고로는 처음 두 개까지는 막아 냈는데, 세 번째 유성이 상당히 옆쪽으로 어긋나게 떨어지면서 그것의 여파가 방어 마법진에 마나를 공급하던 보조 마법진을 쓸어버렸다고 하더군. 그다음은 뻔하지 않나? 방어 마법진은 제 기능을 상실했고, 곧장 코린티아시는 박살 나 버렸지. 아마도 코린트는 제2의 도시 케락스로 수도를 옮길 가능성이 매우 크다고 하더군."

"수도가 박살 나 버리는 바람에 코린트의 타격이 엄청나겠군요."

"그야 이를 말인가? 대충 시외로 옮겼다고 하더라도, 코린트의 타이탄 생산 시설들 중에서 거의 70퍼센트 정도가 코린티아시에 있었는데, 그것들을 잃었으니 아마도 타격이 엄청나겠지. 한동안은 제대로 된 타이탄 생산은 힘들다고 봐야 할 거야."

"크루마가 뜻밖에 도움을 주는군요. 지금부터 맹공을 퍼부어서 녀석들을 협상 테이블로 불러내기만 하면 본국의 승리가 확실하옵니다, 전하."

"그야 이를 말인가? 참, 이번에 녀석들이 엄청난 타격을 입었으니, 다음번에는 확실하게 만회하려고 들 거야. 최소한 20대 이상의 타이탄을 동원해서 국지적인 병력 우세를 노리려고 들 테지."

"하지만 전하, 여유분의 타이탄이 그렇게 많지 않사옵니다. 사방에서 전투가 벌어지고 있고, 언제 또 놈들의 타이탄이 나타날지 알 수 없는 이때에 전선에서 타이탄을 돌린다는 것은 자살 행위이옵니다."

"그 때문에 토지에르에게 지시해 뒀어. 내일 근위 기사단 파견대가 합류할 것이다."

공작이 말하는 근위 기사단 파견대라는 것은 정식 명칭으로 유령 기사단 근위대 파견대를 말하는 것이었다. 지금 근위 기사단은 10대의 청기사를 보유 중이었지만 공식 석상에서 청기사를 사용할 수는 없었기에 카프록시아를 근위대에서 넘겨받은 유령 기사단이 그것들을 다시금 황궁에 파견하여 모양새를 유지하고 있는 중이었다.

"그렇다면 카프록시아를 전선으로 돌리는 것이옵니까?"

"그 외에는 방법이 없잖은가? 그리고 녀석들이 이번에는 얼마나 많은 타이탄을 쏟아 부을지 알 수 없으니 나도 가는 것이 좋겠지. 그리고 이번에는 인원을 좀 더 엄선해서 가장 실력 있는 녀석들만 추려 둬라. 재수 없으면 50대가 모두 다 등장할 수도 있어. 알겠나?"

"예, 전하."

"오늘과 같은 승리를 한두 번만 더 거두면 남쪽에 주둔 중인 코린트의 타이탄은 전력이 거덜 나게 되어 있어."

"하지만 전하, 코린트가 추가 병력을 파병할 가능성도 예상해야 하지 않을까요? 크루마와는 전쟁이 끝났는데, 계속 쟈크렌 요새에 대규모 병력을 썩혀 두고 있을 이유가 없지 않사옵니까?"

"그럴 수도 있겠지. 하지만 우리들의 실력을 보여 준다면 코린트 쪽에서 먼저 화해를 청해 올 가능성이 커. 본국과 싸운다고 타이탄을 대량으로 소모한다면 그다음에는 자국을 유지하기에도 벅찬 최악의 상황이 온다는 것을 모를 바보들은 아니겠지. 크루마가 아직도 건재한 이상 본국과 사생결단을 하려고 들지는 않을 거야."

"그 말씀을 들으니까 힘이 나는 것 같사옵니다, 전하. 그럼 이만 물러가겠사옵니다."

"그래, 격전을 벌이느라고 수고했네. 푹 쉬게나."

"옛!"

유성 공격에서 신…, 아니 드래곤의 도움으로 쟈크렌 요새가 파괴되는 것을 피한 코린트군은 재빨리 쟈크렌 요새로 돌아왔다. 쟈크렌 요새에는 대타이탄용 방어 병기가 대단히 많은 관계로 적들도 섣불리 덤벼들기 힘든, 그야말로 요새 중의 요새였기에 그걸 크루마 쪽에 양보할 생각은 추호도 없었기 때문이다.

다시 쟈크렌 요새에 짐을 푼다고 북적거리던 병사들은 하늘 위로 거대한 붉은 물체가 비상해 오르자 감탄사를 터뜨리며 구경한다고 여념이 없었다. 브로마네스가 그 거대한 덩치를 이끌고 크루마를 향해 출발한 것은 까미유가 고자질을 하고 돌아간 후 10분도 채 지나지 않았을 때였다.

"무슨 일이냐?"

요란하게 경보가 울리는 가운데 허겁지겁 자신의 집무실로 뛰어 들어온 기사를 향해 미네르바가 짜증난다는 어조로 말했다. 그녀가 생각했을 때 코린트와의 전쟁이 종료된 상황에서 이렇듯 난리를 피울 일은 없었기 때문이다.

"전하, 큰일 났사옵니다."

"무슨 일이기에 그러느냐?"

"예, 거대한 레드 드래곤이 이쪽으로 날아오고 있사옵니다. 그 레드 드래곤이 이륙한 곳은 쟈코니아 산맥이온데, 그때부터 계속 추적해 본 결과 엘프리안 쪽으로 날아오고 있는 것이 확실하옵니다."

"설마? 그 녀석이 가고자 하는 방향에 우연히 엘프리안이 있을 수도 있지 않느냐?"

"예, 그것도 그렇사오나……. 실은 쟈크렌 요새에 떨어지던 유성이 정체불명의 붉은색이 나는 빛줄기에 가로막혀 하늘 위에서 대 폭발을 일으켰사옵니다. 마법사들의 추측으로는 그것이 레드 드래곤의 브레스일 가능성이 매우 크다고 하옵니다. 그렇다면 아마도 그 드래곤은 쟈크렌 요새 근처에 서식하고 있다고 지도에 기록되어 있는 포악한 웜급 레드 드래곤 브로마네스일 가능성이 크옵니다."

부하의 말에 미네르바는 아연실색했다. 얼마 전까지는 코린트라는 강적하고 아귀다툼을 벌였는데, 그게 무사히 끝나자 이번에는 레드 드래곤?

"뭣이? 그렇다면 자신의 영토 쪽으로 유성이 날아간 것에 대해 그 드래곤이 화가 나 있을 것은 당연한 것이 아닌가? 그런데 왜 마법사들은 그쪽이 드래곤들의 집단 서식지인데도 유성 소환 대상지로 선택한 것이지?"

"예? 그건 저도 잘 모르겠사옵니다. 하지만 지금 그게 중요한 것이 아니지 않사옵니까? 책임 추궁은 드래곤을 막아 내고 난 다음에……."

"이런 멍청한 녀석! 웜급 레드 드래곤을 무슨 재주로 막아 낸다는 말이냐? 그린레이크를 불러라. 빨리!"

"옛, 전하."

얼마 지나지 않아 그린레이크가 마법을 이용해서 우아하게도 '날아서' 도착했다. 미네르바나 그린레이크는 둘 다 공작의 작위를 가지고 있었지만, 마법사인 그린레이크보다는 소드 마스터인 미네르바가 한 단계 위였기에 그린레이크는 그녀의 호출에 응하지 않을 수 없었던 것이다.

미네르바는 슬쩍 그린레이크의 얼굴을 바라봤다가 재빨리 엘프들에게서만 볼 수 있는 짙은 녹색의 길게 기른 머리카락 쪽으로 시선을 돌렸다. 물론 그린레이크의 얼굴은 모든 엘프들이 그러하듯 대단한 미모를 지니고 있었다. 이제 3백 살이 넘은 나이인 만큼 그 미모는 한 꺼풀 수그러들고 있었지만, 중년의 나이치고는 엄청난 미남이라고 할 수밖에 없었다. 하지만 얼굴 생김새가 문제가 아니라, 그린레이크의 표정이나 그 성격을 미네르바는 썩 좋아하지 않았다. 그린레이크는 보통의 엘프에게서 찾아보기 힘든 매우 강력한 힘과 자부심, 그리고 오만한 자신감을 숨기지 않고 표정에 그대로 드러내고 있었기 때문이다.

또 거기에다가 자신이 이 세상에 열 명도 존재하지 않는 7사이클급의 대마법사라는 사실 때문인지 대부분의 사람들을 만만하게 보는 경향도 있었다. 언젠가 한 번 미네르바를 어린애 취급했다가 혼찌검이 난 후에는 그래도 미네르바 앞에서는 조심하고 있는 형편이었지만, 저 얼굴 표정에 가득히 떠올라 있는 자부심과 자만심은 미네르바 따위가 자신의 위에 있다는 것이 참기 힘들다는 것을 대변해 주고 있었다.

그린레이크는 미네르바를 지긋한 눈길로 쳐다보며 말했다.

"나를 찾았소? 지금 바쁜 일이 있으니 빨리 끝내 주면 좋겠소."

미네르바는 오만한 말투에 속이 뒤틀리는 것을 느꼈지만 겨우 참았다.

"알겠소, 그린레이크 공작. 본인도 그대를 오랫동안 붙잡고 있을 생각은 없소. 그대도 지금 무슨 일이 일어났는지에 대해 보고를 받았겠지?"

"물론 보고받았소. 레드 드래곤 한 마리가 이리로 날아오고 있다고 하더군."

"이번에 행해진 유성 소환 마법의 사용 결정은 내가 없을 때 결정된 것이라고 들었소. 그리고 유성 소환 대상지도 마법사들이 일방적으로 정했고 말이오. 내가 잘못 알고 있는 점이 있소?"

"그대가 알고 있는 그대로요."

"그런데 내가 묻고자 하는 것은 왜 드래곤의 영토 주위에 유성 소환을 감행해 가지고 드래곤을, 그것도 웜급에 이르는 강력한 레드 드래곤을 자극했느냐 하는 것이오."

"하! 이 바쁜 때에 책임 추궁을 하고 싶은 모양인데, 그렇게도 할 일이 없소?"

그린레이크는 꼭 어린애를 다루듯 간단하게 질책한 후, 미네르바의 표정이 굳어지는 것을 보고는 황급히 말을 이었다.

"물론 브로마네스나 그라시안이 간섭해 올 가능성에 대해서도 생각을 했었소. 유성이 정확히 쟈크렌 요새 위에 떨어졌다고 한다면 그 둘의 영토 경계점이니만큼 녀석들이 간섭할 가능성은 없었소. 하지만 보고들은 바에 의하면 운이 없게도 유성은 브로마네스의 영토 쪽으로 떨어졌다고 하더군. 그래서 브로마네스가 뛰쳐나온 것이었고 말이오. 물론 유성 소환 마법의 특성상 오차가 아주 크기에 둘 중 한 드래곤은 뛰쳐나올 거라고 예상은 하고 있었소. 하지만 유성을 브레스로 박살 내 버리고 이쪽으로 올 거라고는 솔직히 생각하지 못했소."

오는 말이 별로 곱지 못한 관계로 가는 말 또한 마찬가지였다. 미네르바는 한껏 비꼬는 어조로 그린레이크를 향해 말했다.

"호오, 예상을 하고 있었다구? 그렇다면 분노한 레드 드래곤을 막을 방법 또한 생각해 뒀겠군. 엘프리안시에 쳐져 있는 방어 마법진으로 웜급 래드 드래곤의 브레스를 막을 수 있소?"

하지만 그린레이크는 미네르바의 비꼬는 어조를 간단하게 무시했다.

"떨어져 내리는 유성까지 박살 내는 브레스인데, 방어 마법진으로는 물론 막을 수 없지. 대신 그것 때문에 준비해 둔 것이 있소. 진귀한 선물을 한다면 드래곤은 그깟 일은 간단히 잊어버리고 돌아갈 거외다."

그린레이크는 자신만만하게 말했지만, 그 기발한 착상에 미네르바는 경악했다.

"뭐야? 도시 하나쯤은 흔적도 없이 날려 버릴 수 있는 유성이 자신의 둥지 주위에 떨어졌는데 그 정도 선물만 받고 돌아갈 거라고 생각을 하다니, 당신 제정신이야?"

"물론 제정신이오. 인간의 관점에서 봤을 때는 유성이 머리 위로 떨어진다면 엄청난 위협이 되겠지만, 드래곤의 입장에서 봤을 때는 그게 어떤 타격도 주기 힘들다는 것은 분명한 사실이오. 그들에게는 아무런 생명의 위험이 없었으니까, 솔직히 사과하고 선물을 준다면 조용히 물러갈 거요. 드래곤의 입장에서 봤을 때 이 따위 도시 하나 박살 내는 것 보다 선물을 받는 편이 훨씬 더 득일 테니까."

"젠장! 그렇게 자신 있으면 말리지 않을 테니 좋을 대로 해 보시오!"

"알겠소. 그럼 나는 가 보겠소."

레드 드래곤 브로마네스는 자신의 그 거대한 몸매를 과시하듯 1킬로미터도 안 되는 상공을 유유히 날아왔다. 그는 일단 자신이 파괴하고자 마음먹은 동쪽 대륙에서 열 손가락 안에 들어가는 거대 도시 엘프리안의 모습을 머릿속에 그려 놓기 위해 엘프리안시를 한 바퀴 천천히 돌았다. 그런 다음 브레스로 잿더미를 만들어 놓은 후에 다시 한 번 더 돌면서 자신의 작품을 감상할 예정이었다. 그런데 황궁 위쪽을 날아가고 있을 때 자신이 보기 쉽게 매우 큼직하게 써 놓은 글자들을 볼 수 있었다.

「브로마네스 님을 환영합니다.」

브로마네스는 천천히 고도를 낮춘 후 황궁을 보호하기 위해 설치되어 있는 방어탑들 중의 하나를 골라잡고는 그 위에 내려앉았다. 탑의 상부 구조물이 갑작스런 불청객의 무게 덕분에 허물어졌지만 그는 별로 신경 쓰지 않았다. 일단 브로마네스가 내려서자 엘프 몇 명이 재빨리 그쪽으로 다가왔다. 그들 중에서 짙은 녹색 머리카락을 길게 기른 엘프가 정중하게, 살짝 미소 띤 얼굴로 브로마네스를 향해 말했다.

"어서 오십시오, 위대하신 분이시여. 저는 티란 엘 그린레이크라고 합니다."

〈크흐흐…, 나는 브로마네스라고 한다. 내 방문이 그렇게 기분 좋은 것은 아닐 텐데, 애써 미소 지을 필요 없다. 그래, 나를 부른 이유는?〉

그린레이크는 살짝 미소 띤 얼굴로 자신 있게 말했다.

"예, 호비트의 도시 하나를 파괴하시는 것은 별로 어려운 일은 아니겠지만, 사실상 남는 것 또한 없지 않습니까? 이 도시를 구하고자 하는 대가로는 너무나 약소하지만 이것을 받아 주시고 이번 일은 용서해 주심이 어떻겠습니까? 원래는 제가 직접 찾아뵙고 사죄를 드렸어야 옳지만, 위대한 분께서 이곳까지 먼저 왕림하셨기에 순서가 약간 바뀌었습니다."

그러면서 그린레이크는 뒤쪽에 커다란 상자를 들고 서 있는 엘프들에게 눈짓을 했다. 그러자 엘프들은 그 자리에 상자를 내려놓은 후 뚜껑을 열었다. 그 안에는 금은보석 따위로 만든 번쩍거리는 세공품들이 하나 가득 들어 있었다. 그 하나하나는 드워프가 만든 최고의 예술품들이었다.

사실상 드래곤이란 것은 이미 최강의 힘을 가진 존재들이었기에 힘이 깃든 물건, 즉 마법검이라든지 마법 도구 따위의 선물은 받아 줄 가능성이 크지 않지만, 이런 세공품들이라면 매우 좋아할 것이라는 것이 그린레이크의 추측이었다.

브로마네스는 고개를 아래로 한껏 내려서는 상자 속에 들어있는 것들을 자세히 바라본 후 갑자기 고개를 위로 쳐들며 포효를 터뜨렸다. 물론 브로마네스는 그 세공품들이 탐나기는 했지만, 저 엘프 녀석이 공포에 질리지 않는 자신만만한 얼굴이 보기 싫었던 것이다.

〈쿠오오오오오오오~~~~!〉

세상의 모든 생명체를 복종시킨다는 드래곤 로어는 그 굉음을 터뜨린 당사자가 거의 4천 년 이상이나 된 레드 드래곤이었기에 그 파괴력에서부터 엄청났다.

브로마네스를 기점으로 거의 반경 2킬로미터 내의 모든 유리창들이 박살 나 버렸고, 황궁에 있던 거의 대부분의 사람들이 기절해서 넘어졌다. 같이 왔던 두 명의 엘프는 기절해서 넘어졌지만, 그린레이크는 간신히 마법 방어막을 쳤기에 무사히 서 있을 수 있었다. 그러나 약간이지만 그 지독한 굉음을 들어야만 했기에 그의 다리는 후들거리고 있었다. 이제 상대의 얼굴에 약간 공포가 떠올라 있는 것을 보고 브로마네스의 기분은 슬슬 좋아지고 있었다. 하지만 브로마네스는 짐짓 화가 난다는 듯 외쳤다.

〈감히 이따위 물건으로 내 분노를 삭일 수 있다고 생각했느냐? 이 어리석은 녀석아!〉

그린레이크는 예상 밖이었지만 그래도 초인적인 노력으로 표정 하나 바꾸지 않고 미소 띤 얼굴로 말했다.

"그렇지 않습니다, 위대한 분이시여. 겨우 이 정도의 물건은 마음에 차지 않으실 거라는 점을 잘 알고 있습니다. 이것 외에 10톤의 황금과 황금색으로 번쩍거리는 거대한 멋진 레어를 하나 선사하겠습니다. 물론 뒤처리는 드워프에게 위탁할 것이구요."

그린레이크는 이 말을 하면서도 자신의 놀라운 기지에 절로 미소가 지어졌다. 물론 10톤의 황금이 가지는 가치도 엄청나겠지만, 황금색으로 도금한 거대한 지하 구조물을 건설하려면 엄청난 돈이 추가로 지불되어야 할 것이다.

하지만 레어를 건설하려면 최소한 1년은 필요했고, 그만큼의 시간은 일단 벌 수 있게 되는 것이다. 거기에다가 혹시나 드래곤이 그 새로운 레어로 이사만 가 준다면, 두 마리의 드래곤 영토 사이에 위치하고 있기에 엄청난 전략적 중요성을 지니고 있는 쟈크렌 요새도 그 가치를 잃어버릴 것이다.

그리고 또 하나 중요한 점은 눈앞에 보이는 이 멍청한 도마뱀의 거처를 어디로 옮길 것인지의 선택권이 자신에게 반쯤은 주어지는 것이다. 이 녀석을 매우 전략적으로 중요한 곳 주위에 살게 만든다면 천연의 방어 마법진이 되어 줄 것이 아닌가?

'황금색으로 번쩍거리는 거대한 레어라고?'

그린레이크가 무슨 생각을 해서 내놓은 의견인지 모르지만, 일단 지금 살고 있는 자신의 주택이 별로 마음에 들지 않고 있던 브로마네스에게 사실상 이것보다 더 매력적인 제안은 없었다. 거기에다가 저 금은보화에 황금 10톤이 추가되는 것이다.

하마터면 브로마네스는 그 제안에 응할 뻔했다. 하지만 지금 답답한 쪽은 자신이 아니었다. 산사태가 나서 레어가 무너져 내린 것도 아니고, 조금 작은 집이지만 아직은 쓸 만한 상태였기에 브로마네스는 섣불리 대답하지 않고 슬쩍 튕기기 시작했다.

〈호오, 10톤의 황금에다가 멋진 레어라고? 그렇다면 레어는 어디에다가 지어 줄 생각이냐?〉

브로마네스가 약간 구미가 당긴다는 듯 묻자 그린레이크는 손가락으로 엘프리안에서 멀찌감치 보이는 아주 높은 산을 가리키며 재빨리 대답했다.

"저곳이면 어떻겠습니까?"

〈흐음…, 하지만 저곳은 이런 대도시에서 멀지 않은 곳이라서 시끄럽지 않을까?〉

브로마네스가 신중하게 대답하자 그린레이크는 재빨리 얼버무렸다. 만약에 브로마네스를 엘프리안 부근에 거주하게만 만든다면 그것보다 더 이상 좋은 것은 없었기 때문이다.

"절대로 그렇지 않습니다. 호비트가 아무리 소란을 피워도 저쪽까지는 들리지 않습니다. 또 건설하는 데 재료를 조달하기도 어렵지 않고, 더욱 중요한 것은 저 산에는 크루마의 수호 신전이 있기에 왕래하는 사람이 거의 없다는 것이지요."

일단 첫 번째 조건에 만족한 브로마네스는 그다음 문제점을 말했다.

〈흐음, 레어의 구조는 어떻게 만들 생각이냐?〉

이제 상대가 거의 넘어올 것 같자 그린레이크는 더욱 열성을 가지고 말했다.

"그거야 하명해 주시는 대로 성의껏 만들어 드리겠습니다. 공사하는 데 1년 정도 걸리겠지만 최대한 빨리 끝내도록 노력하겠습니다. 그리고 위대하신 분의 입장에서 보신다면 1년은 매우 짧은 시간이 아니겠습니까? 10톤의 황금은 들고 나르기도 힘드니까 새로운 레어가 만들어질 때 그 창고 안에 넣어 두겠습니다.”

〈흐음…, 하지만 그것만 가지고는 모자라. 겨우 황금 10톤과 레어 따위야 조금 귀찮기는 하겠지만 드워프들을 족친다면 아주 쉽게 해결할 수 있지.〉

브로마네스의 말에 그린레이크는 욕지기가 튀어나오려는 것을 억지로 참고는 사근사근한 어조로 말했다. 이놈의 레드 드래곤은 정말 원하는 것이 너무나 많았다.

"그럼 뭘 더 원하십니까? 말씀만 하십시오."

브로마네스는 엘프의 얼굴이 분노로 물드는 것을 재미있게 바라보며 자신이 원하는 바를 말했다.

〈내가 새로운 레어로 들어갈 때 가장 친한 친구 녀석을 초대하려고 한다. 그를 찾아서 그날 데려와라. 만약 그것을 이행하지 못한다면 너희들이 1년 안에 레어를 만들든 그러지 못하든 간에, 나는 처음의 계획대로 도시를 박살 내 버릴 테다. 알겠느냐?〉

"저, 그렇다면 친구 분의 성함이라도 알려 주셔야 저희들이 손을 쓸 수 있을 것이 아닙니까?"

〈아, 물론 그 정도는 알려 줘야지.〉

브로마네스는 그 거대한 날개를 휘저어 하늘로 천천히 떠오르면서 말을 이었다.

〈내가 초대하고자 하는 녀석은 아르티어스다. 잘 찾아보도록! 크호호호호.〉

성인지 이름인지 모르겠지만 '아르티어스' 라는 말만 하고 브로마네스는 유유히 사라져 버렸다. 나중에 조사해 보면 알겠지만, 이 아르티어스라는 드래곤은 성질이 자기보다 더하면 더했지 결코 못 하지 않은 드래곤이었다.

그런 드래곤을 겨우 호비트나 엘프 따위가 이쪽까지 데려올 가능성은 아예 없었다. 브로마네스는 마지막에 내놓은 자신의 조건이 결코 지켜질 수 없을 것이라는 점에 매우 흡족한 마음으로 떠났던 것이다. 브로마네스는 새로운 레어에 입주하는 날, 그 기념으로 엘프리안시를 가루로 만들 계획을 세웠다. 그것은 상상만 해도 정말 화려하고도 멋진 장관이었다.

브로마네스가 돌아간 후 그린레이크는 이 '아르티어스' 라는 수수께끼의 인물을 찾기 위해 며칠 동안 자료를 뒤졌다. 일단 드래곤이 친구라고 했으니 아르티어스도 드래곤일 가능성이 높았다.

하지만 'A'로 시작되는 이름을 가진 것은 골드 드래곤 일족이었다. 드래곤들 중에서 레드 일족과 골드 일족은 매우 사이가 안 좋다는 것을 그린레이크도 잘 알고 있었지만, 일단 찾아볼 만한 것은 드래곤이 최우선이었다.

"아무리 뒤져 봐도 없사옵니다, 공작 전하. 혹시 드래곤이 아닌 것이 아닐까요?"

정말 곤혹스런 상황이 아닐 수 없었다.

"흐음, 처음부터 기대는 안 했지만…, 그렇다면 어디서 찾지?"

바로 이때 그린레이크의 밑에 있던 엘프 중 한 명이 그에게 자신이 알고 있는 아르티어스라는 존재에 대해 한 가지 단서를 말했다. 그는 매우 망설이는 것 같았지만, 그래도 일단 알려 주는 것이 도리인 것 같았기에 조심스럽게 상관을 향해 입을 열었다.
"저…, 공작 전하. 알려 드릴 것이 있사옵니다."
"뭐냐?"
"아르티어스라는 이름을 들어 본 적이 있사옵니다."
"뭐야? 그런데 왜 지금 말하는 것이냐?"
"저는 마법 시료를 모으기 위해 여기저기를 많이 돌아다녀야 합니다. 그 때문에 전에 들은 이야기가 있는데, 혹시 「아르티어스 애가(哀歌)」라는 노래를 아시옵니까?"
일단 흔적도 찾아보기 힘들었는데, '아르티어스'라는 이름이 나오는 말이었기에 그린레이크는 흥미를 가지고 물어봤다.
"뭐? 그런 노래도 있었나?"
"예, 여기는 별로 알려져 있지 않지만, 말토리오 산맥 주위에서는 흔히들 애창되는 노래이옵니다. 안젤리아나라는 여류 음유 시인이 지은 노래이온데, 교과서에까지 나올 정도로 그 지방에서는 유명한 노래이옵니다."
"노래의 내용은?"
"예, 지금부터 한 2천 년쯤 전에 활약한 아르티어스라는 드레곤 슬레이어를 기린 노래이온데……."
'2천 년 전'이라는 말에 더 이상 부하의 보고를 들을 마음이 없어진 그린레이크가 노성을 터뜨렸다.
"뭣이? 이 멍충아! 지금 그걸 말이라고 하냐? 2천 년 전이라면 살아 있을 사람이 어디 있냐? 백골도 찾기 힘들 텐데 아무리 브로마네스가 우리를 골탕 먹이려고 든다고 해도 설마하니 시체를 찾으라고 했겠냐? 사람이건 엘프건 그 외의 또 다른 뭐건 어쨌든 '살아 있는' 아르티어스라는 이름은 모조리 찾아라. 빨리!"

"옛, 전하."

"그리고 레어 건설 건에 대해서 드워프들에게 협조를 부탁하고, 엘프란 기사단에 연락해서 로투스들을 지원해 달라고 해라."

"예? 로투스급 타이탄을 어디에다가 사용하실 예정이시옵니까? 그걸 알려 주셔야 몇 대나 지원받을지……."

로투스급 타이탄은 출력이 0.5밖에 되지 않고, 또 크기도 작았기에 오실롯 왕국이나 라크비에 왕국과의 국경선이 되는 오실라니아 산맥에 모두 다 주둔하고 있었다. 산악에서 돌아다니는 데는 오히려 덩치 큰 타이탄보다는 로투스 같은 소형의 타이탄이 더욱 적합했기 때문이다. 그런 작은 타이탄은 적의 유격 부대를 상대할 때나 몬스터 사냥 외에는 거의 쓸모가 없었다. 그렇기에 부하는 그 명령을 궁금하게 여긴 것이다.

"그야 당연히 레어 만드는 토목 작업에 쓸 거지. 열 대 정도 지원받으면 충분할 거다."

"옛, 전하."

"그리고 나는 잠시 여행을 갔다 올 테니 그리 알고 있도록!"

"예? 어디로……."

"너희들은 몰라도 된다. 아마 오늘 저녁이나 내일쯤 돌아올 것이다."

아르티어스의 정체

 미네르바는 부하의 보고에 매우 흥미를 느꼈다. 그녀의 앞에 서 있는 사내는 궁중에서 일어나는 모든 사건들을 종합하여 체계적으로 정리한 후 그녀에게 밀고하는 것이 주 임무였다. 물론 이 같은 행위를 해서는 안 되는 것이었지만, 현실은 그렇지 않았다.
 그녀의 직위는 전군의 총사령관이었지만, 현실적으로는 군대에만 신경 쓸 수 없었던 것이다. 그녀의 정적들도 감시해야 했고, 또 그녀를 모략하는 따위의 엉뚱한 유언비어가 돌아다닐 수도 있기에 이런 부하의 존재는 거의 필수적이었던 것이다.
 "호오, 아르티어스라는 이름을 가진 존재를 찾고 있다고?"
 "옛, 전하."
 "그래, 찾기는 찾았느냐?"

"며칠간 찾았사오나 자료가 거의 없기에 그린레이크 공작 전하께서는 매우 당황하고 계신 눈치였사옵니다. 브로마네스가 쟈코니아 산맥에 거주하는 만큼 쟉센 평원 주둔군에도 그 이름을 가진 주민이 없는지 찾아보라고 협조 공문을 띄웠사옵고, 혹시나 코린트 사람일 가능성도 배제할 수 없기에 첩자들이 그 이름을 지닌 사람을 찾는다고 광분하고 있사옵니다."

부하의 말에 미네르바는 웃음을 터뜨렸다.

"호홋! 재미있군. 그래 그 녀석은 이번 일을 어떻게 처리할까……. 참! 브로마네스가 준 기간이 1년이라고 했느냐?"

"예, 전하. 그 안에 완성하라고 했사옵니다."

그녀는 부하의 대답에 매우 유쾌한 마음이 들었는지 혼잣말을 중얼거렸다.

"조금 더 기다려 보고 찾아낼 방도가 없다는 것이 알려지면 폐하께 천도하는 것이 어떻겠는지 여쭤 봐야겠군. 이만 가 보거라."

"옛! 전하."

젊은이가 사라지고나자 미네르바는 호쾌한 웃음을 터뜨렸다. 황금 10톤과 거대한 레어를 짓는 데 들어가는 돈 따위야, 이 거대한 도시가 멸망하는 시간을 1년이나 늦춰 준다면 아까울 것이 없었다.

코린트의 경우 수도가 하루아침에 날아간 결과로 지금 엉망진창이 아닌가? 하지만 1년이라는 시간 여유가 있다면 주민들을 새로운 도시로 이주시키고, 또 각종 공장들이라든지 모든 기반 시설들을 점차적으로 다른 도시로 옮기기에 충분했다. 거기에다가 더욱 기분 좋은 것은 그 꼴사나운 그린레이크의 얼굴을 이 도시가 잿더미가 되는 그날부터 다시는 보지 않아도 된다는 사실이다.
미네르바는 콧노래를 부르면서 흥겹게 말했다.
"그 녀석의 참수(斬首)는 내가 직접 해도 될지 폐하께 여쭤 볼까? 호호호."

그날 그린레이크가 마법진을 이용하여 서둘러 도착한 곳은 자신의 고향 마을이었다. 자신의 고향 마을의 한 귀퉁이에는 엘프 여행자들을 위한 이동용 수신 마법진이 그려져 있었고, 혹시나 그곳에 잡초 따위가 자라거나 나무토막 같은 것이 올라가지 않도록 세심하게 관리되고 있었다. 이동 마법시 이런 물체가 존재하는 곳으로 이동해 온다면 간섭 현상에 의해 치명적인 결과가 생길 수도 있었기 때문이다.
희뿌연 빛이 번쩍거리다가 그린레이크가 순간적으로 마법진 위에 모습을 드러내자 그것을 가장 먼저 눈치 챈 엘프들이 그린레이크에게 다가와서 인사를 건넸다. 그들의 입장에서 봤을 때 그린레이크는 크루마에 사는 모든 엘프들 중에서 가장 출세한 몇 명되지 않은 엘프들 중의 한 명이었고, 또 그린레이크는 그 높은 직위를 이용해서 크루마에 살고 있는 엘프들의 권리 신장에 노력하고 있었기에 꽤 평이 좋았기 때문이다.
"어서 오십시오, 그린레이크."
"잘 있었는가? 엘리노아."
순식간에 엘프들이 그의 주위에 모여 들었기에 그린레이크는 하나하나 그들과 인사를 나눈다고 매우 바빠졌다. 그는 따로 할 일이 있기에 여기에 왔지만, 그렇다고 오랜만에 만난 고향의 엘프들을 못 본 체 지나칠 수는 없었기에 잠시지만 시간을 할애할 수밖에 없었던 것이다. 바로 이때 거의 10년은 보지 못했던 그리운 얼굴이 그의 눈에 띄었다.

"어서 오거라."

"안녕하셨습니까? 아버님."

"그래, 우리들이야 안녕하지. 그런데 어쩐 일이냐? 설마 대 제국 코린트와 전쟁이 벌어졌다고 들었는데, 피신이라도 온 것이냐?"

"아닙니다, 아버님. 전쟁에서는 승리했습니다."

"오오, 기쁜 소식이구나. 들어가서 축배를 들어야겠어. 어서 오거라. 마침 지난 가을에 담가 놓은 산딸기주가 남아 있지."

오랜만에 만난 아들과 또 그 아들이 가져온 좋은 소식 때문에 기뻐하는 아버지를 보고, 그린레이크는 지금 자신이 어떤 처지에 놓여 있는지 말을 할 기회를 놓치고 말았다.

그는 '이럴 시간이 없는데…' 라는 생각을 끊임없이 하면서도 어쩔 수 없이 마을의 엘프들과 아버지, 그리고 동생의 손에 이끌려 촌장인 아버지의 집으로 향할 수밖에 없었다.

엘프들은 숲을 매우 사랑하는 종족이다. 왜냐하면 숲은 그들에게 삶을 살아가는 데 있어서 필요한 모든 것을 제공해 주기 때문이다. 그리고 그들은 외부의 족속들과 별로 연락을 취하지 않는 상당히 폐쇄적인 생활을 하고 있었기에, 엘프에 대해 잘못된 이야기들이 많이 전해져 있었다.

 사실 엘프는 숲을 사랑하고 자연에 순응하는 종족이기는 했지만, 그렇다고 세간에 전해지듯이 육식도 안 하고 이슬만 먹고 사는 숲의 요정과 같은 종족은 절대로 아니었다. 그들의 허약하면서도 아름다운 외모를 봤을 때 파리 한 마리 죽일 수 없을 것처럼 보이기는 했지만, 사실 그들은 매우 민첩하면서도 강인했다. 그리고 엘프들이 살아가기 위해서는 기본적으로 광대한 숲을 필요로 하는데, 그 안에 들어오는 침입자들을 살려 두는 예가 거의 없을 정도로 호전적이었다.

 숲은 엘프들의 삶에 꼭 필요한 것이었기에 그들은 가급적 숲을 파괴하지 않기 위해 노력한다. 그렇다고 해서 그들이 나무를 베거나 풀을 없애는 것을 꺼리는 것은 절대로 아니다. 이들은 정착해서 살기 위한 좋은 곳을 발견하면 그곳에다가 진흙 벽돌을 이용하거나 돌을 깎아서 집을 짓는다.

 물론 이때 가급적이면 숲에 해가 가지 않도록 노력하지만 어떤 나무를 잘라 내지 않고는 집을 세울 공간이 부족하다면 가차 없이 나무를 잘라 없애기도 한다.

 엘프들은 농사를 짓지 않는다. 그렇다고 목축을 하지도 않는다. 그들의 식생활은 태곳적 호비트들이 이 땅에 태어났을 때 행해졌다고 생각되는 것, 즉 사냥과 채집 생활이었다. 숲에서 나오는 각종 열매나 버섯 따위가 그들의 주된 식량이 된다.

 또 숲에서 생활하는 모든 동물들도 그들의 식량원이다. 그렇기에 그들은 자신들의 삶에 있어서 모든 것을 제공해 주는 숲을 보존하기 위해 힘을 쏟는 것이다.

하지만 이들의 생활 방식은 숲을 개척하여 농경지나 목축지로 만들려는 호비트들과 정면으로 대치되는 것이었다. 그렇기에 예전에는 호비트들과 충돌도 심했었다.

엘프들의 강력한 마법과 사냥을 통해 다져진 활솜씨는 호비트들에게 상당한 위협을 줬다. 하지만 호비트는 농경이나 축산을 통해 방대한 생산력과 그에 걸맞은 인구를 보유하고 있었고, 엘프들은 그야말로 전투에서는 승리하면서도 뒤로 밀려들어 갈 수밖에 없었다.

엘프들이 호비트들과의 전쟁에서 밀리는 데는 그들이 하나의 국가를 구성하지 못하고 작은 부족 단위로 흩어져서 생활한다는 점도 크게 작용했다. 또 미모를 지닌 엘프들의 경우 매우 좋은 노옛감이었기에 엘프 사냥꾼들까지 등장해 어린 엘프들을 납치하면서 엘프들의 숫자는 급감하기 시작했다.

그러다가 크루마 제국이 들어서면서 엘프들의 처지는 매우 개선되기 시작했다. 개국 공신들 안에 엘프가 끼여 있었기에 크루마는 엘프들에 대해 매우 관대한 국가였다. 또 크루마는 엘프들에게 방대한 숲을 제공할 수 있을 정도로 넓은 국가였다.

크루마는 엘프들을 자신의 국가 안에 흡수함으로써 강력한 궁수와 뛰어난 마법사를 동시에 확보할 수 있었다. 지금처럼 마법 생물 타이탄이 모든 것을 좌지우지하는 시대에 강력한 마법사의 확보는 그 어느 때보다 중요했고, 지금에 이르러서야 엘프들을 우대하여 그들의 힘을 얻고자 하는 국가들도 생겨나고 있었다.

하지만 엘프들은 극한 상황이 닥치지 않는 한 자신들이 한 번 정착한 땅에서 움직일 생각을 하지 않기에, 엘프 마법사들을 대량으로 보유하고 있는 크루마의 번성이 계속되고 있었던 것이다.

소박하게 돌로 만든 집 안은 창문이 그렇게 크지 않았기에 어두컴컴할 것으로 예상되었지만, 집 내부는 생각만큼 어둡지 않았다. 빛의 정령 윌 오 위스프들을 불러내어 빛을 밝힌 덕분에 집안 곳곳에 작은 빛 무리가 떠다니고 있었고, 그에 따라 책을 읽을 수 있을 정도로 내부는 매우 밝았던 것이다.

오랜만에 매우 반가운 손님이 왔기에 월동을 위해 저장고에 놔뒀던 사슴 고기를 꺼내어 굽고, 각종 과일들을 풍성하게 내 왔다. 그리고 가죽 부대에 담겨져 있던 산딸기주가 모두에게 골고루 돌아갔다. 그들은 협동 생활을 했기에 그날그날 채집한 음식물은 일단 한 곳에 집산된 후 다시 각 사람들에게 골고루 배분되었다. 만약 그날 채집한 식량이 없었다면 마을 전체가 굶는 경우도 있었다. 하루 정도 굶는다고 죽는 것은 아니지만, 겨울을 날 식량이 없다면 마을 전체가 굶어 죽을 수밖에 없었기에 겨울용 비축 식량을 꺼내는 일은 거의 없었다. 그만큼 마을의 엘프들에게 그린레이크는 반가운 손님이었다.

하지만 그린레이크는 가족들과 마을 엘프들의 환대가 하나도 즐겁지 않았다. 왜냐하면 지금 그에게는 해야 할 일이 있었기에 마음은 급한 상태였고, 그들은 지금 자신이 하고자 하는 일을 방해하는 훼방꾼에 지나지 않았기 때문이다.

어느덧 시간은 흘러 축제도 끝나 버렸고, 엘프들은 하나 둘씩 자신의 집으로 흩어졌다. 그린레이크도 여러 엘프들이 권하는 술을 마시며 담소를 나누다가 오늘 목적했던 일을 하기는 힘들 것 같다는 생각이 들자 피곤하다는 이유로 일찍 잠자리에 들었다. 그런 다음 먼동이 터 오는 새벽에 원래 자신이 목적했던 곳을 향해 출발했다.

그린레이크의 고향 마을 근처에는 그린 드래곤이 한 마리 살고 있었다. 이제 겨우 1천4백 살 정도밖에 안 된 드래곤이었는데, 성체가 되어 아버지에게서 독립하게 되었을 때 그린레이크의 고향 마을 근처에 둥지를 틀었기에 지금껏 9백여 년간 이웃의 엘프들과 친분을 유지해 오고 있었다. 드래곤들 중에서는 비교적 성질이 유순한 그린 드래곤답게 그 드래곤은 자신과 취향이 유사한 엘프들과 아주 사이좋게 지내 오고 있었기에, 그린레이크는 이 드래곤에게 감히 부탁할 생각을 했던 것이다.

며칠 동안 그린레이크 밑에 있는 마법사들이 열심히 자료를 뒤졌고, 또 '아르티어스'라는 이름을 가진 사람을 몇 명 찾아내기는 했지만, 부하들을 파견해 알아 본 결과 레드 드래곤 브로마네스와는 아무런 상관이 없다는 대답만을 듣고 돌아왔다.

물론 아직도 시간은 많이 남아 있었다. 하지만 상대가 누군지를 알아야 그를 초대할 방법에 대해서도 궁리를 할 수 있을 텐데, 그 대상이 누군지조차 아직 파악하지 못하고 있다는 것이 그를 점점 더 초조하게 만들고 있었다.

그렇기에 그린레이크는 일단 하나하나 가능성을 줄여 가기로 결정했다. 우선 드래곤. 드래곤의 개체 수는 많지 않으니 조사하는 데도 그렇게 많은 시간을 필요로 하지 않을 것이다.

일단 드래곤들을 철저히 조사한 후 드래곤이 아니라는 확신이 들면 그다음으로 오래 사는 종족인 엘프를 집중적으로 조사한다. 그런 다음 엘프도 아니라는 확신이 들면 드워프를 조사하는 것이 좋을 듯하다는 생각이 들었던 것이다. 물론 그 조사와 병행하여 확실하게 인구 조사가 되어 있는 호비트도 조사하면서 말이다.

그런데 드래곤에 대해서 조사하기에는 인간 세상에 쌓인 자료가 너무 적었다. 드래곤들 중에서 자신의 이름을 밝힌 드래곤보다 밝히지 않은 드래곤이 더 많았던 것이다. 즉, "내 이름은 아무개다. 내 영토에 얼씬거리는 것들은 몽땅 다 디저트로 먹어 버리겠다"하고 선포한 놈들은 거의 없었고 대부분이 그냥 레어에 처박혀서 죽은 듯이 지내고 있었다.

또 아주 심한 놈들의 경우 자신의 레어에 접근한 것들을 경고도 없이 몽땅 다 죽여 버림으로써 입을 틀어막아 버렸기에 그냥 '포악한 드래곤'이라고 불리기도 했던 것이다.

그렇기에 그린레이크가 생각해 낸 것은 이것이다. 드래곤의 일은 드래곤에게 물어보는 것이 가장 빠르고 확실한 것이라는 점. 자신이 알고 있는 드래곤은 자신의 고향 마을 주변에 살고 있는 그린 드래곤이 유일했다. 물론 그린 드래곤이 다른 드래곤의 신상에 대해 알고 있을 가능성이 크지는 않았지만, 드래곤의 개체수가 그렇게 많지 않았기에 교양 과목으로 그들의 아버지에게 배웠을 가능성도 배제하기는 힘들었다.

"무슨 일로 여기까지 왔느냐?"

그린레이크는 돌 위에 우아한 자태로 앉아 있는 엘프가 그린 드래곤 갈렌시아임을 알아보고는 재빨리 고개를 숙이며 말했다.

"위대하신 분을 뵙습니다. 여기까지 찾아온 것은 다름이 아니라 한 가지 여쭈어 볼 것이 있어서 입니다."

갈렌시아는 시선을 다시금 무릎 위에 놓여진 책 위로 돌리면서 낮은 어조로 허락했다. 그린 드래곤은 엘프들과 사이가 좋았기에, 특히 그린레이크의 할아버지와의 관계를 생각한다면 그 청을 거절하기는 힘들었다. 어디로 가서 뭘 해 달라는 부탁도 아니고 지식을 조금만 나눠 달라는 것이기 때문이다.

"말해 보거라."

"예, 아르티어스라는 인물을 찾습니다. 그게 드래곤일 수도 있고 엘프일 수도 있고 호비트나 혹은 다른 것일 수도 있는데, 저는 드래곤이 아닌가 싶습니다."

갈렌시아는 잠시 책에서 시선을 돌려 그린레이크를 바라보며 자신의 의문점을 말했다.

"왜 드래곤일 것이라고 생각하는 거지?"

"예, 웜급 레드 드래곤 브로마네스 님의 친구이기 때문입니다. 실은 브로마네스 님께서 그자를 1년 내에 찾아서, 자신이 새 레어로 입주할 때 초대하라고 명령했습니다."

"훗! 초대하고 싶으면 브로마네스 보고 직접 초대하라고 해야지, 왜 네가 나서서 초대해야 한다는 것이냐?"

"실은, 이번에 한 가지 실수한 것이 있어서 브로마네스 님의 분노를 산 것이 있습니다. 며칠 전에 하마터면 엘프리안시가 분노에 찬 그의 브레스에 날아갈 뻔했었는데, 몇 가지 보물과 10톤의 황금, 그리고 커다란 새 레어를 제공하는 것으로 마무리 지었지요. 그런데 브로마네스 님께서는 자신이 새 레어로 입주하는 그 날 초대할 친구 이름을 가르쳐 주면서 그때 그를 데려오지 않으면 엘프리안을 계획대로 날려 버리겠다고 선포했습니다. 그것 때문에 묻는 겁니다."

 레드 일족이라면 충분히 그런 만행을 저지르고도 남을 거라고 생각하며 갈렌시아는 고개를 끄덕거렸다.

 "아르티어스를 찾는 것은 포기해라. 지금부터 천도할 곳을 물색해서 새로운 수도로 옮기는 게 좋을 거야. 아마도 아르티어스를 설득하는 것보다 그편이 더 쉽고 빠를 거다."

 갈렌시아의 확정적인 말에 그린레이크는 그가 아르티어스를 알고 있다는 것을 느꼈다.

 "혹시 아르티어스를 알고 계십니까?"

 "물론 알고 있지."

 "그는 누구인가요?"

 "말토리오 산맥의 지배자를 모른다는 말인가? 드래곤들 사이에서는 꽤 유명한 드래곤인데 말이야."

 갈렌시아의 말에 그린레이크는 어리둥절한 표정으로 대꾸했다.

 "예? 말토리오 산맥에는 드래곤이 살지 않는다고 알고 있습니다만……."

 "아니, 헤즐링 때부터 지금까지 거기에서 살고 있는 골드 드래곤이 있다. 내 기억이 틀리지 않다면 대충 그의 나이는 4천3백 살

아르티어스의 정체 69

쯤 되었겠지."
 4천3백 살이라는 말에 그린레이크는 멍한 표정을 지었다. 지금 눈앞에 있는 이 그린 드래곤의 경우 1천4백 살 정도쯤 된 녀석이다. 바로 이 드래곤이 여기에 자리를 잡은 후부터 자신의 마을 사람들과 서로 우호 관계가 유지되어 오고 있었기에, 이 드래곤에 대해서는 비교적 소상하게 알고 있었다.
 보통 드래곤들의 경우 분가하기 전이나 분가할 때 그 아버지로부터 막대한 지식을 전수받거나 또는 책 따위를 선물 받기도 한다. 드래곤의 기억력은 정말 대단했기에, 그들이 처음부터 잘못된 사실을 전해 듣지 않았다면 결코 틀릴 리가 없었다.
 초대해야 하는 드래곤이 거의 에인션트급을 바라보는 웜급 드래곤이라는 것이 조금 찔리기는 했지만, 그린레이크는 나중에 포기하더라도 일단 시도는 해 봐야겠다고 생각했다.
 "그렇다면 그에게 부탁을 해 보면 되지 않을까요? 설혹 거절당하더라도 시도는 해 보는 것이……."
 갈렌시아는 그린레이크를 바라보고 살짝 미소 띤 얼굴로, 하지만 책망하는 듯한 어조로 말했다.
 "너는 말토리오 산맥이 얼마나 넓은지 알고 있느냐?"
 "예? 예, 그건 당연히 잘 알고 있습니다."
 "그런데 그런 넓은 곳을 왜 아르티어스 혼자서 독차지하고 있을까?"
 상대가 갑자기 이런 질문을 하는 의도를 알 수 없었기에 그린레이크는 어리둥절해서 대답했다.

"그, 글쎄요."

"그건 성질이 더럽기 때문이야. 나도 잘 모르기는 하지만 내 아버지에게 듣기로 2천 년쯤 전에는 정말 대단했다고 하더군. 역사책을 뒤져 보면 나올 테니까 조사해 보거라. 그의 이름이 알려지지 않은 이유는 자신의 영역 안으로 들어갔던 생명체들 중에서 살아남은 것이 하나도 없었기 때문이야. 그렇다면 이해가 되겠냐?

그런데 골드 드래곤과 레드 드래곤이 친구가 될 수 있다니 정말 놀랍군. 하기야 아르티어스의 그 포악한 성격은 레드 드래곤과 약간은 닮은 점이 있기도 하니까 그것 때문에 그 둘이 통했는지도 모르지. 아마도 브로마네스는 너한테 모든 것을 다 받아 낸 후에 엘프리안을 잿더미로 만드는 것으로 계획을 변경한 모양이지. 도저히 불가능한 것을 하라고 명령한 것을 보면 말이야. 너희 나라가 코린트라는 강대국과 전쟁 중이라던데 사실이냐?"

"예, 그건 어디서 들으셨습니까? 하지만 전쟁은 얼마 전에 끝났습니다. 운 좋게도 약간 우세한 상황에서 종료할 수 있었습니다."

"좋아. 너희가 그 강대한 코린트를 한 달 내로 멸망시키는 것이 아마도 아르티어스를 설득하는 것보다 쉬울 거다."

"저, 그렇다면……."

그린레이크는 어려운 부탁을 생각한 듯 쭈뼛쭈뼛 말문을 열기 시작했지만, 갈렌시아는 재빨리 그것을 봉쇄했다.

"나에게 아르티어스에게 가서 말 좀 해 달라는 부탁이라면 거절이야. 내가 그런 잘난 척하기 좋아하는 골드 드래곤을 만나러 갈 이유도 없고 말이지. 또 찾아가서 아쉬운 소리를 해야 할 아무런 이유도, 책임도 없어. 더 이상 할 말 없으면 가 보거라."
"예."
풀이 죽은 모습으로 돌아가는 그린레이크가 안 되어 보였는지 갈렌시아는 그의 뒤통수에 대고 말했다.
"2천 년쯤 조용했으니까 어쩌면 성격이 좀 바뀌었는지도 모르지. 거기에 희망을 가지라구."
그린레이크는 축 처진 어깨로 엘프리안으로 돌아갔다. 아르티어스의 정체를 알아낸 것은 커다란 수확이었다. 지금 생각해 보면 '아르티어스 애가' 어쩌구 할 때 그게 아르티어스의 소행이었다는 것을 눈치 챘어야 했다. 하지만 그때는 그것을 연관시킬 만한 자료가 없었기 때문에 할 수 없는 일이었다.
그건 그렇고 정체는 알아냈지만 그와 함께 더욱 난감한 정보까지 함께 들었다는 것이 문제였다. 아르티어스를 초대할 수 있는 가능성은 거의 없다는 것을 말이다.

"어라? 이건 또 뭔가?"
토지에르가 궁금하다는 듯 묻자 그 서류를 가져 왔던 마법사가 재빨리 대답했다.
"크루마에서 날아온 것입니다, 토지에르 후작 각하."
"협조 공문이라고? 그런데 왜 우리가 '아르티어스'라는 드래곤을 찾아줘야 하는 거지?"
"그…, 글쎄 말입니다. 일단 지금으로 협조 공문이 도착하기는 했는데, 그를 찾는 이유에 대해서는 아무런 설명도 없었습니다."

"아르티어스라. 어디서 들어 본 것 같은데? 어디서였더라…….
아르티어스…, 'A'로 시작되니까 골드 드래곤인데, 내가 아는 골
드 드래곤이 있었던가?"

바로 이때, 토지에르의 뇌리에 떠오르는 것이 있었다. 우스꽝스
럽게 생긴 황금색 드래곤의 문장…….

"맞아, 바로 그거였어. 로니에르 전하와 함께 다니는 그 드래곤
이 아르티어스였지. 그런데 왜 그놈들이 아르티어스를 찾는 거
지? 이보게."

"옛."

"일단 크루마에는 자료를 찾는 중이지만 시간을 좀 더 달라고
공문을 띄우게. 그리고 안티노스 경에게 크루마에서 왜 아르티어
스라는 골드 드래곤을 찾고 있는지 조사해 달라고 청하게."

지그발트 폰 안티노스는 국내외의 모든 정보를 관장하는 위치
에 있었기에 뭔가 조사할 것이 있다면 그에게 부탁하는 것이 가장
빠를 것은 당연한 일이었다.

"옛, 각하."

"그리고 코린트의 수도가 박살 난 것 때문인데, 그 때문에 입은
손실에 대해서 직접적인 피해 외에도 간접적으로 발생하는 모든
피해에 대한 상세한 자료도 지급으로 부탁한다고 전하게나. 코린
트의 타격이 크면 클수록 이번 전쟁이 오래 가기는 힘들 거야. 그
런 만큼 코린트의 손실이 가지는 의미는 아주 크다고 봐야 하겠
지. 알겠나?"

"옛! 각하."

풀줄기와 검의 대결

 밤하늘 저 멀리서 크르르르릉하는 괴수의 포효 소리가 들려오자 죠드는 살짝 몸을 움츠렸다. 하지만 곧 그는 자신의 이 행동이 같이 모닥불을 쬐고 있는 상대에게 얼마나 실례되는 행동인지를 깨닫고는 쭉 어깨를 폈다. 그의 앞에 앉아서 생각에 잠겨 있는 인물은 오우거(Ogre) 수십 마리가 한꺼번에 뛰어온다 해도 눈도 깜짝 안 할 강자였기 때문이다.
 "이곳이 맞습니까?"
 키에리는 상대의 말에 퍼뜩 상념에서 깨어나며 대답했다.
 "흐음…, 내 기억에는 이 근처인데 워낙 오래전의 일이라서 기억이 가물가물하구먼."
 "그때 어떻게 만나셨습니까?"

"으음, 그때 코타스하고 만난 것은 정말 운이 좋았었지. 예전에는 리사, 까뮤, 나 이렇게 셋이서 자주 여행을 다녔어. 이 근처를 여행하고 있을 때, 이 일대에 블루 드래곤이 산다는 것을 얻어들을 수 있었지. 그걸 듣고 리사가 드래곤을 한번 보고 싶다고 우기기 시작했지. 그래서 몰래 구경하는 것쯤이야 어떻겠나 싶어서 레어를 찾아간 거야.

하지만 사흘 동안 뒤졌는데도 레어를 찾을 수 없었지. 그 당시 우리들은 그 큰 드래곤이 사는 레어라면 엄청나게 거대한 입구를 가지고 있을 거라고 생각하고 찾았지만, 그런 곳은 아무리 뒤져도 찾을 수가 없었지.

그런데 그때 코타스를 만났지. 처음에 그는 우리를 아주 수상한 시선으로 보는 것 같았었는데, 나중에는 우리들과 친해졌고 같이 여행을 떠나게 되었어. 나중에야 그는 자신을 아카데미를 졸업한 후 어떤 괴짜 마법사에게서 수련을 했고, 그와 헤어진 후 이 근처에 처박혀서 마법 시험을 하고 있는 마법사라고 소개했지. 그와 함께 여행을 하면서 그의 마법 실력을 보게 되었는데 정말 놀라웠지."

"그렇다면 코타스 전하의 거처에는 가 보시지 않으신 겁니까?"

키에리는 잠시 생각해 보더니 자신도 그제야 깨달았다는 듯 말했다.

"생각해 보니 그렇군. 함께 만나서 대화를 나누다가 그대로 여행을 떠났으니까 말일세."

"그건 참 이상하군요. 일부 고급 마법들의 경우 마나를 절약하기 위해 특별한 시약을 쓰기도 하는데, 그런 시약을 준비하지도 않고 곧장 여행에 따라나서다니…….”

 “허허…, 그렇지 않아. 그는 이미 7사이클의 마스터였는데 뭐가 더 필요해서 시약을 가지고 다니겠나? 검객이 검술을 계속 익히다 보면 나중에는 검이 필요 없는 경지까지 올라가게 되지. 나를 보게나. 몇몇 의례상 필요한 경우를 제외하고는 검을 가지고 다니지도 않잖아. 검이란 것은 덩치도 크고 들고 다니기도 불편하거든.”

 “그럴지도 모르죠. 그렇다면 예를 들어서 전에 전하에게 부상을 입혔던 그 상대를 기억하십니까?”

 그 거대한 타이탄의 머리가 뒤로 젖혀지면서 드러났던 소녀의 모습을 키에리는 도저히 잊을래야 잊을 수가 없었다. 상대에게서 고수다운 면모를 찾아볼 수 있었다면 몰라도 도저히 자신을 이길 거라고 생각할 수조차 없는 꼬맹이를 보고 그는 엄청난 충격을 받았기 때문이다. 키에리가 떨떠름한 얼굴로 고개를 끄덕이자 죠드는 재빨리 말했다.

 “그렇다면 그 상대가 풀줄기를 들고 싸우고, 전하…, 아니 발렌시아드님이 검을 들고 싸웠다면 결과가 똑같았을까요?”

 키에리는 가만히 생각해 봤다. 제법 시간이 지난 만큼 자신과 소녀의 차이를 냉정하게 분석해 본다면 물론 검술 실력이나 마나를 부리는 데 있어 소녀가 한 단계 앞서 있었다. 하지만 소녀의 그 외형으로 봤을 때 실질적인 파워는 그렇게 강하다고 생각되지 않았다. 마나로만 구동되는 타이탄에 타고 있었기에 소녀의 그 막강한 실력과 마나가 모두 다 구현될 수 있었던 것이다.

하지만 실질적으로 검만을 가지고 싸운다면 얘기가 달라졌을 것이다. 타이탄의 역할을 해 줄 것은 이제 살과 피로 이루어진 육체가 될 것이고, 그 육체의 성능에 있어서는 자신의 것이 소녀의 그 나약한 것보다 월등하지 않겠는가? 그리고 소녀가 풀줄기를 잡고 있었다면……

키에리는 고개를 주억거리며 중얼거렸다.

"글쎄. 그런 식으로 한번 붙어 봐야 확실한 걸 알겠지만, 아마도 내가 이길 확률은 훨씬 더 높아지겠지. 풀줄기로 검의 역할을 대신한다는 것은 상당한 마나가 필요하니까 말일세. 그런데 그게 어떻다는 말인가?"

"마법도 그와 같습니다. 시약을 사용했을 때는 마법의 종류에 따라 다르지만 심한 경우에는 거의 80퍼센트까지, 보통의 경우 30~50퍼센트의 마나를 절약할 수 있습니다. 그러니까 7사이클급의 마법을 사용함에 있어서 그 사용되는 마나의 양이 1백만 기간트라라면 50만 기간트라만 가지고도 마법의 구동이 가능하다는 말입지요.

물론 그런 방식으로 7사이클급 마법사가 8사이클의 마법을 구동하는 것은 불가능하지만, 마나가 절약됨으로 인해 한 번 쓸 마법을 두 번 이상 쓸 수 있죠. 그런데 왜 그런 기회를 포기하셨을까요?"

"글쎄? 그건 내가 코타스가 아니니까 알 수가 없군. 나중에 코타스를 찾으면 그에게 물어보게나."

후방이 든든해지기 시작하자 크라레스의 기사단은 또다시 진격을 시작했다. 하지만 계속되는 크라레스군의 진격에도 코린트군은 결전을 회피하는 식으로 대처하고 있었다.

그도 그럴 것이 만약 로체스터 총사령관에게 구조 신호를 보낸다면 로체스터 공작은 곧장 휘하 기사단과 함께 남쪽으로 내려와서는 다리엔 후작의 지휘권을 박탈할 것이 분명했다. 그런 후 여태까지의 패전 책임을 물어 다리엔 후작을 즉각 숙청해 버린 후 자신은 기사단을 대대적으로 투입하여 적을 일거에 몰아낼 것이다.

그런 식으로 로체스터 공작이 승리를 거둔다면 여태껏 지지부진하게 대처했던 다리엔 후작은 물론이고, 다리엔 후작을 지지했던 그로체스 공작의 기반까지 위태로워질 수 있었다. 아마도 폐하는 그로체스 공작의 퇴임을 공식적으로 선언하면서 역시 군무(軍務)는 예전처럼 기사들에게 맡기는 것이 가장 좋다고 다시금 생각을 굳히게 될 것이 분명했다.

"어떻게 된 것인가?"

수정 구슬을 통해 들려오는 그로체스 공작의 힐책에 다리엔 후작은 몸 둘 바를 몰라 하며 통사정을 하기 시작했다.

"예, 공작 전하. 시간을 조금만 더 주십시오."

고개를 숙이고 있는 다리엔 후작의 모습을 그로체스 공작은 의심쩍은 표정으로 바라보며 말했다.

"혹시 자네의 힘에 부치는 것은 아닌가?"

다리엔 후작은 급히 변명을 늘어놨다. 만약 그로체스 공작의 신임이 사라진다면, 자신의 미래는 끝장이었기 때문이다.

"그것은 아니옵니다. 얼마 전까지만 해도 계획대로 잘 진행되고 있었사온데, 갑자기 10개 사단급의 병력이 새로이 파병되는 바람에 상당한 차질이 왔사옵니다."

그 말은 예상대로 그로체스 공작을 놀라게 한 모양이었다. 사실 다리엔 후작도 그걸 알아냈을 때 매우 놀라지 않았던가. 그것은 약소국으로 생각되던 크라레스가 투입할 수 있다고 예상한 병력을 훨씬 상회하고 있었기 때문이다.

"10개 사단이라고? 그렇다면 크라레스가 지금까지 투입한 병력이 거의 20개 사단을 넘어선다는 말인가?"

"송구하지만 그렇사옵니다, 전하. 적이 예상외로 대 병력을 투입하고 있는지라 보급로 차단에 상당한 차질을 겪고 있사옵니다. 크라레스에 갑자기 그렇게 많은 추가 병력을 증파할 수 있는 능력이 있을 턱이 없는데도 그 많은 병력이 증파된 것은 아무래도 크루마가 암암리에 뒤를 봐 주고 있는 것 같사옵니다."

"흐음, 크루마 녀석들이?"

"옛, 전하. 크루마는 지금 본국과의 접전을 끝낸 후 병력에 다소 여유가 생기지 않았사옵니까? 로체스터 공작이 거느린 본국의 기사단 주력이 쟈크렌 요새에 주둔하고 있는 이상, 기사단을 빼기는 힘들겠지만 병력을 빼기는 쉬웠을 것으로 생각되옵니다."

"흐음, 그것을 생각하지 못한 것이 불찰이었군. 그런데 들리는 소문으로는 기사단끼리의 접전에서도 패배를 했다고……."

"예, 그때 미네르 10대를 잃었사옵니다. 그때 구사일생으로 탈출에 성공한 기사의 보고에 따르면 적은 12대의 타이탄을 동원한 것 같사온데, 전멸당한 것으로 보아 적의 기사단 전력은 소문대로 엄청나게 강한 것으로 사료되옵니다."

"그렇다면 적은 몇 대나 타이탄을 잃었나?"

"예? 여섯 대를 파괴한 것으로 보고받았사옵니다."

다리엔 후작은 적 타이탄을 단 한 대도 파괴하지 못했다고 보고할 수는 없었기에 살짝, 아니 엄청나게 부풀려서 보고했다. 만약 한 대도 못 부쉈다고 곧이곧대로 보고한다면 공작은 다리엔 후작의 어려움을 인식하기보다는 자신이 무능하다고 오해할 가능성이 크기 때문이었다.

"으음, 적이 그렇게도 강하다는 말이냐?"

"예, 적의 타이탄이 두 대 정도 더 있다는 것도 작용을 했사오나, 적의 실력은 예상 밖이었사옵니다. 크라레스 기사단은 실력도 실력이지만 거의 1백 대가 넘는 타이탄을 거느리고 있사옵니다. 그에 비해 소신이 지닌 타이탄은 50대가 조금 넘는 실정이옵니다. 이런 식으로는 도저히 상황 타개가 불가능하오니, 기사단 전력의 충원을 좀 더 부탁드리옵니다."

그로체스 공작은 떨떠름한 표정으로 말했다.

"아무리 전쟁 때문에 은십자 기사단의 전력이 감소되었다고 해도, 그 전력의 반이나 줬는데도 크라레스 따위에게 밀리다니……. 처음부터 크라레스를 너무 만만하게 보고 시작한 것이 뼈아픈 실책이로구나."

"용서하여 주시옵소서!"

"좋다. 내 폐하께 상소하여 좀 더 많은 병력을 보낼 수 있도록 해 보겠다."

"감사하옵니다, 전하."

다리엔 후작은 그로체스 공작의 모습이 수정 구슬에서 사라진 후 통신을 주관했던 마법사에게 나가 보라고 지시했다. 마법사는 후작에게 인사를 한 후 수정 구슬을 들고 총총히 사라졌다. 다리엔 후작은 부하 앞이라서 침착함을 가장하고 무표정한 얼굴로 가만히 있었지만 속마음이 썩 편하지는 않았다.

자신이 그로체스 공작의 휘하에 들어간 후 이렇듯 질책을 받은 것은 처음이었고, 자신이 이렇게 질책을 받게 만든 놈은 그 잘난 은십자 기사단이었다. 어떻게 3류 기사단도 하나 해치우지 못해 파견대 전체가 전멸을 당할 수가 있나? 그러면서 어떻게 대 코린트 제국에서 정예 기사단의 칭호를 받을 수 있는가? 다리엔 후작은 허공에 대고 괴성을 질렀다. 그렇게 하지 않으면 도저히 못 견딜 것 같았기 때문이다.

"머저리 같은 놈들!"

하지만 그것만 가지고는 분이 덜 풀리는지 책상 위에 놓여 있던 애꿎은 화병을 집어 던져 버렸다. 꽤 비쌀 것 같은 화병은 요란한 소리를 내며 산산조각이 나 버렸지만, 다리엔 후작은 소기의 목적인 화를 조금 가라앉히는 데는 성공할 수 있었다. 바로 이때 문을 두드리는 소리가 들렸다.

똑똑!

경비병들이 후작의 방 안에서 요란한 소리가 들리자 침입자가 들어온 줄 알고 급히 달려왔을 것이라고 후작은 생각했다.
"아아, 아무 일도 아니다. 물러가라."
하지만 경비병은 물러가지 않고 문을 살짝 열었다. 후작이 돌아보니 문을 연 인물은 이 성의 성주(城主)였다. 그는 살짝 방 안의 풍경을 훑어본 후 공손한 어조로 말했다.
"아무래도 하녀가 필요하겠습니다요, 후작 각하."
그런 성주를 보고 후작은 짜증 어린 목소리로 질책했다.
"물러가라고 하지 않았나?"
하지만 성주는 미소를 지으면서 넉살 좋게도 입을 열었다.
"후작 각하께서 그렇게 짜증을 내실 이유가 없습니다."
"왜 이유가 없어? 군대는 제 몫을 하고 있는데, 기사단이라는 것들이……."
성주는 실례되는 행동이지만 더 이상 후작이 말을 못 하게 말을 가로챘다. 물론 들을 사람은 없다고 생각되지만, 그래도 혹시나 일이 잘못 꼬일 수도 있었다. 언제나 칭찬은 말로 하는 것이 좋지만, 남에게 욕하는 것은 될 수 있으면 말로 뱉지 않는 것이 최고였다. 특히 후작과 은십자 기사단들 간에 묘한 갈등이 보이고 있는 이때는 서로가 조심하는 것이 좋다.
"후작 각하, 오우거 사냥을 해 보셨습니까?"
갑자기 성주가 뜬금없이 몬스터 사냥 얘기를 꺼내자 후작은 성주를 찬찬히 바라봤다. 성주는 비쩍 마른 데다가 별로 볼품없게 생긴 위인이었다. 군인 스타일이라고 보기도 어렵고 마법사는 더 더욱 아니었다. 한 번씩 왜 이런 멍충이가 여기 성주로 와 있는지 궁금증이 생길 때도 있었기에, 후작은 일단 상대의 말을 들어 보기로 결심했다. 후작이 아무 말 없이 서 있자 성주는 즉시 말을 이었다.

"오우거는 집단행동을 하지 않습니다. 대부분의 경우 혼자서 조용히 돌아다니지요. 그리고 숫자가 그렇게 많지 않기에 만나기도 정말 힘듭니다. 그렇기 때문에 오우거를 사냥할 때는 먼저 오우거의 서식 지역으로 가는 것이 중요하죠. 그런 다음 오우거가 좋아하는 것을 이용해서 그놈을 꾀어 들입니다.

오우거는 거의 4미터나 되는 당당한 덩치를 가지고 있기에 혼자서 사냥할 수는 없습니다. 몇십 명이 덤벼도 오히려 사상자만 내고 놓칠 수도 있습니다. 하지만 놈이 나타날 만한 곳에 함정을 파고, 강력한 활들을 준비해 놓았을 때 녀석이 나타난다면 잡을 수가 있죠."

다리엔 후작은 고개를 끄덕이며 말했다.

"흐음, 그러니까 자네 말은 크라레스의 기사단하고 우연히 만나기를 바라지 말고 미리 함정을 판 다음 유인하라는 것이냐?"

다리엔 후작의 말에 성주는 질색을 하듯 고개를 흔들며 말했다.

"아닙니다, 후작 각하. 저는 사냥 얘기만 했을 뿐이지요. 사소한 사냥 얘기 안에서 그런 멋진 계책을 찾아내신 것은 각하께서 영민하신 것이지, 소인이 그런 것이 아닙니다."

사내의 말투에서 다리엔 후작은 성주가 상당히 술책에 능한 인물이라는 것을 알 수 있었다. 그런데도 아직까지 이런 인물이 알려져 있지 않은 것은, 자신은 뒤로 빠지면서 딴 사람을 올려 준다는 것. 그러면서 자신은 그 뒤에서 안전하게 진급해 나가고 있기 때문일 것이다. 눈에 띄면 당연히 출세는 빠르겠지만, 그만큼 적도 많이 만들게 되는 것이니까 말이다.

"알겠네, 대신 성공했을 때 내 자네를 잊지 않겠네."

"제가 뭐 한 게 있습니까? 나중에 높은 권좌에 앉으셨을 때, 저를 잊지나 말아 주십시오."

"그래서 말인데, 함정 준비를 자네가 해 주겠나?"

"예? 그렇게 중요한 일을 어떻게 제가 감히……."

"그렇게 자신을 낮출 필요 없네. 그래, 얼마나 시간을 주면 되겠나?"

"최소한 2주일은 주셔야 합니다. 대타이탄용 전투 병기들을 옮기려면 시간이 좀 필요하지요."

"좋아. 모든 준비 작업을 자네에게 일임할 테니 잘해 보게."

"옛, 후작 각하."

마법의 책

"으음……."

블루 드래곤 카드리안은 요즘 들어 심기가 약간 불편했다. 그는 며칠 전 자신의 영토에 감히 호비트가 침입했다는 것을 자신의 영토 사방에 깔아 놓은 마법 트랙에서 발신되는 경보를 통해 알아내고는 급히 그쪽으로 갔다. 처음에는 단단히 혼을 내줄 생각이었지만, 침입자들의 모습을 보는 순간 그 마음은 급속도로 사그라져 버렸고, 그는 재빨리 자신의 레어로 되돌아오고 말았다.

카드리안의 레어 입구는 깎아지른 듯한 절벽에 거대한 구멍이 뚫린 그런 형태가 아니라 흔히 볼 수 있는 오크 굴처럼 산비탈에 자그마한 구멍이 뚫려 있는 것과 같은 형태였다. 그리고 동굴의 내부도 일부 호화롭고 사치스런 생활을 영위하는 드래곤들처럼 레어의 내부 장식을 대리석으로 만든 것이 아니라 그냥 동굴이 무너지지 않는 지지대 정도로만 돌들을 쌓아 놓았다.

물론 그 공사는 드워프 부족 한 무리를 잡아다가 완성했기에 습기가 차지 않도록 잘 만들어져 있었다. 그렇지만 아르티어스 같은 드래곤의 레어를 따라가려면 한참 멀었을 정도로 검소한 것은 사실이었다.

그 검소한 레어의 복도를 왔다 갔다 하면서 카드리안은 머리를 쥐어짜고 있었다. 오랜 생활 함께했던 동료를 죽이지 않고 이곳에서 내쫓을 방법은 쉽사리 떠오르지 않았다. 처음에는 그가 그냥 제풀에 지쳐서 포기하고 돌아가겠지 하고 생각했는데, 몇 날 며칠이 지났지만 돌아갈 생각을 하지 않고 있었다. 그렇다고 드래곤으로 현신한 채 위협을 가할 수도 없었다.

전에 한 번 호비트 소녀에게 호비트가 무술을 수련하면 얼마나 강해질 수 있는지 톡톡히 맛을 본 것은 둘째 치고, 지금 찾아온 동료는 드래곤 한 마리가 어슬렁거리면서 위협을 가한다고 곱게 물러갈 놈이 절대로 아니었기 때문이다.

그렇게 되면 필연적으로 실력 행사에 들어가게 될 것이고, 카드리안이 대충 상대하고도 이길 수 있는 상대는 절대로 아니기에 나중에는 전력을 다해야 할 것이 분명했고, 그렇게 되면 누군가 하나는 크게 다치거나 죽을 가능성이 컸다. 물론 그 대상은 카드리안이 아닌 카드리안을 찾아온 동료가 되겠지만.

"에휴…, 직접 손을 쓸 수밖에 없나? 아니면 한 두어 달 더 숨어 있으면 돌아갈까?"

왔다 갔다 하면서 궁리를 하고 있던 카드리안은 갑자기 멈춰서면서 딱 소리가 나도록 손가락을 튕기며 외쳤다.

"참! 그 녀석은 일이 바쁘니까 한참 더 숨바꼭질을 하면 돌아갈 수밖에 없겠지. 그래, 그거야. 일국의 총사령관이 자리를 그렇게 오랫동안 비울 수 없다는 것을 깜빡 잊다니 내 머리도 다되었군. 흐흐흐……."

"안녕하셨습니까? 스승님."

오랜만에 모습을 드러낸 다론을 향해 토지에르는 한껏 미소를 지으며 치하했다. 다론에게 몇 명의 그래듀에이트와 마법사들을 붙여 주어 모종의 임무를 맡겼는데, 그는 토지에르의 기대를 저버리지 않고 자신에게 주어진 어려운 임무를 완수해 내고 돌아왔던 것이다.

"그래, 먼 길에 수고했다. 갔던 일은 어떻게 되었느냐?"

스승의 물음에 다론은 자신감 넘치는 어조로 대답했다. 그의 표정에는 존경하는 스승이 맡긴 일을 완벽하게 완수해 냈다는 충족감이 어려 있었다.

"예, 그때 보고 드린 대로 찾아냈습니다. 그리고 증거는 철저하게 없앴습니다."

"오오, 수고했다."

입이 함지박만큼 벌어져 있는 토지에르를 보고, 다론은 오른손에 들고 있던 두터운 책자를 건넸다.

"여기 있습니다."

토지에르는 제자가 내미는 책자를 서둘러 받아 들고는 읽어 보려다가 마음을 바꾼 듯, 재빨리 책장을 덮고 제자에게 건네줬다. 하지만 토지에르의 얼굴에는 아쉬움이 잔뜩 남아 있었다. 마법사가 새로운 마법에 대해서 흥미가 없다면 거짓말이기에, 그걸 의지의 힘으로 억누르기는 했지만 그 아쉬운 감정까지도 억제하기는 힘들었던 것이다.

"아니, 이것은 네가 가지고 있는 것이 좋겠구나."

다론으로서는 스승의 행동을 이해할 수가 없었다. 처음에는 매우 흥미로운 표정으로 책자를 열었는데, 곧이어 아쉬움이 가득한 표정으로 재빨리 책장을 덮은 후 자신에게 다시 건넸기 때문이다.

"예? 그건 왜?"

"그건 알 필요 없고, 너는 이것을 내가 절대로 알아낼 수 없는 곳에다가 숨겨라. 그리고 내가 나중에 혹시 이것의 출처를 묻더라도 절대로 모른다고 대답해야 한다. 알겠느냐?"

"예, 스승님."

"그리고 그때가 바로 너와 나의 사제의 인연이 끊어지는 날이 될 것이야. 전에 내가 했던 말 기억하고 있느냐?"

"예, 스승님."

"내가 악마에게 혼을 판 지도 벌써 20여 년이 흘러가고 있구나. 앞으로 얼마나 더 버틸 수 있을지 모르겠지만 내가 이성을 잃어버렸을 때 그 뒤처리는 너에게 일임한다. 그때가 되면 나를 스승이라고 생각하지 말고 악마라고 생각해라. 한 치의 실수라도 있으면 안 될 것이야. 만약 네 힘에 부칠 것 같으면 로니에르 전하께 부탁하거라. 그분이라면 충분히 나에게 안식을 주실 수 있을 게다."

토지에르는 담담한 표정으로 말했지만 다론은 도저히 그럴 수가 없었다. 그 또한 스승이 흑마법을 익히면서 자신에게 해 준 말이 있었기에, 반박하지는 못하고 물기 어린 눈으로 스승을 쳐다볼 수밖에 없었다.

"알겠습니다, 스승님."

"필요에 의해 흑마법을 몇 번 썼기에, 나도 얼마나 내 몸이 버텨 줄지 알 수가 없다. 너는 그날을 위해서 언제나 대비하고 또 대비해야 한다. 만약 본국이 좀 더 안정되어 있다면 깨끗한 마무리를 위해 자결하는 것이 안전하겠지만, 현실은 그럴 여유조차 주지 않는구나."

"하지만 스승님, 너무 나쁜 방향으로만 생각하지 마십시오. 흑마법사라고 꼭 악마에게 혼이 먹힌다고 정해진 것도 아니잖습니까? 흑마법사단의 정예들 중에서 여태껏 미친 사람은 단 세 명뿐이었습니다."

토지에르는 고개를 가로저으며 침착한 어조로 말했다.

"물론 그것은 나도 잘 모른다. 하지만 가능성이 아무리 적다고 하더라도 다른 사람이 미쳤다면 나도 미칠 수 있다는 말이다. 그러니 그에 대한 대비는 확실하게 해 둬야만 한다. 여태껏 미친 마법사들이 증명하듯 언제 어떻게 미칠지는 그 누구도 모르는 것이다. 알겠느냐?"

"예."

"그리고 내가 너에게 그 책을 맡기는 것은, 만약 내 몸속의 악마가 깨어났을 때 그가 로니에르 공작과 힘을 합치는 것만은 무슨 일이 있더라도 막아야 하기 때문이다. 그 책은 네 생명을 걸고서라도 지켜 내야만 한다. 알겠느냐?"

"예, 기필코 마법책을 지켜 내겠습니다."

"오냐, 나는 네가 지켜 내리라 믿는다. 그 책을 소유하고 있다면 상대가 악마라고 하더라도 로니에르 전하께서는 망설이지 않고 손을 잡으실 것임을 언제나 명심해야 할 것이야. 언젠가는 로니에르 전하를 약속대로 돌려보내 드려야 하기에 그 책은 꼭 필요하다. 지금은 로니에르 전하의 힘이 필요하지만 제국에 안정기가 찾아오고 나면 그분의 힘은 더 이상 필요하지 않다. 아니 그때가 되면 그분의 존재는 언제 터질지 모르는 화산처럼 위험한 것으로 변하게 되지.

혹시나 그분이 지루한 생활에 견디지 못해 모반이라도 일으키거나, 혹은 딴 녀석들에게 로니에르 전하께서 원하는 것이 뭔지 알려지기라도 하는 날에는 파멸이야. 그때를 대비해서 그 책을 소각해서도 안 된다. 내 말이 무슨 뜻인지 알겠지?"

다론 또한 그녀의 막강한 파괴력을 잘 알기에 심각한 표정으로 고개를 끄덕일 수밖에 없었다.

"예, 스승님."

"만약 로니에르 전하께서 본국에 해가 될 것이라는 판단이 내려지면 그 책을 전하께 전하거라. 그러면 전하께서는 두말 않고 사라져 줄 것이다. 절대로 전하와 싸우려고 들지 마라. 알겠느냐?"

"예, 명심하겠습니다. 참, 이것은 하렌 공이 스승님께 전해 드리라는 서류입니다."

"그래? 어디 한번 보자."

토지에르는 제자에게서 서류 뭉치를 받아 들고는 자세히 훑어보기 시작했다. 제자는 스승의 얼굴이 서류 몇 장을 넘기면서 곧장 밝아지더니, 다 읽고 나서는 한껏 미소까지 띠자 그 내용이 무엇인지 궁금해졌다.

"무슨 좋은 소식이라도 쓰여 있습니까?"

"그래, 아주 좋은 소식이 쓰여 있구나. 이대로라면 아르티어스와 브로마네스만 서로 만나지 못하게 하면 된다는 것이군. 그렇게 되면 엘프리안이 박살 날 테고, 크루마의 힘은 상당 부분 감소될 것이 분명하겠지? 흐흐흐."

"예?"

제자는 토지에르가 무슨 소리를 지껄이고 있는지 도통 알 수 없다는 맹한 표정을 짓고 있었기에, 토지에르는 입 아프게 설명하는 대신 제자가 자신에게 건네줬던 서류를 제자에게 다시 돌려줬다. 제자는 그것을 열심히 읽으며 방금 스승이 뭣 때문에 음흉한 웃음을 흘렸는지 이해가 간다는 듯 고개를 끄덕였다.

"다론!"

"예?"

"크루마에다가 통신을 보내라고 전하거라. 뭐라고 답하는 게 좋을까? 그러니까 본국도 성심껏 아르티어스라는 드래곤을 찾아봤으나 자료 부족으로 인해 발견 불가능. 뭐 대충 이런 뜻을 좀 더 정중하게 해서 보내 주면 되겠지. 앞으로 아르티어스라는 이름이 들어가는 뭔가를 찾아 달라고 저쪽에서 협조를 구하면 1, 2주일 정도 시간을 끌다가 찾을 수 없었다고 답을 보내라 일러라. 알겠느냐?"

"예, 스승님. 그런데 이 아르티어스라는 드래곤 꽤 귀에 익은 드래곤인데요?"

다론의 질문에 토지에르는 제자의 기억력이 형편없음을 탓하는 듯 한숨을 쉬었다.

"휴~ 그야 당연하겠지. 로니에르 전하와 함께 다니는 드래곤이 아르티어스 님이 아니냐?"

"아, 예, 그렇군요."

"거기 쓰인 대로 그놈들이 아르티어스 님을 모르게 되면 본국에 막대한 이익이 되니까 혹시나 그 사실이 크루마 쪽에 새 나가지 않도록 함구령을 내리도록 해라."

"명심하겠습니다."

"좋아, 이만 가 보거라. 오랜 여행을 하느라 피곤할 텐데 통신실에 전갈을 준 후 숙소로 가서 한 며칠 푹 쉬도록 해라."

"예, 스승님."

다론은 자신이 가장 존경하는 스승께 정중하게 인사를 드린 후 밖으로 나왔다. 복도로 나오자 여태껏 참고 있던 물기가 두 눈 가득 차오르기 시작했기에 그는 행여 누가 볼세라 재빨리 닦아 냈다.

 흑마법의 후유증에 대한 악질적인 소문 때문에 그는 스승이 어둠의 마왕 크로네티오와 계약을 맺는 것을 결사적으로 반대했었다. 하지만 스승은 국가를 위해 크로네티오와 계약을 맺고야 말았고, 숨어 지내던 많은 흑마도사들을 크라레스의 깃발 아래 뭉치도록 유도했다.

 그 흑마도사들은 지금 크라레스 제국의 숨겨진 힘이자, 타이탄 제작에 엄청난 보탬을 주고 있지만, 그들이 언제 터질지도 모르는 화산처럼 위험한 것 또한 사실이었다. 크라레스 제국은 이렇듯 아슬아슬한 곡예를 너무 심하게 하고 있었다.

소년 첩자 제스터

"부르셨사옵니까? 공작 전하."

로체스터 공작은 자신의 방에 들어서는 두 젊은이에게 자리를 권했다. 그들 중의 한 명은 까미유 드 크로데인 후작이었고, 또 한 명은 이제 16세 정도나 됨직해 보이는 아직 어린 소년이었다.

"그래, 거기 앉거라."

"예."

"옛!"

까미유는 느긋한 표정으로 앉았지만, 코린트 제국의 최고 사령관을 처음 대하게 된 소년의 안색은 긴장으로 인해 딱딱하게 굳어 있었다. 그런 소년을 로체스터 공작은 인자한 눈빛으로 바라본 후, 시선을 까미유에게로 돌려 그에게 말을 걸기 시작했다. 그는 소년이 긴장을 풀기 위한 시간을 줘야 한다고 판단했기에, 소년과는 나중에 대화할 생각이었다.

"경을 부른 것은 한 가지 부탁할 것이 있어서야."

"명령만 내리시옵소서."

까미유의 말에 공작은 미소를 지으며 고개를 저었다.

"아니, 명령을 하는 것은 아니야. 며칠 동안 곰곰이 생각해 봤는데, 아마도 자네가 제일 적임자인 것 같아서 불렀지. 크로나사 평야에 가 볼 생각은 없나?"

"예? 드디어 다리엔 후작이 물러난 것이옵니까?"

"아니야, 남부 집단군의 총사령관은 아직도 다리엔 후작이다."

까미유는 실망을 감추지 않았다.

"그렇다면 명령이 아니시라면 거절하겠사옵니다. 저는 투르넨 후작처럼 다리엔 후작의 밑에 있고 싶은 생각은 없사옵니다."

그 정도는 미리 예상했다는 듯이 로체스터 공작이 신중한 어조로 답했다.

"물론 그 경우도 생각해 봤었네. 하지만 자네의 지체나 현재의 직위, 그리고 능력으로 봤을 때 절대로 다리엔 후작의 밑에는 들어갈 수 없지. 이번에 제2근위대의 대장이 된 자네를 어떻게 다리엔 따위의 밑에 둘 수 있겠나? 자네를 그곳에 파견하는 것은 다리엔 후작이 요청해서가 아닐세."

크루마 전쟁이 끝난 후 근위 기사단에도 상당히 많은 개편 작업이 진행되었다. 우선 두 개 부대로 나누기에는 턱도 없이 모자라는 흑기사들을 모두 한 곳에 모아 제1근위대로 만들었다. 그런 후

로체스터 공작은 대장으로 까미유를 지명했다. 물론 전사해 버린 리사에 대한 우정이 많은 비중을 차지한 인사였다. 하지만 한 곳에 얽매이기를 별로 좋아하지 않는 까미유는 공작에게 찾아가 그 명령을 철회해 달라고 청을 올렸고, 그 때문에 제임스가 제1근위대의 대장으로 임명되었다.

제임스의 적기사는 프로토타입이었기에 자아가 아주 강해서 매우 다루기가 까다로운 녀석이었고, 또 이번 전쟁을 통해 적기사의 존재가 완전히 드러난 이상 구태여 제임스와 적기사를 갈라놓을 필요를 느끼지 못한 로체스터 공작은 제임스를 적기사와 함께 제1근위대로 보내 버렸다.

그리고 이제 적기사가 두 대밖에 남지 않은 제2근위대의 대장으로 까미유를 임명했다. 겨우 두 대뿐이라고는 하지만 제2근위대의 대장이라는 직책이 대단히 높은 것은 사실이었고, 그런 그가 겨우 다리엔 따위의 밑으로는 들어갈 수 없었다.

"그렇다면……?"

의문을 표시하는 까미유를 향해 로체스터 공작은 자애로운 미소를 보냈다. 자신의 뒤를 이을 아들이 없는 그에게 까미유나 제임스는 아들이나 다름없었던 것이다. 그에게는 혹독한 검술 교육이 싫다고 야밤에 도망쳐 버린 아들 따위는 이제 더 이상 기억에도 남아 있지 않았다. 그만큼 그는 자존심이 강한 무인이었기 때문이다.

"내 독단이야. 자네에게 몇 명 붙여 줄 테니까 크로나사로 가서 전세의 추이(推移)를 지켜봐 주게. 크루마군이 크라레스 전선에 투입되었다는 보고를 며칠 전에 들었지. 크루마의 기사단이 움직인 것은 아니고, 보병만 10개 사단 정도 보내 온 모양이야."

"10개 사단이나 말씀이옵니까?"

까미유는 놀랍다는 듯이 말했다. 10만이라는 병력은 결코 작은 숫자가 아니었기 때문이다. 그렇지만 로체스터 공작은 담담하게 말을 이었다.

"그렇네. 그 때문에 다리엔 후작의 작전에는 막대한 차질이 왔고, 지금 상당히 밀리는 모양이야. 오죽하면 그로체스 공작이 더 많은 병력을 그쪽으로 돌려 달라고 폐하께 상소를 했겠나?"

"그렇다면 독립 부대 형식으로 파견되어 다리엔 후작을 도우라는 말씀이십니까?"

"그건 아니야. 도와줄지 그렇지 않을지는 자네의 판단에 맡기겠네."

만약 그런 것이라면 충분히 공작의 '요청'을 들어줄 수도 있었기에 까미유는 세부 사항에 대해 질문을 던졌다.

"공작 전하께서 원하시는 바를 말씀해 주십시오. 그래야 저도 어떻게 행동해야 할지 기준을 세울 수가 있사옵니다."

"나는 그로체스 공작이 망상을 버리고 군부의 일에서 손을 떼기를 원하네. 하지만 그렇다고 해서 기사단이 크라레스와의 전쟁에서 너무 많은 피해를 입기를 원하는 것도 아닐세. 무슨 말인지 알겠나?"

"예."

"그것뿐이라면 나는 제임스를 보냈을 거야. 자네나 제임스, 둘 중의 한 명은 이곳에 남아 있어야 해. 그런데 왜 자네를 택했는가 하면, 첫째는 크라레스에 있는 그 소녀에 대해 자네가 제임스보다는 더 많은 것을 알고 있기 때문이지. 그리고 둘째는 제2근위대장인 자네가 몸을 빼기가 훨씬 더 수월할 것 같아서야. 제임스는 수도를 방위해야 하는 막중한 책임을 져야 하니까 말일세. 전에 그녀가 혹시 헤즐링이 아닐까 하는 귀중한 정보까지 자네가 입수했으니, 그 뒤도 자네가 책임져야 하지 않겠나?"

"예."

까미유가 수긍하고 나오자 공작은 이제 시선을 그와 함께 들어온 소년에게로 돌리며 말했다.

"그리고 너를 부른 것도 바로 그것 때문이란다."

소년은 로체스터 공작이 부드럽게 미소 지으며 말했기에 용기를 얻었다.

"예, 전하."

"너는 어린 나이에도 제법 검술 실력이 괜찮다지?"

물론 그 소년의 검술 실력은 발군의 것이었다. 하지만 겨우 16세의 소년이 검술을 익혔으면 얼마나 익혔겠는가? 자신의 또래 중에서는 상당히 앞서가는 위치였지만 그래도 검술을 제대로 익히려면 최소한 20년 이상 더 검술을 익혀야 했다. 소년도 자신의 실력을 잘 알고 있었기에 겸손하게 대답했다. 하지만 공작 전하께서 자신에게 관심을 가지고 있다는 것을 알았기에 매우 기분이 좋아진 상태였다.

"전하께서 관심을 쏟으실 정도는 결코 아니옵니다."

로체스터 공작은 미소를 지었다. 정말 오래전이기는 했지만 자신에게도 저 소년과 같이 자신의 자그마한 검술 실력을 남이 알아주면 우쭐했던 때가 있었기 때문이다.

"물론 그것은 나도 잘 알고 있지. 이게 방금 까미유와 말했던 소녀의 초상화다. 잘 기억해 둬라. 연약하게 생긴 소녀지만 그녀의 신분은 대단하지. 급속도로 진급해서 지금은 공작의 칭호를 받은 소녀다."

초상화를 바라보고 있던 소년은 로체스터 공작의 설명을 듣고 초록색의 눈동자를 크게 뜨고는, 도저히 믿을 수 없다는 듯 초상화에 그려진 가냘픈 소녀를 다시 한 번 더 자세히 살펴보기 시작했다. 하지만 아무리 초상화를 뜯어 봐도 자신의 또래 정도로 보였기에 소년은 매우 혼란스러워지기 시작했다.

"바로 이 소녀, 다크 폰 로니에르 공작은 지금 최전선에 배치되어 있다. 치레아 지구 총독인 만큼 그녀는 크라레스 공격대 부사령관으로 임명되어 있지. 일단 조치는 취해 놨으니까 자네는 그곳에 가서 소녀와 그녀가 접촉하는 인물들을 잘 감시해야 할 거야."

소년은 초상화에서 시선을 돌려 로체스터 공작을 바라보며 물었다.

"그것이 제 임무입니까? 하지만 저는 너무 어리고 경험도 없습니다. 그리고 검술도 저보다 능한 사람이 많은데요?"

소년으로서는 대단히 겸손하게 말한 것이었다. 웬만한 소년들이라면 자신에게 주어진 이 좋은 기회를 자신이 해낼 수 있을지는 생각도 하지 않고 덥석 허락했을 것이다. 하지만 소년의 이런 깊은 생각이 담겨진 말에 공작은 미소 지었다.

"그렇지는 않지. 아무래도 첩보 교육을 받은 인물들은 자신들이 교육받은 습성 때문에 들킬 확률도 높아지지."

물론 이 말은 거짓말이었다. 정식으로 정보부에 도움을 청한다면 그 자료는 그로체스 공작에게도 보고 될 가능성이 아주 높기에 이번 작전은 로체스터 공작이 비밀리에 독단으로 세운 것이었다.

"그리고 처음부터 경험을 쌓고 태어나는 사람은 없다네. 자네는 이 일을 기회로 아주 많은 색다른 경험을 쌓을 수 있을 거야. 또 가장 중요한 사실은 닭 한 마리 잡을 힘이 없어 보이지만 그 소녀는 소드 마스터야. 키에리를 격패시킨 장본인이 바로 그 소녀라구."

소드 마스터에다가 그 소년이 가장 존경했던 키에리 발렌시아드 대공을 격패시킨 장본인이라는 말에 소년은 경악했다.

"예에?"

"그녀라면 상대가 어느 정도나 무술을 익혔는지 아주 간단하게 알아볼 수 있겠지. 그 때문에 너를 선택한 거야. 너는 아직 어리고 검술도 미숙하지. 하지만 그녀의 주위에 침투시키에는 매우 적합해. 이제 네가 선택된 이유를 알겠느냐?"

"예에."

"아마 네가 열성을 다해서 그녀를 위한다면, 그녀는 너에게 자그마한 상을 내릴지도 모르지. 자질이 뛰어난 너를 선택한 이유가 거기에 있어. 그녀가 너의 재능을 알아본다면 아마도 검술을 가르쳐 줄지도 몰라. 그것을 열심히 익혀라. 너에게도 도움이 되겠지만, 그것을 통해 그녀가 누구에게서 검술을 배웠는지 알아내는 데도 아주 귀중한 자료가 될 것이야. 알겠느냐?"

"옛, 공작 전하."

"될 수 있다면 그녀에 대해서 많은 정보를 입수하면 좋겠지만, 쓸데없이 정보를 입수한다고 돌아다니지는 마라. 그래야 의심을 받지 않는다. 너를 그녀의 주위에 배치하는 것은 상대방의 작전 따위를 훔치려고 하는 것이 아님을 명심해야 할 것이야. 너는 자연스럽게 그녀의 시중을 들면서 그녀가 접촉하는 사람들을 슬그머니 살펴봐라. 그녀가 누구를 가장 좋아하는지 그걸 알아 보라는 말이다."

"예."

"그녀가 크라레스를 돕는 이유가 어떤 사람을 좋아해서 그런 것인지, 아니면 또 다른 이유가 있는 것인지 그것만 알아 보면 된다. 그러려면 너는 그녀와 아주 친해져야만 해. 군의 기밀 따위를 물어보는 것이 아니니까 슬며시 시간과 장소만 잘 맞추면 손쉽게 말해 줄 가능성도 있다."

"알겠습니다, 전하."

"까미유 자네는 제스터의 신변에 무슨 일이 생기지 않도록 비밀리에 도와줘라. 그리고 제스터와 나 사이에 연락을 담당해 주면 좋겠군."

"옛, 전하."

아르티어스 님의 목걸이

"다녀오셨습니까? 공작 전하."

부하들의 인사를 대충 받으며 그린레이크는 서둘러 말했다.

"마법사 20명을 집합시키고 너는 지발틴 기사단장에게 연락해서 그래듀에이트 40명을 좀 지원해 달라고 전해라."

부하는 그린레이크의 지시에 의아함을 느꼈다. 웬만한 국가하고 전쟁이라도 벌일 수 있을 정도로 엄청난 병력이었기 때문이다.

"예? 40명이나 지원해 달라고 한다면 이유를 밝혀야만 하옵니다. 알프레드 쟉센 후작 각하께 뭐라고 해명을 해야 할는지 하명해 주시옵소서."

"그거야 당연히 아르티어스가 대충 어디쯤에 사는지 알아냈으니까 병력 지원을 요청하는 것 아니겠느냐?"
 "예? 그런 정보를 어디서 입수하셨사옵니까?"
 그린레이크가 자리를 비운 상황에서도 자료를 뒤지고 있던 부하는 어떻게 상관이 그 사실을 알아냈는지 궁금해했지만 그린레이크는 그런 것에 대답해 줄 마음은 하나도 없었다.
 "잔말 말고 너는 통신실로 달려가거라."
 "옛, 전하."
 사람들을 모으기 위해서 이리저리 뛰어가는 것을 보며 그린레이크는 마음속으로 전의를 불태우고 있었다. 아르티어스가 아무리 지독한 성질을 가진 골드 드래곤이라고 하더라도, 또 그 어떤 희생을 치르더라도 그는 아르티어스를 엘프리안으로 불러들이기 위한 접촉을 계속해 나갈 작정이었다. 아르티어스를 불러들이지 못한다면 최악의 경우 자신의 기반까지 위태로워질 가능성까지도 있었다.
 그린레이크는 눈빛을 사악하게 빛내며 미네르바의 집무실 쪽으로 시선을 돌렸다. 미네르바는 이 기회를 이용해서 자신의 목을 벨 궁리까지 하고 있을지도 모를 일이었다.
 "호비트 계집 따위가 감히······."
 그린레이크는 황궁 한 귀퉁이를 차지하고 있는 미네르바의 집무실을 바라보며 슬며시 미소 지었다. 하지만 그의 미소는 어떻게 보면 음흉한 듯했고, 어떻게 보면 사악함이 넘치고 있었다. 그린레이크는 이곳으로 돌아오면서 한 가지 기가 막힌 계획을 준비했던 것이다.

우선은 어떤 희생을 치르더라도 아르티어스가 숨어 있는 곳을 찾아내는 것을 최선의 목표로 한다. 그런 후 황제께 상소하여 아르티어스를 설득하기 위해 보내는 사신을 미네르바로 임명할 작정이었다. 그게 성공한 후에는 아르티어스를 불러들이는 것이 실패해도 상관없었다. 그때 자신의 목을 베려고 드는 적 또한 함께 사라질 것이므로…….

"어라?"
"식사하시다 마시고 왜 그러세요? 아버지."
아들의 물음에는 대답도 하지 않고 아르티어스는 스푼을 내려놓은 후 갑자기 옷깃을 헤치고는 목걸이를 꺼냈다. 아르티어스의 목걸이는 매우 아름답게 세공된 것이었는데, 그 목걸이에 붙어 있는 붉은빛의 보석이 미세하게 진동하고 있었다.
그 진동은 다크가 느낄 수 있을 정도로 강했기에 다크는 신기하다는 듯이 그것을 바라봤다. 저렇듯 미세한 진동을 일으키는 보석은 처음 봤기 때문이다.
"이야, 그거 희한하네요. 나 좀 보여 줘요."
아르티어스는 아들에게 자상한 미소를 건네며 말했다.
"별로 희한한 것은 아니야. 마법일 뿐이니까."
"마법 때문에 울리는 거라구요?"
"그래."
"그렇다면 왜 움직이는 거죠? 지금까지 목걸이가 울린 적은 없었잖아요?"

"너는 못 봤지만 과거에는 울리는 일이 자주 있었지."

아르티어스는 목걸이를 다시 옷 속으로 밀어 넣은 후 식사를 시작했다. 하지만 궁금점이 생겼는데도 그냥 넘어갈 다크가 아니었다.

"언제 울리는데요?"

아르티어스는 빙긋 미소를 지으면서 말했다.

"내 영토에 침입자가 있을 때지. 보석의 울림으로 봤을 때 아마도 레어에서 20킬로미터 정도 떨어져 있겠지."

"우와, 거리까지 알 수 있어요?"

웬만해서는 놀라지 않는 아들이었기에 아르티어스는 우쭐해져서 대답했다.

"헤헤…, 이건 아주 간단한 알람 마법이란다. 침입자가 있다면 목걸이가 울린다. 물론 레어에 가까워질수록 울림은 더욱 심해지도록 만들어 뒀지. 만약 소리가 좋다면 요란한 종소리가 울리도록 조작할 수도 있지.

그건 그렇고 옛날 같았으면 당장 달려가서 모두 따끔한 맛을 보여 줬겠지만, 역시 나이가 들어가면서 우리 드래곤은 더욱 원만하고 부드러운 성격을 가지게 되는 것이 정석이지. 요즘은 레어에 도둑질하기 위해 침입하는 놈들이 아니라면 다 용서해 준단다."

그 말을 듣고 다크는 일부러 비꼬며, 불신에 가득 찬 눈길을 아르티어스에게 마구 던져 댔다.

"호오, 원만하고 부드러운 성격이라구요?"

"에잉? 이 녀석이 애비를 바라보는 눈길이 왜 그 모양이야?"

"글쎄요, 그건 아버지가 더 잘 알 거 아니에요? 파이어해머를 다루는 모습에서 미루어 짐작하건대, 아버지는 결코 부드럽다고 하기는 힘들죠."

삐딱한 아들의 말에 아르티어스 어르신은 화를 벌컥 냈다.

"내가 왜 신의 실패작까지 신경 쓴단 말이냐? 그 녀석들은 한평생 노예 노릇이나 하다가 죽으면 되는 거라구. 알겠어?"

아르티어스의 심기가 불편해지는 것을 느낀 다크는 재빨리 말을 돌렸다. 괜히 싸울 필요는 없었으니까.

"으음, 스프 식겠어요. 음식이나 마저 먹자구요. 그래도 요즘은 보급 사정이 많이 좋아졌잖아요? 전에는 정말 사람이 먹기는 좀 힘든 거였는데……."

아들이 슬쩍 말을 돌리자 아르티어스도 그것을 기회로 다시금 식사에 열중했다. 괜히 아들 녀석하고 싸워 봐야 남는 것도 없는 데다가 서로가 단란하게 생활한다 해도 호비트의 수명은 너무나도 짧았기에 그는 될 수 있으면 아들과의 충돌을 피하려고 했기 때문이다.

어쨌든 아르티어스가 아들과의 식사에 정신이 팔려 있는 그때, 그린레이크는 신경을 곤두세우며 부하들의 보고를 기다리고 있었다. 그가 지금 있는 곳은 말토리오 산맥의 어느 봉우리에 급조해서 만들어진 전진 기지. 다섯 개의 천막이 만들어져 있고 그것들은 모두 나뭇가지와 풀잎으로 잘 위장되어 있었다.

그리고 기지의 주변에는 수많은 마법 트랙이 쫙 깔려 있어 혹시나 있을지도 모를 침입자를 경계했다. 이렇듯 세심하게 신경을 쓴 이유는 지금 그들이 있는 곳이 크라레스의 영토였고, 그들은 크라레스에 정식 허가도 받지 않고 이곳에 기사단을 끌고 왔기 때문이었다.

이런저런 생각에 잠겨 있던 그린레이크에게 마법사 한 명이 재빨리 다가와 보고를 올렸다.

"리가드 경께서 드래곤의 영토를 찾았다는 보고이옵니다, 전하."

그린레이크의 표정이 확 밝아졌다. 역시 그린 드래곤 갈렌시아의 말대로 이곳 말토리오 산맥에도 세간에 알려진 것과는 달리 드래곤이 서식하고 있었다.

"뭐? 대단히 빨리 찾았구나."

"예, 수많은 마법 트랙들이 깔려 있었기에, 뷰 매직 포스의 주문으로 간단히 찾을 수 있었다고 하옵니다. 리가드 경께서는 전하의 다음 행동 지시를 원하고 계십니다. 뭐라고 전할까요?"

"일단 사방에 퍼진 기사단 전력을 드래곤 영역에서 20킬로미터 외곽에 집결시켜라. 상대는 대단히 포악한 드래곤이다. 매사에 조심해야 한다. 알겠느냐?"

"옛, 전하."

"그리고 일단 우리들도 그곳으로 이동해서 합류하자."

"옛!"

그린레이크가 그곳에 도착해서 제일 먼저 지시한 일은 탈출용 이동 마법진을 그려 놓으라는 것이었다. 일단 유사시에는 중간

경유지로 코린트 서남부를 선택하여 공간 이동한 후, 그곳에서 다시 코린트 서북부로, 그런 후 또다시 코린트 북동부로, 그런 후 아르곤 서북부로 도망쳤다가, 그곳에서 아르곤 북동부로 이동해서 마지막으로 라크비에 왕국까지 연속적으로 공간 이동할 예정이었다. 그런 다음 라크비에 왕국에서 육로로 크루마에 귀환할 생각이었다.

일단 드래곤의 영역으로 침입을 시도하기 전에 그린레이크는 자신이 세운 도주 루트에 각각 마법사 한 명씩을 두 명의 그래듀에이트와 함께 파견했다. 그들은 그린레이크의 지시대로 수신용 이동 마법진과 다음 도주 루트로 도망칠 이동용 마법진을 그려 놓고 기다리게 될 것이다.

이렇게 되면 유사시에는 몇 분도 걸리지 않아 연속적으로 공간 이동하여 라크비에 왕국에 도착하게 될 것이다. 아무리 드래곤이 탐지 마법에 능하다고 해도 거기까지 따라오기는 힘들지 않을까 하는 것이 그린레이크의 추측이었다.

일단 모든 지시를 다 마친 후, 탈출용 마법진을 그리기 위한 마법사들이 각자가 맡은 구역에 도착해서 충분히 마법진을 완성해 놨을 거라고 생각될 정도까지 기다렸다가 그린레이크는 행동을 개시했다. 그린레이크는 남은 열네 명의 마법사와 스물여덟 명의 그래듀에이트를 거느리고 드래곤의 영역 부근에 도착했다.

"저기부터가 드래곤의 영역이옵니다. 매우 민감한 마법 트랩들이 저쪽에 보이는 나무에서부터 깔려 있사옵니다."

그린레이크는 부하가 가리키는 쪽을 뷰 매직 포스의 주문을 사용한 상태로 둘러봤다.

"좋아. 이제 다시 사람을 나누기로 하지. 드래곤의 영역을 조사하러 가는 데는 인원이 적을수록 좋지. 너무 많은 사람이 들어가면 드래곤이 의심할 거야. 자네들 열 명은 각기 그래듀에이트 두 명씩을 거느리고 탈출용 마법진을 그려 둬라."

그러면서 그린레이크는 손짓으로 각자가 마법진을 그릴 위치를 지시한 후 말을 이었다.

"나머지 나하고 함께 조사할 인원들은 만약의 사태가 벌어졌을 때 자신에게 가까운 마법진을 향해 사력을 다해 도망쳐라. 드래곤이 쫓아온다면 마법사는 동료가 도착함과 동시에 공간 이동하도록! 그리고 남은 인원들의 행동은 각자의 판단에 맡긴다. 알겠나?"

"옛!"

"자, 모두들 행동을 시작해라."

그린레이크는 이번에도 부하들이 탈출용 마법진을 완전히 다 완성할 때까지 기다렸다. 물론 이들 중에는 탈출에 성공하지 못하고 드래곤에게 죽임을 당하는 사람도 분명히 나올 것이다. 하지만 사람 수가 많을수록, 또 탈출로가 다양할수록 자신이 죽을 확률은 줄어드는 것이다.

"정말 대단하구나."

그린레이크의 감탄 어린 말에 부하는 어리둥절해서 물었다. 그의 눈으로 봤을 때 주변의 경치는 하나도 대단할 것이 없었기 때문이다.

"예? 뭐가 말씀이시옵니까? 전하."

맹한 부하의 말에 그린레이크는 혀를 찰 수밖에 없었다.

"쯧쯧, 마법 트랙 말이다. 드래곤의 영토라면 몇 군데 가 봤지만 이렇게 많은 마법 트랙이 깔려 있는 곳은 처음 본다. 보통 사람들이 만드는 마법 트랙은 24시간을 지속시키기 힘들지. 원래가 대자연의 마나는 한 곳에 집중되지 않는 법이니까 말이다. 설혹 한 곳에 모아 놨다고 하더라도 곧이어 분산되려고 하지. 그것 때문에 영구적으로 지속되는 마법이란 존재하지 않는다고 알고 있었는데, 내 상식이 깨지고 말았구나."

"저, 혹시 드래곤이 날마다 돌아다니면서 마법을 갱신하고 있는 것이 아닐까요?"

그럴 가능성도 있을까? 하면서 그린레이크는 생각을 다시 정리해 봤지만 그럴 가능성은 거의 없는 정도가 아니라 아예 없었다.

"그건 아닐 게다. 이렇게 많은 마법 트랙이라면 아무리 드래곤이라도 하나하나 갱신하는 데만 며칠이 걸릴 거야. 또 드래곤이란 족속들이 원래가 엄청나게 게으른데, 그렇게 부지런을 떨 가능성이 없다고 봐야 하겠지. 모두들 조심해라. 드래곤은 벌써 우리들이 들어왔다는 것을 알고 있을 거고, 또 놈은 모든 마법을 마스터했다고 보는 것이 옳을 것이다."

"공작 전하, 그런데 도대체 드래곤의 레어는 어디에 있는 것이옵니까?"

"글쎄다. 이렇게 마법 트랙이 많이 깔려 있어서야, 뷰 매직 포스의 주문으로는 그곳이 그곳 같아서 도저히 찾기가 힘든데? 반경 수십 킬로미터에 걸쳐 마법 트랩을 듬뿍 깔아 놓는 미친 짓을 하는 녀석이 존재할 거라고는 꿈에도 생각하지 못했으니, 뭔가 대책을 세워야만 하겠다."

다크는 자신에게 소개된 소년을 찬찬히 살펴봤다. 붉은빛이 감도는 갈색 머리카락을 단정하게 뒤로 묶은 침착해 보이는 표정을 지닌 소년이었다.
"이 아이가 새로운 내 시종이라고?"
"예, 그렇사옵니다. 전하."
"그 전에 있던 밀로드는 어떻게 하고?"
다크의 말에 장교는 답답하다는 듯이 말했다. 시종을 자신이 직접 뽑아서 데려오지 않는 한 언제라도 필요에 의해 바뀔 수 있다는 것을 상관이 모르고 있기 때문이었다.
"전하, 밀로드는 전하의 시종이 없었기에 배치되었을 뿐, 그의 실력이나 경험으로 미뤄 봤을 때 시종이나 하고 있을 위치가 아니옵니다."
"그게 그렇게 되는 건가?"
"옛, 전하. 그리고 밀로드는 제8보병 사단으로 발령을 받았으니, 그 대신으로 제스터가 온 것이죠. 지금 전선에는 경험 있는 병사들이 부족하옵니다. 그 점을 헤아려 주시옵소서."
"뭐, 그렇게 말한다면 할 수 없지."
"제스터, 앞으로 네가 모실 공작 전하시다. 인사 드려라."
"처음 뵙겠사옵니다, 전하. 제스터 크로스란이라 하옵니다."

소년은 또렷한 어조로 인사를 했다. 그 모습을 다크가 침착한 눈빛으로 무표정하게 바라보고 있자, 제스터를 데려온 장교가 재빨리 말했다.

"제스터가 마음에 안 드시옵니까? 마음에 안 드신다면 딴 아이로 바꿔 드리겠사옵니다. 이곳 전선에 다섯 명이 배치되었으니까요. 하지만 이 아이는 크로스란 백작의 먼 친척이고 그 외모나 성품 등이 나무랄 데도 없는 데다가, 잭슨 폰 크로스란 백작의 친필 추천장을 가지고 있사옵니다만……."

장교의 말은 이 소년에게 꽤 든든한 후원자가 있다는 것이었고, 그 후원자가 소년을 공작의 시종으로 강력하게 추천했기에 그것을 거절하기는 조금 어렵다는 것을 은연중에 풍기고 있었다.

"아니, 그냥 둬라. 제스터라고 했느냐?"

"예."

"너는 밀로드가 임지로 가기 전에 그가 하던 일을 좀 보고 배워라."

"예, 전하."

"그만 나가 보거라."

말토리오 산맥의 침입자들

 드넓은 엘프리안 아카데미 연병장의 한쪽 구석에서 검술 교육을 받고 있는 일단의 젊은이들을 찬찬히 살펴보고 있던 미네르바는 손을 들어 한 소년을 가리키며 말했다.
 "저 아이가 크라레스의 제1왕위 계승권을 가지고 있는 엘리안 폰 그래지에트 왕자인가?"
 미네르바의 물음에 노마법사는 재빨리 대답했다.
 "옛, 전하."
 "제법 쓸 만해 보이는군. 그래 실력 테스트 결과는?"
 "대단히 우수하옵니다. 이곳으로 오면서 많은 정예 무사들을 거느리고 왔었지만 정작 아카데미에 입교하면서 두 명의 시종을 제외하고 모두 다 돌려보냈사옵니다."

미네르바는 가볍게 미소 지으며 답했다.

"제법 배짱이 있군."

"예, 전하. 그 시종들은 중년의 부부인 것으로 조사되었사온데, 열과 성을 다해서 왕자를 모시고 있었고 왕자 또한 그들을 대단히 세심하게 배려해 주고 있는 것으로 알고 있사옵니다."

미네르바는 고개를 끄덕이며 말했다.

"좋군. 윗사람이 아랫사람을 배려할 줄 모른다면 이미 윗사람으로서의 자격 미달이지. 꽤 탐나는 인재야."

"아무리 탐나는 인재라도 적국의 왕자인지라……."

"그건 별로 이유가 안 되지. 그건 그렇고 대인 관계는 어떻던가?"

"예, 잘생긴 외모에 동맹국의 왕자라는 직위, 거기에다가 세련된 매너로 다른 학생들에게 좋은 인상을 주고 있사옵고, 벌써 친구도 몇 명을 사귄 것으로 알고 있사옵니다."

"호오, 대인 관계까지 원만하시다 이거군. 일국의 왕자로서 부족함이 없는 놈이로구먼. 프랑크 황제에게는 왕자가 저 녀석 하나뿐인가?"

"아니옵니다, 한 명 더 있사옵니다."

"그래? 그 녀석은 어떻다고 하던가?"

"예, 첩보부의 조사 결과로는 성격이 완전히 정반대라고 하옵니다. 사색과 책 읽는 것을 좋아해 심성이 착하지만 유약한 젊은이온데, 낯가림이 심하여 사람을 잘 사귀지 못한다고 들었사옵니다."

미네르바는 혀를 찼다. 하지만 그녀의 표정은 동정을 나타내는 것은 결코 아니었다. 오히려 그게 잘되었다는 듯 기분 좋은 미소까지 어려 있었다.

"쯧쯧…, 그런 녀석은 일찍이 도태시켰어야지. 아니면 때려잡아서 교육을 좀 더 강압적으로 시켜 놓던지."

"예, 그게 아무래도 형이 너무 잘나가는 바람에 그에 따른 열등감, 그리고 타고난 성격도 있고, 뭐 이런저런 이유로 인해서 처음부터 어긋나기 시작했던 모양이옵니다. 최근에 엘리안 왕자가 황태자로 책봉되면서 제2왕자에게는 아예 황위 세습에 대한 교육을 중지한 것으로 보고받았사옵니다."

"정말인가?"

미네르바의 의문은 당연한 것이었다. 웬만한 제국들의 경우 세 명에서 다섯 명 정도의 황위 계승자를 교육시킨다. 물론 그들 중에서 정식 황위 계승권을 지닌 인물은 두세 명 정도가 고작이었지만 만일을 대비해서 두세 명을 더 기르는 것이다. 황제로서의 예비 교육을 받았지만 황제가 되지 못한 인물들은 대부분 황실의 중신(重臣)으로 성장할 정도로 그 교육은 대단히 치밀하고도 어려운 것이었다.

거기에다가 그들은 장차 황제가 될 인물과 함께 교육을 받으며 자라기에 서로 간의 우정을 나눌 기회도 많았다. 그 때문에 뛰어난 황제는 자신의 휘하에 있는 신하와 친구인 경우도 흔했던 것이다.

"예."

"으음, 그 부분을 철저히 조사해라. 그리고 만약에 불행한 사고에 의해 제1왕자가 황위를 계승하지 못하게 되었을 때, 누구에게 황위가 갈 것인지에 대한 조사도 병행하도록 해. 알겠나?"

"옛, 전하. 그런데 그것은 갑자기 왜?"

"몰라서 묻나? 지금은 크라레스가 우방이라고 하지만, 나중에는 어떻게 될지 알 수 없는 것 아닌가? 프랑크 황제야 어떻게 할 수 없다고 해도, 제1왕자가 우리 손아귀에 들어와 있는데 그냥 교육 잘 시켜서 돌려보낸다는 것은 말도 안 되지."

미네르바의 말에 상대도 슬쩍 음흉한 미소를 지으며 고개를 끄덕였다.

"그리고 엘리안 왕자의 여자관계도 철저히 조사하도록 하게. 만약 여자 친구가 없다면 하나쯤 만들어 붙이는 것도 좋겠지. 물론 인위적으로 맞출 생각은 하지 말고 엘리안 왕자가 사귀는 친구들의 여동생이라든지, 또는 같은 아카데미 안의 여학생들과 사귈 수 있도록 기회를 만들어 주라는 말이야. 알겠나? 예를 들어서 본국으로 귀환하기에는 모자라지만 친구 집에 가서 놀기에는 충분한 정도의 휴가를 준다든지, 아카데미 내에서 전원 의무적으로 참석해야 하는 무도회를 개최한다든지, 뭐 그런 식으로 말이지. 청춘 남녀들이란 것은 대충 사귈 여건만 마련해 주면 나머지는 자기들이 알아서 타오르게 되어 있으니까 너무 인위적으로 짝을 붙일 필요까진 없어."

"알겠사옵니다, 전하."

"실수 없이 잘해야 하네."

재삼 당부하는 미네르바에게 노마법사는 자신 있게 대답했다.
"맡겨 주시옵소서, 전하."

아르티어스라는 망할 드래곤에 대한 수색 작업은 정말 치가 떨릴 정도로 어려웠다. 엄청난 면적에 걸쳐 촘촘하게 깔아 놓은 마법 트랙들. 그것도 험준한 말토리오 산맥 안에 깔려 있었기에 일단 그 안에 들어서면 어디가 어딘지 도저히 종잡을 수가 없는 관계로, 마법 트랙이 좀 더 세밀하게 깔린 곳이라든지 뭐 그런 생각으로 찾아서는 도저히 답이 나오지 않고 있었다.

처음에 덤빌 때만 하더라도 그렇게 아르티어스의 영역이 넓은 줄 몰랐던 일행들은 인식을 달리하지 않을 수 없었다. 마법 트랙이 깔려져 있는 면적을 기반으로 추리해 봤을 때 아르티어스의 영토로 짐작되는 면적은 무려 반경 20킬로미터에 달하고 있었던 것이다.

그린레이크는 부하의 보고를 듣다가 깊은 생각에 잠겼다. 뭔가 인식의 전환이 필요했다. 이렇게 무작정 찾아서는 아무리 많은 시간이 있다고 해도 모자랄 지경이었다. 하지만 자신에게 주어진 시간은 고작 1년에 불과하지 않은가?

"이렇게 무턱대고 찾아서는 몇 달이 지나더라도 찾을 수가 없겠다. 일단 지도를 가져오너라."

그린레이크의 말에 기사는 재빨리 자신의 주머니를 뒤져 고급 양피지로 제작되어 있는 지도를 꺼내어 상관에게 건넸다.

"여기 있사옵니다, 전하."

그린레이크는 지도를 펴 놓고 한 지점을 가리키며 말했다.

"지금 우리가 있는 곳이 이곳이지?"

"예, 그렇사옵니다, 전하."

"그리고 탈출용 마법진을 준비해 둔 곳이 이곳들일 거야. 그렇지?"

"그렇지요."

"그래서 하는 말인데 말이야. 아르티어스의 영토는 엄청나게 넓어. 내 기억에는 반대편 마법 트랙이 끝나는 곳이 여기니까 일직선 거리로 따져도 40킬로미터에 가깝다는 거지. 아르티어스의 영토가 얼마나 넓은지는 모르겠지만, 일단 마법 트랩이 깔려 있는 곳만을 잡아내자 이거야. 그것도 알기 쉽게 마법 트랩이 끝나는 경계선만을 계속 연결한다. 그렇게 되면 대충 이런 모양이 되지 않을까 싶은데……."

그러면서 그린레이크는 지도 위에 큼직하게 원을 그렸다.

"이렇게 외곽이 잡히고 나면 아마도 드래곤의 레어는 이 영토의 중앙에 위치하고 있지 않을까?"

부하도 고개를 열심히 끄덕이면서 상관의 의견에 동의했다.

"그렇다면 의외로 간단하게 알아낼 수 있겠군요."

"그렇지. 일단은 외곽 경계선을 정확하게 알아내라. 그렇게 되면 지도를 통해서 중앙 부분을 정확하게 잡아낼 수 있겠지. 그런 후 중앙을 기점으로 집중적으로 찾는다면 시간이 조금은 단축될 것 같아."

"옛, 즉시 시행하겠사옵니다, 전하."

시종이 쟁반에 레드 드래곤과 컵 두 개를 담아 가져왔다. 다크는 이번에 새로 시종이 된 소년이 꽤나 마음에 들었다. 아주 눈치가 빠른 데다가 꾀부리지 않고 열심히 일하고 있었기 때문이다. 다크는 소년에게 방긋이 미소를 보냈다.

"수고했다."

시종에게 간단하게 고마움을 표시한 후 다크는 레드 드래곤을 한 컵 가득히 부어서 아르티어스에게 건넸다. 아르티어스는 술잔을 들어 향기를 쓱 맡아 본 후 인상을 찡그리며 투덜거렸다. 아르티어스는 이렇게 강한 술을 별로 좋아하지 않았기 때문이다.

"이 술 말고는 안 마시는 거냐?"

"그것밖에 없으니까 할 수 없죠. 디지드는 다 마셔 버렸잖아요?"

"디지드? 우욱!"

아르티어스는 구역질하는 시늉을 하며 더 이상 생각하기도 싫다는 듯 말했다.

"디지드보다는 이게 낫지. 아니, 내 말은 이거 말고 좀 순한 술은 없냐는 거지."

아르티어스의 투정에 다크는 간단하게 자신의 술에 대한 취향을 피력했다. 그녀는 자신의 아버지가 좋아하는 술을 따로 확보할 정도로 세심한 성격이 아니었다. 그녀의 의견은 바로 이거였다. 싫으면 안 마시면 되지.

"술이야, 찌르르 울리는 그 맛에 마시는 거지 뭐 딴 이유가 있어요? 안 그래도 이것도 별로 남아 있지 않으니까 마시기 싫으면 관둬요."

"아니, 마실게. 마신다구."

레드 드래곤을 한 모금 마신 후 컵을 탁자에 내려놓으며 아르티어스가 심각하게 말했다.

"으음, 느낌이 좋지 않아."

"예? 술맛이 이상해요? 아니면 제가 그 안에 독이라도 넣었다는 거예요? 으음, 드래곤이 쪼잔하게 독을 겁내요?"

"그 말이 아니야. 레어 주위에 접근하는 녀석들 말이야. 처음에는 화전민(火田民) 정도인 줄 알고 놔뒀는데, 아무래도 아닌 것 같아. 이제는 아주 레어 근처까지 다가왔어."

"도둑인가요?"

"글쎄, 그건 가 봐야 알겠구나."

다크는 시큰둥하게 대답했다.

"잘 다녀오세요."

하지만 아들의 대답이 아르티어스에게는 의외라는 듯 그는 급히 반문했다.

"뭐? 애비가 가는데 너는 함께 안 갈 거냐?"

"제가 왜 가요?"

"애비의 집이 털릴지도 모르는 이런 중대한 사건을 눈앞에 두고 있는데, 하나뿐인 아들 녀석이 나 몰라라 하다니 이럴 수가 있는 거냐?"

"그럴 수도 있죠. 황금도 엄청나게 많던데, 조금 나눠 준다고 해서 뭐 그게 대수인가요?"

"내가 황금 때문에 이러는 줄 아느냐? 드래곤의 둥지인 줄 뻔히 알면서 접근해 왔다면 그 목적은 뻔하지. 하나는 드래곤 슬레이어를 꿈꾸는 멍충이들이고, 또 하나는 마법이야."

"마법이요?"

"그럼, 레어에는 내가 연구하던 마법서들이 가득 쌓여 있는데, 그걸 훔치려고 들어온 거야. 말토리오에 둥지를 튼 후 3천5백 년 동안 내 둥지에 접근해 온 녀석들의 목적은 그 둘 중 하나였어."

"글쎄요. 그렇다면 처음 하신 말하고 약간 앞뒤가 안 맞는데요? 드래곤 슬레이어라면 최소한 둥지가 털릴 염려는 없잖아요. 주인이 없으면 그냥 돌아가지 않을까요? 오래전에 드래곤을 잡으려는 사람들을 봤는데, 그들의 목적은 황금이나 마법책 따위가 아닌 드래곤 자체였다구요. 아버지는 여기 있는데 뭐가 걱정이세요?"

아들의 말이 대충 맞는 것 같았기에 아르티어스는 얼떨떨하게 대답했다.

"말이 그렇게 되나? 아니잖아! 내가 없다면 빈집을 털어 갈 가능성도 있다고 봐야지. 갈 거야 말 거냐? 솔직히 할 일도 없잖느냐? 이렇게 애비가 부탁하는데 할 일도 없으면서 안 가겠다는 거냐?"

아르티어스가 이렇게 사정조로 나오면 할 수 없었다. 그렇기에 그녀는 마지못해 대답했다.

"예, 따라가 드리죠."

다크는 자신이 응답함과 동시에 눈앞이 희뿌예지는 것 같더니 돌연 눈앞의 사물이 명확하게 보이면서 엉덩방아를 찧고 말았다. 의자에 앉은 자세 그대로 의자를 놔둔 채 공간 이동을 했으니 그건 당연한 결과였다.

"윽!"

주저앉은 채로 주위를 둘러보니 과거 아르티어스와 단란하게 지냈던 바로 그곳, 아르티어스의 레어에 자신이 와 있다는 것을 알 수 있었다. 정말 그때와 변한 것이 하나도 없었다. 먼지가 조금 쌓여 있었다는 점만 빼고 말이다.

'그때는 열심히 청소를 했었는데…' 하는 기억이 떠올랐고 추억 어린 표정으로 주위를 둘러보다가 아르티어스가 어색한 표정으로 서 있는 것을 보고 그녀는 방금 전에 자신이 엉덩방아를 찧었다는 것이 불현 듯 떠올랐다.

"말을 하고 공간 이동을 해야 할 거 아니에요?"

짜증스럽게 말하는 아들에게 아르티어스는 멋쩍은 웃음을 흘려댔다.

"헤헤…, 마음이 바뀌기 전에 빨리 이동한다는 것이 그만 그렇게 되어 버렸구나. 미안하다, 애야."

아르티어스는 손을 뻗어 다크가 일어서는 것을 도와줬다.

"정말 오랜만이지? 너와 처음 만난 게 엊그제처럼 느껴지는데……."

아르티어스가 이렇게 감상적으로 나오면, 일이 빨리 진척되지 않는다는 것을 잘 알고 있던 다크는 모질게 말을 끊었다. 아르티어스에게는 시시때때로 자신들이 거기에 왜 있는지 상기시켜 줄 필요가 있었다. 수명이 거의 무한대에 가까운 이 드래곤들은 게을러 터져서 오늘 못 하면 내일 하면 된다는 신념을 가진 족속들이었기 때문이다.

"쓸데없는 소리 하지 말고, 빨리 해치우고 돌아가자구요. 참, 식사도 대충 하셨는데 디저트로 드시는 것은 어때요?"

아들의 무지막지한 말에 아르티어스는 눈살을 찌푸렸다. 가끔씩 아들 녀석과 함께 살면서 느끼는 의문이 또다시 일었다.

"너 정말 호비트 맞냐?"

"물론이죠. 도와 드려요?"

"아니, 도와줄 필요는 없을 게다."

슬쩍 아르티어스가 튕겼다. 물론 여기까지 따라왔으면 도와주려고 들 것은 분명했다. 그런데 아들 녀석은 언제나 그렇듯 자신이 마지못해 도와준다는 듯 말을 이었다. 짜식! 자기도 한판 하고 싶으면서 말을 돌려 대긴…….

"함께 가 드릴 수는 있지만, 그걸 나눠 먹지는 못해요. 내가 먹지 않는 유일한 동물이 '인간' 이니까."

"그렇다면 도와주려고?"

"아뇨, 드래곤이 사람 먹는 것은 한 번도 못 봤거든요. 꽤나 자극적일 것 같은데……."

"으이그……."

그린레이크는 기겁을 할 수밖에 없었다. 수색이 며칠째 계속되고 있었고, 또 아르티어스의 영역도 엄청나게 넓었기에 그들은 지금 영역의 중앙 부분에 천막을 쳐 놓고는 임시 지휘소로 삼고, 주위를 철저하게 수색하고 있는 중이었다.

그런데 갑자기 임시 지휘소의 왼편에 위치하고 있던 산비탈의 한쪽이 사라지면서 거대한 레어의 입구가 모습을 드러냈다. 그리고 그 안에서 두 명이 천천히 걸어 나왔다.

"감히 어떤 놈들이 나의 단잠을 깨우느냐?"

아르티어스가 호기스럽게 외치자 다크가 옆에서 콧방귀를 뀌며 말했다.

"흥, 언제 잠을 잤다고 그래요? 지금 막 도착해 놓고는······."

"원래 다 그렇게 말하는 거야. 그래야 저놈들이 내가 언제나 여기에 있는 줄 알지."

"그건 사기잖아요?"

"사기가 아니라는데도 그러는구나."

그린레이크는 낮은 목소리로 아웅다웅하는 두 남녀를 멍하니 바라봤다. 부하들이 저들의 대화를 들을 수 있을지는 모르겠지만, 자신은 이미 그걸 듣고 있었던 것이다.

그 모습을 보고 처음에 호기스럽게 외쳐 댔던 붉은 머리카락을 길게 기른 미청년이 그 포악한 드래곤인가 하는 의구심마저 일기 시작했다. 하지만 그는 애써 그 의문을 쫓아 버리며 정중하게 말했다.

"위대하신 골드 일족의 후예이시여. 저희들이 이곳에 온 것은 다름이 아니라 한 가지 청이 있어서······."

물론 그린레이크는 서로 대화를 터 보자고 입을 연 것이었는데,

이것이 가장 치명적인 실수였다. 아들하고 얘기한다고 정신이 팔려 자신이 원래 이곳에 온 목적을 망각하고 있던 아르티어스 어르신은 상대의 그 말에 제정신을 차렸던 것이다. 일단 제정신을 차리자 아르티어스는 더 이상 다정다감한 청년처럼 보이지 않았다.

한 번만 봐도 오금이 저릴 것 같은 싸늘한 표정에, 무시무시한 위화감을 뿜어내는 저 광폭한 눈동자. 아르티어스는 지독할 정도로 싸늘한 어투로 그린레이크를 향해 말했다.

"청? 헛소리하지 마라. 내 영토에 들어온 대가는 잘 알고 있겠지?"

'갑자기 분위기가 이렇게 바뀔 수 있는 건가?' 하는 생각이 들었지만 그 생각은 짧았다. 대신 그린레이크는 상대가 드래곤이라는 것을 상기하며 재빨리 말했다. 이때를 위해 준비해 놓은 것이 있기 때문이었다.

"예? 황금 말씀이십니까? 여봐라, 빨리 준비해 둔 선물을 가져와라."

그린레이크의 부하 몇 명이 천막으로 큼직한 선물 궤짝을 가지러갔지만, 그린레이크의 예상과는 달리 아르티어스에게는 그따위 선물이 필요 없었다. 그에게 필요한 것은 바로 이놈들이 이곳에 다시는 얼씬도 못하도록 만들어야 한다는 현실만이 중요할 뿐이었다.

"크흐흐흐, 누가 황금 따위를 말하는 것이냐? 대가는 목숨이다."

아르티어스가 맹렬한 속도로 주문을 외우며 손을 천천히 위로

말토리오 산맥의 침입자들 125

쳐들자 두 손에서 불그스름한 방전(放電)이 일어나기 시작했다. 그린레이크는 순간 경악했다. 저렇게 순간적일 정도의 짧은 시간에 8사이클급 대인 공격 마법 중에서 최강의 위력을 지녔다는 금지된 마법을 구사할 줄이야…….

"헬 파이어다. 모두들 도망쳐라."

그린레이크는 재빨리 외치고 뒤로 도망치기 시작했다. 그리고 그와 동시에 기사들과 마법사들도 뒤로 돌아서서 달리기 시작했다. 하지만 아르티어스는 드래곤답게 8사이클급 주문을 엄청난 속도로 완성해 버리고 말았다. 물론 본체로 돌아간 상태였다면 주문 따위 외울 필요도 없었을 테지만, 호비트의 모습으로 트랜스포메이션하고 있는 상태였기에 그건 어쩔 수가 없었다.

"헬 파이어!"

공간을 찢어발기며 거대한 붉은 빛줄기가 날아갔다. 기사들과 마법사들은 사방으로 분산해서 도망쳤기에 그 마법의 소용돌이에 휩쓸린 것은 몇 명 되지 않았다. 그리고 아르티어스도 이들을 모두 다 죽일 생각은 없었다. 몇 명은 시범 케이스로 통구이를 만들 필요가 있었지만, 일부는 살아 돌아가서 아르티어스란 드래곤의 포악함과 무시무시함을 선전해 주어야 하기 때문이다. 그래야 다시는 찾아올 놈이 안 생길 테니까.

헬 파이어는 정확히 그린레이크 쪽으로 날아갔지만 그는 극한의 마법 방어막과 회피 기동으로 목숨을 건질 수 있었다. 대 폭발의 소용돌이 속에서 튕겨나오자마자 그는 약속된 장소로 달려갔고, 그와 동시에 부하들은 공간 이동해 버렸다.

다크는 붉은 빛줄기가 산의 한쪽 귀퉁이를 박살 내며 대 폭발을 일으키고 있는 모습을 보며 감탄사를 연발했다. 검술이란 정밀도로 승부하는 것이지 이렇듯 무식할 정도로 강력하지는 않았다. 전에 봤던 유성 소환도 엄청났고, 이번에 보는 헬 파이어도 마찬가지. 마법에 대한 그녀의 인식을 바꾸기에 충분한 위력이었다.

"정말 대단하네요. 이게 무슨 마법이죠?"

아들의 물음에 아르티어스 어르신은 자랑스럽게 대답했다.

"헬 파이어라는 거다."

"나한테는 이런 강력한 마법을 한 번도 가르쳐 준 적이 없었잖아요?"

"가르칠 수가 없었지."

"왜요?"

"너는 8사이클급 마법을 그렇게 쉽게 배울 수 있을 거라고 생각하고 있는 거냐?"

"방금 그게 8사이클 마법이에요?"

"그럼. 저 정도 마법을 혼자서 구사할 수 있는 호비트는 없지. 엘프라도 불가능해. 오직 우리 드래곤만이 가능하지. 흐헤헤헤……."

자만심에 가득 차서 음흉스런 웃음을 터뜨리는 아르티어스를 바라보며 다크는 한소리 쏘아 주고 싶었지만, 일단은 한 가지 목적이 있었기에 참고 물어봤다.

"저도 불가능해요?"

물론 대충 찔러 본 말이었지만, 아르티어스의 대답은 다크로서는 의외의 것이었다.
"아니, 너는 가능하지."
"하지만 배우는 데 시간이 많이 걸리겠죠?"
"아니, 그렇게 시간이 많이 걸리지도 않지."
아르티어스가 이렇게까지 말하자, 다크는 해실해실 미소를 지으며 반쯤은 어리광을 부리듯 말했다. 자신이 아무리 나이가 많은 노고수라고 해도 이런 치매 드래곤과 함께 살다 보니 어쩔 수 없이 좀 더 손쉽게 세상을 살아가는 방법을 배워야 했고, 또 자연적으로 습득하게 됐다.
"헤헤, 그럼 가르쳐 줘요."
아르티어스는 아들을 미소 띤 표정으로 바라봤다. 홀딱 빠질 것 같은 아들의 연기력에 그만 가르쳐 주겠다는 말이 목구멍까지 튀어나올 뻔했다.
하지만 아르티어스는 그것을 초인적인 인내로 참아 냈다. 이번 것은 그렇게 쉽게 넘어갈 정도로 가치 없는 것이 아니었던 것이다. 조금만 더 사탕발림을 한다면 좀 더 나은 대가를 받아 낼 수도 있을 것이다. 강한 것이라면 사족을 못 쓰는 아들 녀석의 성격을 자신이 거의 꿰뚫고 있다고 자부하고 있으니까.
"물론 가르쳐 주지. 단, 지금부터 계속 아버지가 아니라 아빠라고 부른다면."
"끄응……."
고민에 빠져 있는 아들을 향해 아르티어스는 열심히 설득 작전을 전개했다.

"방금 그 마법은 정말 대단한 위력이란다. 작은 도시 정도는 흔적도 없이 날려 버릴 수 있는 위력이 있지. 그런 엄청난 힘을 가지고 싶지 않느냐? 모든 마법사들의 꿈이 저 마법이란다. 어때? 괜히 오기부리지 말고 허락하지 그래?"

"그거 말고 딴 조건은 안 돼요?"

"으음, 그렇다면 이건 어떠냐? 잠자기 전과 후에 뽀뽀 한 번씩."

혐오감을 가득 담은 표정으로 아들이 재빨리 답했다.

"으엑, 그것보다는 아빠가 좋겠어요."

"좋아, 허락하는 거냐?"

"으음, 그런 거 안 배워도 나는 충분히 강한데, 그런 게 과연 필요할까? 다시 한 번 더 생각해 봐야……."

그런 아들을 보며 아르티어스 어르신은 재빨리 말했다. 이런 너구리를 넘기려면 생각할 시간을 줘서는 안 되는 것이 철칙이다.

"아니야, 그렇지 않아. 네 무술은 아주 대단하기는 하지만 저 정도 위력은 없잖느냐? 그리고 이건 아주 장거리 공격도 가능하지. 살다 보면 이렇게 강력한 게 필요할지도 몰라. 안 그러냐? 평상시에는 생각도 안 하면서 웬 생각하는 척을 하려고 그러냐? 그냥 네가 원하는 대로 해. 겨우 '아빠'라는 말하고 최강의 힘을 맞바꾸는 거야. 어때? 이런 기가 막힌 거래는 평생에 한 번 걸릴까 말까 한 거란다."

결국은 아르티어스의 꼬임에 넘어간 다크. 깊이 생각하지 않는 성격인 만큼 일단 마음을 정하자 대답도 시원스러웠다.

"좋아요, 허락하죠."
"으헤헤헤, 약속한거다. 나중에 딴말하기 없기야."
"누가 아버지 같은 줄 알아요?"
"아버지가 아니라 아빠라니까?"
"좋아요. 누가 아빠 같은 줄 알아요?"
"글쎄, 네가 자주 하는 말 있잖아. '그건 거짓말이었어'라고 둘러 댈지 누가 알아?"
"기억력도 좋아요. 이건 정말이에요, 아빠!"
아빠라는 발음이 약간 이빨 갈리는 듯 들리자 아르티어스는 투덜댔다.
"그런 어조도 안 돼. 밝고 부드럽게 아빠."
"좋아요, 아빠."
"흐흐흐…, 그럼 이제 전수를 해 주마. 일단 네 검을 뽑아라."
마법을 가르쳐 준다고 하고는 갑자기 검을 뽑으라고 하자 어리둥절한 표정으로 검을 뽑아 들며 다크가 물었다.
"이렇게요?"
"그래, 그렇게 한 후에 목표물을 정해서 검을 겨눠."
"이렇게요?"
"그래. 그런 후 최대한 마나를 검 속에 밀어 넣으면서 외치는 거야. '헬 파이어'라고 말이지."
"헬 파이어!"
그와 동시에 붉은 빛줄기가 뿜어져 나갔다. 다크는 자신이 검 속에 밀어 넣은 것 외에도 엄청난 양의 기가 검 속으로 순간적으로 흡수되고 있다는 것을 알고 기겁을 했다. 하지만 예전에 마력검을 사용할 때 검 속으로 기가 흡수되었던 것이 떠오르자 그 놀람을 가라앉힐 수 있었다.

자신의 검에 엄청나게 많은 문양이 새겨져 있는 것을 예사로 생각했었는데, 이렇게 막강한 마법이 숨겨져 있었다니. 정말 꿈에도 생각하지 못했었다.

"어때?"

아르티어스는 또다시 자신의 영토 한 귀퉁이가 묵사발이 된 것이 가슴 아팠지만 그걸 억누르며 아들에게 물었다.

"약간 피곤해요. 마나의 소모가 엄청나네요."

"물론 엄청나지. 아무리 너라도 그걸 한꺼번에 세 번 이상 사용하기는 힘들 거야."

"글쎄요. 그건 그렇고 일 끝났으면 돌아가죠."

감사합니다, 드래곤이시여

　크라레스의 군대는 코린트의 크로나사 지방을 완전히 병합하는 데 성공했다. 물론 겉모양만 그렇다는 말이다. 아직도 대부분의 점령지에서 게릴라들이 날뛰고 있었기에 완전히 점령에 성공한 것은 아니었다. 새로이 10만 명의 병력이 투입되었고, 또 크라레스에서 모집한 용병 사단 1개가 추가로 투입되기는 했지만 점령한 영토는 지속적으로 늘어났고, 병력은 턱도 없이 모자라는 실정이었다.
　물론 본토에서 긴급히 투입된 2백여 명의 그래듀에이트 덕분에 어느 정도 숨을 돌리고 있었고, 또 더 이상 전쟁을 확대할 이유는 없었기에 차츰 나아질 테지만 현실적으로는 최악의 상황이 계속되고 있었다.

"전하."

"무슨 일인가?"

"포로를 심문하던 중에 놀라운 정보를 입수하였사옵니다."

"뭔데 그러나?"

"예, 게릴라들을 통괄 지휘하는 곳이 어딘지 알아냈사옵니다."

"뭣? 그게 사실인가?"

"예, 바로 미투랑 요새이옵니다."

"미투랑 요새라. 그곳은 크로나사 지방이 아닌데?"

"예, 그렇사옵니다. 전쟁 전에는 몬스터나 상대한다고 건설한 것이온데, 그곳이 지금은 본국과의 전쟁에서 핵심적인 역할을 담당하고 있는 모양이옵니다."

"주둔 중인 병력은?"

"예, 1개 여단이 주둔 중이옵고, 몬스터 토벌을 위해 건설된 만큼 대타이탄용 방어 병기는 없다고 하옵니다. 그 외에 은십자 기사단에서 보유하고 있는 타이탄 20대, 그리고 철십자 기사단에서 보유한 타이탄 30대가 존재하옵니다. 포로의 말로는 은십자 기사단의 절반이 왔사온데, 얼마 전 10대를 상실했다고 하더군요."

"흐음…, 정보의 정확도는 어떤가? 혹시 거짓말이 아닐까?"

"아니옵니다. 정보부에 문의해 본 결과 타이탄의 수가 현재 이쪽에서 추정하고 있는 것과 비슷하옵니다. 그리고 포로에 대해서도 마법까지 동원해서 철저하게 조사했사오니 그가 처음부터 잘못 알고 있었다면 모르겠지만, 그렇지 않는 한 정확할 것이옵니다."

"심문한 놈은 믿을 수 있나?"

"예, 이번에 잡아온 마그레인 백작은 이 일대를 관할하던 핵심 인물이옵니다. 그는 마법사까지 거느리고 있을 정도로 대단히 큰 세력을 떨치던 인물이온데, 이번에 전쟁이 벌어졌을 때 마법 통신망을 매우 잘 써먹은 녀석이죠. 그는 미투랑 요새와 직접 마법 통신으로 명령을 전달받은 후 또 다른 게릴라들에게는 전서구를 이용해서 연락을 주고받았사옵니다. 이번에 그가 잡히면서 굉장히 많은 정보를 획득할 수 있었사옵니다."

"흐음…, 그래도 그 한 명의 말만 듣고 움직인다는 것은 위험 부담이 너무 커."

"예, 그래서 본국에 연락해서 전에 잡았던 은십자 기사단 소속 기사들을 심문해 보라고 연락을 했습니다. 그들은 그 당시 탈진해서 의식이 없었던 관계로 심문을 거의 못 했었는데, 지금은 몸이 많이 좋아졌다고 하더군요. 그들을 심문해서 얻은 정보와 마그레인 백작의 자백이 일치하옵니다."

"흐음, 좋아. 그렇다면 이번에 그곳을 박살 내면 되겠군."

"예, 그곳에 있는 다리엔 후작이 남부 집단군 총사령관이라고 하옵니다. 일단 포로의 진술에 따라 초상화를 그렸사온데, 한번 보시겠사옵니까?"

"그러지."

"여기 있사옵니다."

공작은 초상화에 그려진 둥글넓적한 인물을 잡아먹을 듯 노려봤다. 정말 자신을 이 지경까지 고생시킨 상대를 찢어 죽여도 분이 풀리지 않을 듯했던 것이다. 크로나사 평원을 놓고 멋지게 총력전을 한판 한다면 설혹 패한다고 해도 속이 시원할 텐데, 이런 끝도 없는 소모전으로 사람을 피곤하게 하는 망할 녀석은 정말 눈에 보이기만 하면……

"으드드득! 이놈이 우리를 그렇게 애먹이고 있는 놈이라고?"

공작은 이빨을 갈며 말을 이었다.

"통통한 몸매를 보아하니 기사는 아닌 것 같은데?"

"예, 문관 출신이라고 들었사옵니다. 그로체스 공작이라고, 이번에 키에리가 전사한 후 갑자기 권력의 핵심에 등장한 인물이 있사옵니다. 그 공작의 심복이라고 하옵니다."

"기습 작전에 투입할 병력은 어느 정도가 좋을까?"

"놈들의 전력이 전력인 만큼 모든 테세우스를 거느리고 가시는 것이 좋을 듯하옵니다. 미가엘이나 로메로는 만일을 대비해서 여기에 놔두는 것이 좋겠지만 말이옵니다."

"좋도록 하게. 그리고 본인도 갈 것이야. 아마도 이번 전쟁에서 타이탄 전투는 이것으로 끝이겠지. 적의 본거지를 박살 내고, 코린트 남부 집단군을 와해시킨 후에 휴전 교섭에 들어갈 테니까 말이야."

다음 날 새벽, 미투랑 공격대는 공작의 인솔 하에 출발했다. 청기사 1대와 테세우스 49대로 이루어진 강력한 타이탄 부대와 그들을 서포트하기 위한 20명의 그래듀에이트, 여섯 명의 마법사로 이루어진 막강한 기습 부대였다.

이렇듯 대 부대를 거느리고 갈 정도로 미테랑에서 행해질 전투는 대단히 중요한 의미를 지니고 있었다. 그런데 왜 이런 중요한 회전에 다크와 아르티어스는 빠져 있었을까? 왜냐하면 그 둘은 그곳에 없었기 때문이다.

미네르바는 속이 부글부글 끓었다. 그 망할 녀석이 잔꾀를 부린 덕분에 자신이 세운 계획이 무산되어 버린 것이다.
"젠장, 이번에는 틀림없이 그 자식을 없애 버릴 수 있었는데……."
그런데 '그놈'이 자신만 고이 죽지 않고 추잡스럽게도 미네르바까지 물귀신처럼 물고 늘어진 것이었다. 크루마의 수도 엘프리안을 박살 내 버리겠다고 공언한 광폭한 드래곤의 주문은 아주 많았다. 그리고 그 대부분의 주문은 수도가 박살 나는 것을 감안한다면 어렵지 않게 들어줄 수 있는 것들이었다. 한 가지만 빼고는…….
가장 곤란한 주문은 아르티어스라는 골드 드래곤을 초대해 와야 한다는 것이었고, 그 주문을 이행하기가 불가능해진 그린레이크는 미네르바에게 팔밀이를 하는데 성공하고야 만다. 그는 일의 중대성을 황제에게 역설한 후, 아르티어스를 꾀어내는 데 가장 적임자는 크루마 최강의 고수이자, 전번에 벌어졌던 '초록 도마뱀' 작전을 성공적으로 이끈 미네르바뿐이라고 설득했던 것이다.
그리고 난 후 황제의 칙명이 내려왔고, 그녀는 이렇듯 사지(死地)를 향해 걸어 들어가야 하는 최악의 처지에 놓이게 된 것이다.
상대는 이제 그 이름도 공포스러운 에인션트급을 바라보는 웜급 드래곤이었다. 워낙 포악한 상대라서 협상을 하기도 힘들 것이지만, 일단 칙명을 받은 이상 이 일을 처리해야만 했다.

그런데 문제는 이 일을 처리하는 데 있어서 고약한 점이 한두 가지가 아니라는 사실이었다. 이 일을 그녀가 처리하면 당연히 엘프리안은 건재하게 될 것이니, 그린레이크는 살아남을 것이다. 그렇다고 처리하지 못하면 그린레이크를 그녀의 소원대로 처형장에 보낼 수 있는가 하면 그것도 아니었다.

황제 폐하가 칙명까지 내려서 맡긴 일을 소화해 내지 못한 미네르바도 공동 책임을 져야만 했던 것이다. 처형장에 가야 할 그린레이크가 미네르바의 무능 때문이라고 걸고넘어지면 그녀로서도 할 말이 없어지게 되는 매우 고약한 상황이었다.

거기다가 아르티어스라는 드래곤이 "협상하러 왔소" 하면, 제대로 협상을 받아 주는 온순한 드래곤이냐 하면 그것도 아니었다. 그린레이크를 따라갔다가 살아서 돌아온 기사들의 증언에 따르면 그놈의 망할 드래곤은 웬 소녀와 함께 쑥덕거리다가, 그린레이크가 협상하자고 말을 건넴과 동시에 엄청난 마법을 퍼부어 댔다고 하지 않던가?

그 덕분에 마법의 공격권에서 재빨리 몸을 빼지 못했던 세 명의 기사들과 일곱 명의 마법사들이 먼지로 화해 버리고 말았을 정도였다.

"우선 레어 앞에다가 선물을 풀어 놓는 거야. 그렇게 되면 일단 그 드래곤은 선물을 먼저 보게 될 테고, 자신에게 이렇듯 훌륭한 선물을 하는 의도를 궁금해하지 않을까?"

"전하, 선물과 함께 친구인 브로마네스가 레어 입주 기념식을 한다고 청하더라는 쪽지도 함께 놔두는 것이 좋지 않을까요? 그런 다음 아르티어스가 나오기 전에 도망치는 것이……."

미네르바는 부하의 의견을 일언지하에 묵살해 버렸다. 그녀도 자존심 높은 무인이었기 때문이다.

"닥쳐라. 아무리 드래곤이 무섭다고 해도, 그런 식으로 일을 처리할 수는 없는 것이야. 대국 크루마의 제1기사로서의 명예가 있지. 어떻게 말도 붙여 보지 못하고 도망칠 궁리부터 한단 말이냐?"

"하지만, 전하. 위험 부담이 너무 크옵니다."

"너희들은 선물만 놔두고 뒤로 빠져 있거라. 아무리 상대가 드래곤이라고 해도 싸우는 것이 아니라 도망치는 것뿐이라면 별로 어렵지 않을 것이다."

"그렇다면 언제 가시겠사옵니까?"

"지금. 곧장 달려 들어가서 레어 앞에다가 선물을 놔둔 후 너희들은 먼저 철수하면 된다. 나머지는 내가 알아서 처리하겠다."

"하지만……."

"내가 결정한 일에 더 이상 말꼬리를 붙이려고 들지 마라. 자, 출발!"

미네르바가 초조하게 서 있을 때, 역시 먼저 여기 왔던 부하들의 증언대로 산의 한쪽 귀퉁이가 사라지더니 높이 4미터가 될 듯 말 듯한 자그마한 레어의 입구가 드러났다. 그리고 조금 있다가 뭔가 중얼거리는 음성이 바람을 타고 들려왔다. 미네르바가 청력을 한껏 돋워 그 소리를 주워듣자 그것은 그녀로서는 정말 기가 막힌 내용들이었다.

"이번에는 또 어떤 간 큰 놈이 들어왔지? 아직 맛을 덜 본 모양이지?"

"헬 파이어도 안 통하면 이제는 어떻게 하려고요?"

"글쎄다. 괜히 강력한 마법을 써 봐야 내 아까운 영토만 가루가 되니까, 몇 놈 잡아다가 시범 삼아 먹어 버릴까?"

"우와, 그럼 드디어 사람을 산 채로 씹어 먹는 걸 볼 수 있는 거예요?"

"으이그……. 아무래도 그건 정서 교육상 안 좋을 것 같고, 그냥 대충 빨리 죽여 버리는 편이 좋겠군."

그러면서 두 사람이 안에서 걸어 나왔다. 미네르바는 일찌감치 도망치려다가 아직 트랜스포메이션하지 않은 상태의 드래곤이라면 상대가 가능할 것이라는 생각이 들었기에 검 손잡이에 손을 올린 채, 놈이 모습을 드러내기만을 기다리고 있는 중이었다. 그런데 검을 뽑으려는 그 순간, 안에서 걸어 나오는 두 인물들의 모습이 낯설지 않다는 것을 느낄 수 있었다.

"어라?"

"어? 미네르바 아니야? 여기에는 웬일이지?"

"다, 다크……. 너야말로 여기에 웬일이지? 그리고……."

미네르바가 손짓으로 가리키는 상대. 전에 한 번 다크와 함께 행패 부리러 와서 칼부림이 벌어지는 상황에서도 침착하게 음식을 먹고 있던 그 청년……. 이제야 미네르바는 그때 그 청년이 왜 그렇게 겁도 없이 앉아 있었는지 이해할 수 있었다.

"아, 전에 소개해 주지 않았었나? 내 아버지…, 아니 아빠. 그리고 여기는 우리 집이지. 그런데 무슨 일로 왔지?"

미네르바로서는 입이 쩍 벌어지는 순간이었다. 경악한 표정으로 미네르바가 아무 말이 없자 다크는 주위를 휙 둘러보더니 다시 말을 건넸다.

"며칠 전에 왔던 그 녀석들도 네가 보냈던 거였어? 그리고 저기 놔둔 것들은 뭐야? 제법 번쩍번쩍하는데?"

"선물…이지. 부탁이 한 가지 있어서."

"부탁? 무슨 부탁?"

"1년 후에 브로마네스의 레어 입주식이 있을 건데, 거기에 참석해 달라고."

얼빠진 듯한 미네르바의 대답에 아르티어스는 무슨 일인지 짐작하기가 힘들었지만, 일단 자신의 친구인 브로마네스의 이름이 나왔기에 질문을 던졌다.

"브로마네스의 레어 입주식이라고? 브로마네스는 지금 쟈코니아 산맥에 살고 있을 건데, 새로 레어를 만들고 있다는 말이냐?"

"예, 드래곤이시여. 이번에 일이 있어서 브로마네스의 분노를 산 일이 있습니다. 그 일에 대해 이쪽에서 사죄하고 브로마네스의 조건을 들어주는 것으로 무마할 수 있었는데, 그의 조건이 문제지요. 새로운 큰 레어를 하나 지어 줄 것. 그리고 아르티어스라는 친구를 그 레어에 들어가는 그날 초대해 줄 것."

미네르바의 말에 아르티어스는 심각하게 고민하기 시작했다. 브로마네스의 저의가 뭔지 알 수 없었기 때문이다.

"그 녀석이 왜 나를 초대한단 말이지? 또, 그런 일이 있으면 자기가 찾아오면 될 것을 가지고 왜 너를 보낸 건지 모르겠군. 내가 호비트의 청 따위는 들어주지도 않고 죽여 버릴 것을 잘 알고 있는……."

말을 하다 보니 아르티어스는 브로마네스의 저의를 눈치 챌 수 있었다. 브로마네스란 녀석이 사실은 아르티어스가 그날 나타나지 않기를 바라고 있다는 것을 말이다. 그런데 아르티어스로서는 괘씸하게 생각되는 것이었다.

"나쁜 녀석. 자기 일에 귀찮게 왜 아무런 상관도 없는 나를 끌어들여?"

"드래곤이시여, 제발 청을 들어주지 않으시겠습니까?"

미네르바의 말에 아르티어스는 흔쾌히 대답했다.

"오냐, 좋다. 들어주지. 브로마네스 녀석의 계책이 괘씸해서라도 가 주마."

미네르바로서야 이유가 어떻게 됐든, 아르티어스가 와 준다는 데야 감지덕지할 뿐이었다. 때려잡아서 가져가기에는 상대가 너무 대단했기 때문이다.

"감사합니다, 드래곤이시여."

"단, 한 가지 조건이 있다."

드래곤이라는 것들은 조건을 붙이는 것을 너무 좋아한다고 속으로 투덜거리면서 미네르바가 물었다.

"무엇이십니까?"

"좋은 포도주를 한 상자 다오."

"예?"

"도저히 레드 드래곤은 입맛에 안 맞으니까 포도주를 가져오라니까?"

아르티어스가 말하는 레드 드래곤이 드래곤의 종류를 말하는 것이 아니라 술 이름이라는 것을 모를 정도로 미네르바는 둔하지 않았다. 상대가 겨우 포도주 한 상자에 와 준다는데 반론을 제기할 이유가 있겠는가? 미네르바는 상대가 말을 바꿀 시간 여유를 주지 않기 위해 황급히 대답했다.

"예, 그러죠. 즉시 구해다 드리겠습니다."

부하들이 집결해 있는 곳으로 서둘러 돌아가려고 하는 미네르바의 뒤에서 상큼한 목소리가 끼어들었다.

"이봐, 기왕이면 강한 술도 한 상자 부탁해. 레드 드래곤을 거의 다 마셔 버렸거든."

미투랑 요새 전투

 미투랑 요새에는 지난 며칠간 엄청난 토목 공사를 위해 수많은 인부들이 동원되었다. 타이탄까지 동원된 이 거대한 토목 공사는 그 규모로 봤을 때, 매우 단기간에 끝이 난 역사상 기록에 남을 만한 공사였다.
 "이렇게까지 할 필요가 있을까?"
 "얕보면 큰코다치십니다. 특히나 상대방이 타이탄을 동원하는 만큼 그에 걸맞은 대비를 하셔야지요."
 "그래도……."
 "거기에다가 될 수 있다면 로체스터 전하께 연락해서 필요한 만큼의 지원군도 요청해야 할 것입니다."
 "될 수 있다면 지원군 없이 끝낼 수 있도록 해 보게."

"예, 그렇게 노력은 하고 있사오나…, 저도 적의 공격 규모가 어느 정도일지 감히 예상할 수가 없는지라 어쩔 수가 없습니다."
"저것만 가지고도 충분하지 않을까?"
다리엔 후작은 자신이 계획한 것보다 더욱 규모가 커져 버린 방어 진지에 혀를 내두르고 싶은 심정이었다. 근처 요새들을 모두 뒤져 타이탄에 타격을 줄 만한 대형 몬스터용 공격 장비들은 모두 다 끌어 모았다. 그리고 본국에 애걸해서 최신형 타이탄 공격 장비도 몇 가지 가져왔다.
그러고도 모자라서 타이탄들이 빠지기에 충분한 거대한 구덩이를 서른 개나 팠다. 구덩이 안은 물이 빠져나가지 않도록 기름종이로 세심하게 바른 후 물과 지푸라기를 가득히 채워 넣었다. 단순히 물만 채워 두는 것보다 그렇게 만드는 것이 수렁처럼 되어 한 번 빠지면 헤어 나오기 힘들기 때문이다.
그런 후 그 위를 튼튼한 나무로 덮고 흙을 깨끗하게 깔아 놨다. 수십 톤이나 되는 타이탄을 겨냥한 함정이었기에 사람이나 마차가 지나다녀도 상관없을 정도로 튼튼하게 만들었다.
후작은 면밀한 계획 하에 함정이 완성되었을 때쯤 이곳에 대한 정보가 흘러 들어가도록 조작했다. 물론 그 조작은 후작이 가한 것이었고, 그 역할을 해야 하는 부하들에게는 아무런 언질도 주지 않았기에 일이 잘못될 수도 있었다.
"마그레인 백작이 일을 잘해 주어야 할 텐데……."
혼자말로 중얼거리는 후작을 향해 성주는 재빨리 말했다.
"잘될 것입니다. 마그레인 백작님은 대단히 뛰어난 인물이니까요. 솔직히 이런 일에 소모해 버리기에는 아까운 분입지요."

"내가 하는 말은 그게 아닐세. 자기가 무슨 영웅쯤이나 되는 듯 입을 다물고 있거나, 또는 자살해 버렸으면 처음부터 계획을 다시 세워야 한다는 말이지. 젠장, 오히려 부하가 술술 털어놓기를 바래야만 하다니. 이미 예정일보다 하루나 지체되고 있지 않은가? 슬쩍 마그레인 백작의 주둔지에 대해서 놈들에게 정보를 흘렸고, 놈들이 그를 잡아간 것이 3일 전인데, 왜 이렇게 늦는지 이해를 못 하겠군. 나라면 벌써……."

다리엔 후작은 갑자기 입을 다물었다. 예를 잘못 들었던 것이다. 자신이 단순무식하다고 광고하는 것이나 다름없는 말이었으니 그로서는 입을 다문 것이 당연했다. 그것을 눈치 챈 성주도 노회한 너구리답게 슬쩍 말문을 돌려 다리엔 후작을 도왔다.

"참, 본국에서 도착한 신형 타이탄 병기를 구경해 보시겠습니까? 1백 대 정도 도착했는데, 도무지 신뢰가 안 가더군요. 보통 보던 것보다 덩치가 너무 작아서……."

성주의 말에 다리엔 후작도 흥미를 느꼈다. 타이탄을 때려잡는 병기는 예로부터 몇 종류 되지 않았다. 거대한 나무 말뚝에 강철 촉을 붙여 놓은 것을 발사하는 대형 쇠뇌라든지, 대형 투석기 등등, 대부분이 공성전(攻城戰)에서 자주 사용되는 병기들이었다.

보통 기계 장치의 덩치가 크면 클수록 파괴력이 좋아지기에 대타이탄용이라면 성이나 요새에 배치할까 들고 다니기에는 벅찬 병기들뿐이었다. 그렇기에 어느 사이엔가 타이탄용 공격 무기라면 거창한 덩치를 가지고 있어야 한다고 모두들 은연중에 생각하고 있었던 것이다.

"바로 이것입니다, 각하."

신무기를 처음 본 다리엔 후작의 소감은 이랬다.

"흐음……. 괴상하게도 생겼군."

아무리 신형 무기라도 타이탄을 향해 발사하는 도구는 똑같았다. 2미터는 됨직한 큼직한 나무 말뚝의 끝 부분에는 강철로 된 거대한 촉이 붙어 있는 초대형 창 같은 것이다.

그런데 신형 무기는 거창한 기계 장치 같은 것이 아니었다. 그 거대한 창은 쇠로 된 원통 같은 곳에 꽂혀 있었는데, 그 원통은 나무틀로 만들어져 있는 곽에 고정되어 있었고 움직이기 편리하게 밑에는 몇 개의 바퀴가 붙어 있었다.

그것만 보면 쇠로 된 원통만으로 그 거대한 창을 날리는 모양이니, 믿음이 가지 않을 수 없었다. '저 작은 장치로 과연 타이탄을 박살 낼 만한 힘과 속도를 낼 수 있을까' 하고 생각하는 것은 당연하지 않을까?

"예, 신무기와 함께 조작 인원도 2백여 명 정도 함께 도착했사온데, 그들의 설명으로는 대단한 위력이라고 하더군요. 그들의 말로는 여기 있는 이 심지에 불을 붙이면 날아간다고 했습니다."

다리엔 후작은 의심스런 표정으로 그것을 훑어보며 말했다.

"흐음……. 이거 발사 시험은 거친 제품인가? 도저히 이따위 걸로 타이탄을 잡을 수 있다는 것이 믿어지지가 않는구먼."

"글쎄요, 그건 모르지요. 실전에 배치되기는 이번이 처음이라고 들었습니다."

"그런가? 역시 그로체스 공작 전하셔. 최신 무기라면 동부 전선으로 우선 배치되어야 할 텐데도 이곳으로 먼저 보내오신 것을 보면 말이지. 아무튼 놈들이 언제 공격해 들어올지 모르니 발사수들은 항시 대기하라고 일러라."

"옛, 각하."

자신의 지시를 전달하기 위해 총총히 사라지는 성주의 뒷모습을 잠시 바라보다가 다리엔 후작은 신형 무기 쪽으로 시선을 돌렸다. 아무리 봐도 믿음이 가지 않는 모양새였다. 사실 부하의 앞이기에 애써 좋은 방향으로 해석했지만 사실은 그게 아니었다. 부하의 입에서 그만큼 이쪽 전투가 중요하지 않다든지, 아니면 그로체스 공작의 힘이 약하니까 아직 테스트도 못 해 본 무기를 이쪽에 보내어 실전 테스트를 하지 않겠는가 하는 말이 나올 염려도 있었기 때문에 원천봉쇄를 한 것에 지나지 않았다.

아무튼 머리 하나는 비상한 놈인 것 같으니까 말이다. 사실 이런 공인되지 못한 시험 무기는 아주 신뢰도가 떨어지기에 가급적이면 지휘관들이 사양하는 품목 중의 하나였다.

산꼭대기를 깎아서 거창하게 지어놓은 성. 어떻게 보면 한 폭의 그림처럼 장엄했지만, 거기에 쳐들어가야 한다고 하면 얘기는 달라진다. 루빈스키 공작은 손가락으로 그 성을 가리키며 말했다.

"저기가 미투랑 요새인가?"

"옛, 전하."

"산꼭대기에 잘도 만들었군."

"예, 엄청난 인력이 동원된 작업이었다고 들었사옵니다. 산을 깎아서 만든 데다가 북쪽과 동쪽을 40미터 정도 되는 절벽이 막아 주고 있는 천험의 요새입지요. 요새 부근의 나무들은 가지치기를 해 놨기에 기습을 당할 염려도 없사옵니다."

"겨우 몬스터나 상대하려고 만든 성치고는 규모가 너무 크구먼. 돈이 남아도는 모양이야."

"슬슬 준비를 하라고 지시할까요?"

"그러세. 일단 다섯 대만 꺼내라고 지시하게."

공작의 지시에 따라 오너들은 각자의 타이탄을 불러냈다. 그에 따라 대량 생산을 위해 단순한 형태를 한 타이탄 테세우스들이 그 거대한 모습을 드러냈다.

성 아래 저 먼 곳에서 갑자기 타이탄들이 튀어나오는 것을 본 성의 경비병들은 요란하게 경종을 울려 댔다. 적군이 아니라면 이렇듯 타이탄을 끄집어낼 이유가 없었기에 울려 댄 경종이었고, 성내의 모든 인원들은 그 경종이 뜻하는 바가 뭔지를 잘 알고 있었기에 자신들이 맡은 지역으로 신속하게 이동하기 시작했다. 물론 새벽에 시작된 갑작스런 경종이었기에 모두들 자다가 일어난 듯 복장들이 엉망진창인 것은 당연했다.

특히 그 복장 상태가 엉망인 사람들은 대타이탄용 공격 무기를 다루도록 지시받은 인물들이었다. 일반 병사들이나 기병들은 침착하게 자신의 무장을 갖춘 후에야 자신의 구역으로 이동했다.

물론 이런 일이 벌어지는 근본적인 이유는 타이탄의 이동 속도가 엄청나게 빠르기 때문이었다.

"적의 타이탄이 모습을 드러냈습니다, 후작 각하."

"어디?"

"저곳에 있습니다. 여기 이걸 사용하시지요."

다리엔 후작은 성의 상당히 높은 위치에 마련되어 있는 중앙 지휘탑에 서 있었다. 이곳은 매우 높은 곳에 위치했기에 사방을 한눈에 내려다볼 수 있을 정도로 전망이 좋았고, 또 성의 곳곳에 마련되어 있는 각종 무기들과 병력을 총괄 지휘할 수 있는 시설이 갖춰져 있는 곳이었다.

성주가 내미는 망원경을 받아 들고 후작은 여명 아래 모습을 드러내고 있는 타이탄들을 관찰했다. 성을 중심으로 반경 3킬로미터 주위로 낮은 관목 정도만을 남겨 두고 키 큰 나무들은 전부 없애 버렸고, 그나마 1킬로미터 근방에는 그런 관목조차도 없애 버렸다. 그렇게 해야만 교활한 오크들을 효과적으로 상대할 수 있기 때문이었다.

후작은 성주가 가리키는 곳을 자세히 관찰해 본 결과 여명 아래 숲을 뚫고 솟아올라 있는 다섯 개의 시커먼 물체들을 볼 수 있었다.

"겨우 다섯 대뿐인가?"

"그렇습니다."

"으음, 투르넨 후작을 불러라."

투르넨 후작을 불러오라고 지시할 누군가를 찾기 위해 뒤를 돌아보던 성주는 수행원 두 명을 거느리고 느긋한 걸음걸이로 계단을 올라오고 있는 투르넨 후작을 보고 급히 다리엔 후작에게 속삭였다.

"저기 오고 계십니다, 각하."

"그래?"

다리엔 후작은 뒤를 돌아보며 느긋하게 인사를 건넸다.

"어서 오시오, 투르넨 후작. 기사단에 준비하라고 지시하고 오는 길이오?"

투르넨 후작은 다리엔 후작의 속을 태우려고 일부러 늑장을 부리면서 천천히 나타났는데도, 상대가 그걸 무시하고 준비 운운하자 인상을 찡그렸다. 상대가 이런 식으로 말을 하고 보니 꼭 자신이 투르넨 후작의 충실한 부하인 듯 들렸던 것이다.

하지만 그렇다고 일부러 늑장 부리다가 왔다고 맞받아 말하기도 껄끄러웠다. 명목상이기는 했지만 상대는 자신의 상관이기 때문이다. 그렇기에 투르넨 후작은 일부러 다리엔 후작을 무시하고 옆의 수행원에게 시선을 돌렸다.

"정찰조로부터 보고는 없었나?"

자신의 말이 묵살당하자 다리엔 후작의 눈꼬리가 올라갔지만 투르넨 후작은 그 정도는 아무것도 아니라는 듯 태연한 표정이었다.

"아직까지는 없었습니다."

수행원은 급히 답한 후 그들의 앞쪽에 삐죽이 나와 있는 금속제 관(管, Pipe)이 있는 곳으로 재빨리 다가갔다. 금속제 관은 두 개나 솟아나와 있었는데, 혹시나 비가 올 때를 대비해서 위쪽에는 작은 뚜껑이 붙어 있었다. 관을 통해서 대화하면 말을 훨씬 더 멀리 전달할 수 있기에 이런 장치를 붙여 놓은 것이다. 물론 아무리 관을 사용한다고 해도 그 거리는 제한될 수밖에 없었기에, 중앙 지휘탑 내에 위치해 있는 통신실과 사격 통제실, 이 두 곳에만 연결되어 있었다.

관 위의 뚜껑은 벗겨져 있었기에 그는 관에다가 대고 곧장 외쳤다.

"통신실! 정찰조로부터 들어온 보고가 있소?"

그러자 관 속에서 작은 목소리가 들려왔다.

"정찰조로부터의 보고에 의하면 적은 70명 정도로 구성된 부대라고 합니다. 아직 주위가 어두워서 적들의 정확한 구성은 알 수 없답니다."

관 속에서 들려온 말을 수행원은 재빨리 복창(復唱)했다. 그 말을 듣고 다리엔 후작은 미간을 찌푸렸다. 적군의 정확한 구성을 모른다면 큰일이었기 때문이다.

"70명? 그렇다면 70대의 타이탄을 거느리고 왔다는 말인가?"

투르넨 후작은 얼토당토않은 말을 꺼내는 다리엔 후작에게 노골적인 비웃음을 흘리며 말했다.

"그대는 기사단에 소속되어 있지 않으니 인원 구성을 이해하기 힘들 거요. 보통 타이탄 한 대가 움직이려면 최소한 두 명의 기사와 한 명의 마법사가 타이탄을 서포트하기 위해 움직이게 되지. 그러니까 대략 네 명에 타이탄 한 대라고 보면 맞을 거외다. 물론 이것은 통상적인 전투에나 맞는 인원 대비이고, 이렇듯 목표가 단순하게 정해져 있는 경우에는 정찰을 위한 인원이 감소한다고 보면 맞겠지."

투르넨 후작의 태도가 별로 마음에 들지는 않았지만, 일단 그에게서 정보를 획득해야만 했기에 다리엔 후작은 최대한 분노를 억누르며 물었다.

"경의 의견대로라면 17대 정도라는 말이오?"

투르넨 후작은 고개를 가로 저으며 간단하게 답했다.

"아니, 17대 이상이라는 말이오."

일부러 말을 짧게 짧게 끝내는 바람에 자신이 계속 질문을 하도록 만드는 상대를 향해 다리엔 후작은 짜증 어린 어조로 다시금 물었다.

"그렇다면 상한선은 얼마요?"

"돌아가기 위해 최소한 마법사 한 명. 그렇다면 적 인원이 70명이라면 69대가 되겠지."

"흐음, 17에서 69라. 오차가 너무 크군. 좀 더 오차를 줄일 수는 없소?"

이번에는 돌아온 대답이 좀 더 길었다. 그런데 문제는 다리엔 후작이 원하는 대답이 아니었다는 점이었다. 투르넨 후작은 이번 작전이 자신을 제외하고 다리엔 후작 혼자서 몇몇 부하들만 데리고 쑥덕공론을 해서 이루어졌다는 것에 강한 불만을 토로하기 시작했던 것이다.

"그런데 며칠 전 갑자기 대규모 토목 공사를 하면서 적의 타이탄이 이곳에 쳐들어온다는 간단한 통보만 나에게 했소. 그토록

야단법석을 부리며 준비를 했을 정도라면 적 타이탄이 이곳에 쳐들어온다는 정확한 정보를 그때 입수했다는 말일 것이오.

"만약 경이 그런 정보를 정보부에서 얻어 들었다면 나에게도 통보가 왔을 텐데, 정보부에서는 아무런 보고도 없었소. 그렇다면 경 혼자서 일을 벌인 것이 분명한데, 도대체 무슨 공작을 한 거요? 나도 정보가 있어야 그놈의 오차를 줄일 수 있을 것 아니오?"

"이쪽이 본거지라고 정보를 흘렸소."

다리엔 후작도 상대의 질문에 간단하게 답했다. 하지만 돌아온 것은 예의에 어긋날 정도로 투박한 것이었다.

"당신 정신 나갔소? 그렇게 하면 놈들은 최고 정예를 이끌고 와 이곳을 쑥대밭으로 만들 게 당연한데."

"물론 제정신이오. 대신 놈들은 이곳에 대타이탄 병기라든지 또는 타이탄을 상대하기 위한 그런 준비는 없다고 들었을 거요."

다리엔 후작은 변명하듯 주절거렸다. 하지만 그렇게 말하고 나니 슬며시 자존심이 상하는지라 따지듯 트루넨 후작에게 말을 이었다.

"나도 이곳이 본거지라고 알리고 싶은 생각은 없었소. 하지만 당신의 그 잘난 부하들이 패배한 것도 모자라서 몇 명 생포당했으니 자연히 이쪽 정보가 샐 것이 분명하단 말이오. 그런데 딴 곳이 본거지라고 거짓 정보를 흘렸다가는 금방 들통 날 것이 아니겠소?"

"내 부하들은 입이 무거운 놈들이오. 겨우 고문 정도 한다고 해서 그렇게 정보를 술술 얻어 낼 수 없소."

투르넨 후작은 급히 변명을 했다. 하지만 다리엔 후작은 슬쩍 미소를 지으며 상대를 몰아붙였다. 이제 주도권이 자신에게 넘어왔기 때문이다.

"물론 처음에는 고문을 하겠지. 그동안에 자살하지 않았다면, 결국은 불게 되어 있소. 마법사들은 폼으로 기르고 있는 줄 아시오?"

마법사까지 동원한다면 당연히 불 것이다. 그건 의지와는 상관없는 고문술이니까 말이다. 투르넨 후작은 할 말이 없어지자 슬쩍 화제를 바꿨다.

"으음…, 그때라면 나머지 은십자 기사단이 도착하기 전이니까, 대략 50대 정도의 타이탄이 있다고 한거요?"

"물론이오. 은십자 20대에 철십자 30대라고 했지."

"그렇다면 50대 이상 69대 이하로 보면 비교적 정확할 거요. 놈들이 자신들의 실력에 자신감이 있다면 50대 정도만 가져왔을 테고, 그렇지 않다면 좀 더 가져왔겠지."

"그런데 왜 다섯 대밖에 안 보이는 거요?"

"그거야 당연히 이 좁은 곳에서 치고받자니 힘들 테니까 작은 숫자만 꺼내 놓고 이쪽을 꾀고 있는 거지. 그건 그렇고, 대타이탄 공격 무기는 얼마나 준비했소?"

갑자기 또 화제가 바뀌자, 다리엔 후작은 상대의 저의가 뭔지 생각해 보며 퉁명스레 답했다.

"그게 지금 중요하오?"

"물론 중요하오. 아무리 쟈크렌 요새에 있던 남은 기사단이 며칠 전에 모두 도착했다고 하지만 철십자까지 전부 다 합쳐도 70대뿐이오. 그중에서도 은십자는 50대밖에 없다는 말이오. 그런 상황에서 이쪽 50대를 확실하게 박살 내겠다고 온 부대라면 충분한 여유를 가지고 왔을 테니 대략 짐작해 본다면 빠듯한 전투가 될지도 모르기 때문이오."

"만약 대타이탄 공격 무기가 제대로 갖춰지지 않았다면?"

다리엔 후작의 물음에 투르넨 후작은 생각할 것도 없다는 듯 딱 잘라 말했다.

"저 아래로 내려가서 싸워야지. 그래야 상황이 불리해지면 후퇴라도 할 수 있을 테니까."

다리엔 후작으로서는 매우 황당한 대답이었다. 그렇다면 남은 인원들은 어쩌라는 말인가?

"여기 있는 모든 인원들을 버려 놓고 탈출하겠다는 말이오?"

"당연히. 당신도 전황을 지켜보다가 여차하면 이동 마법으로 튀면 될 것 아니오?"

"그렇다면, 방어 무기가 제대로 갖춰져 있다면 어쩔 거요?"

"그렇다면 당연히 여기서 싸워야지. 그편이 훨씬 더 유리할 거요."

요란한 경종이 울려 대면서 성 위쪽으로 사람들의 모습이 보이는데도 정작 상대방 타이탄이 모습을 드러내지 않자 공작은 미간을 찌푸렸다.

"타이탄이 나와야 하는 것이 당연한데도 아직도 모습을 드러내지 않고 있다. 이건 어떻게 된 일이지?"

"글쎄요……. 혹시, 성내 전투를 생각하고 있는 것이 아닐까요?"

옆에 서 있는 마법사의 말에 공작은 무표정하게 성을 바라보며 말했다.

"성내 전투라……. 성안에서 싸우는 것이 그렇게 어려울 것은 없지만, 어떤 대비가 되어 있는지 알 수 없는 곳으로 뛰어드는 것이 과연 현명한 행동인지 조금 생각해 봐야겠군."

"하지만 대타이탄용 방어 장비도 없다고 알려진 성이옵니다."

"아니, 그렇지는 않을 것이야. 대타이탄용 공격 무기가 없다면 왜 구태여 저 좁은 성에서 싸우려고 들겠나? 저렇게 좁은 곳에서는 만약 전세가 불리해져도 도망치기가 아주 힘들 텐데."

"하지만 타이탄이라면 저 높은 절벽에서라도 뛰어내려 탈출하는 것이 가능하지 않을까요?"

"물론 40미터 정도의 절벽이야 뛰어내릴 수가 있겠지. 하지만 웬만한 실력자가 아니라면 그 충격을 소화하기 힘들어. 그리고 뛰어내리면서 타이탄의 몸체가 절반 이상 땅바닥에 푹 박힐 텐데, 그건 어떻게 처리할 건가? 전투 중이 아니라면 상관없겠지만, 적을 코앞에 두고 그따위 짓을 한다면 위험천만하지."

"그렇다고 여기에 계속 있을 수는 없지 않겠사옵니까?"

"쩝…, 이런 식으로 일이 찜찜하게 전개될 줄 알았다면 로니에르를 데려오는 건데 그랬군. 그렇다고 지금 불러오기도 뭣하니까 강행 돌파를 해 보기로 하지. 마법을 준비해라."

"예? 마법이라 하시면?"

"공격 마법 말이다. 마법사면서 공격 마법 한 가지도 할 줄 모른단 말이냐?"

"저…, 알고는 있습니다만, 타이탄을 상대로 마법은 무용지물에 가까운지라……."

마법사의 말에 공작은 조용한 어조로 질책했다.

"누가 타이탄을 잡으라고 했나? 저기 있는 성을 박살 내란 말이다. 물론 대마법사 정도라고 해도 성을 박살 내기는 힘들다는 것은 잘 알고 있네. 하지만 자네들의 실력으로도 저 성에 어느 정도 타격을 줄 수는 있지 않은가? 그런 다음 녀석들의 반응을 보기로 하세. 놈들이 정말 위험하다고 생각한다면 타이탄을 꺼내서 밑으로 달려 내려올 거야."

"옛, 전하."

마법사들은 저마다 주문을 외우기 시작했다. 전번의 사건 이후로 전투를 지원하기 위해 기사단에 투입되는 마법사들의 수는 최소한으로 줄어 버렸지만, 그 질은 월등하게 상승했다. 신참 마법사들은 모두들 본부에 배속되거나 타이탄 공장에서 잡무를 보는 식으로 대폭적인 교체가 이루어졌던 것이다.

마법사들이 저마다 날려 댄 마법으로 미투랑성은 굉음을 발하며 폭발을 일으켰지만, 요란함에 비했을 때 별로 큰 타격을 주지 못했다.

몇 명의 병사들이 불에 타죽기도 하고, 성벽의 위쪽 일부가 훼손되기도 했기에 처음 잠시 동안 성 위에 보이는 병사들이 잠시 허둥지둥하는 것 같이 보였다. 하지만 그들은 곧 안정을 되찾았다.

그리고 잠시 후 성 위에서 붉은 화염 덩어리들이 직격하듯 공격대를 향해 쏟아졌다.

콰앙!

굉음을 내며 터지는 화염 덩어리들을 보며 공작은 생각을 바꿀 수밖에 없었다. 기사들은 어떤지 몰라도 마법사에 있어서는 저쪽이 질과 양에서 한 수 위였던 것이다.

"젠장! 되는 일이 없군."

마치 벌집을 쑤셔 놓듯 겨우 여섯 개의 화염 덩어리를 날리고, 수십 개를 두들겨 맞았으니 이건 이만저만한 손해가 아니었다. 먼저 꺼내 놨던 다섯 대의 타이탄들이 날아오는 화염 덩어리를 보고 재빨리 막아 줬기에 망정이지 그렇지 않았다면 상당한 곤욕을 치룰 뻔했던 것이다.

마법사들은 적들의 엄청난 반격에 질려서 아예 마법을 구사할 의욕을 상실한 듯 더 이상의 공격은 이루어지지 않았다. 그야말로 되로 주고 말로 받았으니까 말이다. 그들 중에서 그래도 가장 높은 위치에 있는 마법사가 다시금 공작에게 다가와 송구스럽다는 듯 말했다.

"공격을 재개할까요? 전하."

"아니, 그래 봐야 별 소용도 없을 것 같군."

실망스런 어조로 공작이 말하자 마법사는 대안을 제시했다.

"본국에 마법사들을 지원해 달라고 연락을 하는 것이 어떻겠사옵니까?"

"아니, 이 정도 대 부대를 이끌고 와서 마법사를 지원받는다는 것도 웃기는 일이지. 또 그런 요청을 해 봐야 토지에르에게 더욱 무거운 짐을 지우는 일이 될 뿐이야."

노마법사에게 그렇게 대답해 준 뒤, 공작은 뒤쪽에 서 있는 기사들 중의 한 명을 호명했다.

"이보게, 하인드!"

"옛, 전하."

"정면으로 돌파하기로 한다. 모두들 타이탄을 꺼내라고 지시하도록! 내가 앞장서겠다. 이쪽에서 위력 제압으로 나간다면 무슨 꿍꿍이속인지 곧 알 수 있겠지."

"적들이 타이탄을 모두 꺼낸 것 같습니다. 수효는 50여 대 정도!"

망원경으로 적진을 관찰하고 있던 다리엔 후작의 수행원이 비명을 지르듯 외쳤다. 그걸 듣고 투르넨 후작은 살짝 미간을 찌푸렸다. 겨우 꺼내는 정도의 행동인데도 저렇듯 놀라다니, 실전 경험이 없는 다리엔 후작과 마찬가지로 그의 부하들도 역시 실전 경험이 없는 듯 보였기 때문이다. 그 수행원이 자신의 부하였다면 당연히 질책을 했겠지만, 다른 사람의 부하였기에 참아야 했다.

투르넨 후작은 자신의 명령을 침착한 표정으로 기다리고 있는 듬직한 자신의 수행원에게 나지막한 어조로 말했다.

"전 기사단 성내 전투 준비. 걸리적거리는 것은 뭐든지 박살 내도 상관없다. 마음껏 싸우라고 전해라."

"옛, 각하."

수행원은 이번에는 사격 통제실과 연결된 관에다가 외쳤다.

"사격 통제실! 전 기사단 성내 전투 준비!"

그렇게 외친 후 그는 재빨리 옆쪽에 마련된 탁자로 다가갔다. 그 탁자 위에는 종이와 펜, 그리고 잉크가 준비되어 있었다. 그는 곧장 펜을 들고는 투르넨 후작의 명령을 휘갈겨 썼다. 그런 후 종이를 구겨 가지고는 아래쪽으로 던졌다.

아래쪽에는 그 종이를 받을 준비를 하고 있는 연락병들이 기다리고 있었고, 그들은 그 종이를 펴 본 후 명령을 전해야 하는 곳으로 곧장 달려갈 것이다. 이런 식으로 하는 것이 후작의 명령을 들은 사람이 아래쪽으로 달려 내려가는 것보다 훨씬 빠르기에 취해진 조치였다.

이렇게 자세한 전달 사항에 종이를 이용해야 하는 이유는 간단했다. 사격 통제실은 성의 각 지점으로 연결된 로프가 집결되는 곳이었다. 그곳에서 약속된 신호에 따라 로프를 잡아당김으로 인해 명령이 효율적으로 전달되게 되는 것이다. 물론 치열한 성내 전투가 벌어지고 나면 곧장 그 명령 체계는 박살 날 것이 분명했지만, 그 정도 상황이 벌어질 정도면 이미 외곽의 타이탄 공격 무기는 필요가 없어지기에 상관없는 일이었다.

혹시나 하고 있었지만 막상 투르넨 후작이 명령을 내리는 것을 듣고 성주의 안색이 창백해졌다. 투르넨 후작의 명령은 최악의 경우에나 내리는 것으로, 전투만을 우선시하라는 명령이었다. 이런 식으로 가면 인정사정없이 싸우는 아군 타이탄에 깔려 압사하는 병사들이 매우 많을 것은 자명한 사실이었다.

그런 성주의 표정은 본체만체하고 투르넨 후작은 다리엔 후작에게 단도직입적으로 물었다.

"지휘는 계속 그대가 할 거요? 이건 병정놀이가 아니니 본인에게 양도하는 것이 좋을 듯하오만."

"귀공은 기사단을 인솔하는 것에만 신경 쓰시오. 내 지휘권까지 넘보지 말고."

"정 그렇다면 좋을 대로 하시오."

투르넨 후작은 슬쩍 비웃음을 흘린 후 수행원들을 이끌고 아래쪽으로 내려가 버렸다. 여기에 있어 봐야 별로 할 일도 없을게 분명했고, 저따위 똥고집을 부려 대는 녀석 근처에 있고 싶은 마음 또한 없었기 때문이다.

투르넨 후작이 내려가고 얼마 지나지 않아, 돌격 진형을 갖춘 적의 타이탄 부대들이 성을 향해 달려들었다. 다리엔 후작은 거대한 적 타이탄들이 돌진해 오는 것을 창백한 안색으로 바라봤다. 상대와의 거리가 1킬로미터 정도 남았는데도 땅바닥이 미세하게 흔들리는 것을 느꼈다. 처음 전장에 선 그로서는 거대한 적 타이탄들이 돌진해 오는 장면이 엄청난 중압감으로 느껴졌다. 하지만 후작은 마음을 굳게 먹었다. 타이탄이라면 이쪽에도 많고, 또 철저하게 준비까지 되어 있지 않던가? 만약 저 많은 타이탄들을 제압할 수만 있다면, 전세가 역전되는 정도를 아예 넘어서서 크라레스의 항복까지도 받아 낼 수 있을 것으로 예상했다.

"모든 사수 발사 준비."

후작의 말에 따라 수행원은 떨리는 어조로 사격 통제실로 연결된 관에다가 외쳤다.

"사격 통제실! 모든 사수 발사 준비!"

약간의 시간이 지난 후 다리엔 후작은 창백한 표정으로 외쳤다. 이제 적 타이탄은 거의 코앞에 다가와 있었다.

"발사."

"발사!"

그와 동시에 벼락 치는 소리가 엄청나게 크게 울려 퍼졌고 그것에 놀란 다리엔 후작은 풀썩 주저앉고 말았다.

"뭐냐? 무슨 일이 벌어진 거냐? 놈들이 또 마법을 쓴 거냐?"

다리엔 후작은 성벽의 곳곳에서 연기가 피어오르는 것을 보며 놈들이 뭔가 화염계 마법을 써서 공격을 가했다고 생각했던 것이다.

수백 개도 넘는 거대한 나무 말뚝들이 상대방 타이탄들을 향해 날아갔다. 적들도 이 요란함에 놀랐는지 다급하게 방패로 상체를 가리면서 자신들에게 직격해 오는 말뚝을 향해 검을 휘둘렀다. 하지만 갑자기 날아든 말뚝의 양은 엄청난 숫자였고, 몇 대의 적 타이탄들은 엄청난 충격을 받은 듯 휘청거렸다. 그중에는 장갑이나 방패에 심각한 타격을 받은 타이탄도 있었다.

쟈크렌 요새처럼 처음부터 타이탄을 막기 위해 건설한 요새의 경우, 엄청나게 많은 타이탄 공격 무기를 보유하고 있기에 한 번의 공격으로 치명상을 입는 타이탄이 대거 나올 가능성이 많았지만, 미투랑 요새는 그렇지 못했다.

다리엔 후작이 급히 무기들을 끌어 모았다고 하지만 거의 태반 이상이 몬스터 퇴치용이었기에 타이탄들에게 치명적일 정도의 타격을 줄 수는 없었던 것이다.

그리고 이어서 쏟아지는 화살의 비. 혹시나 상대방 타이탄의 머리 쪽에 나 있는 구멍을 통과해서 기사를 다치게 할 수 없을까 하는 망상에서 쏘아 대는 것이었다. 물론 기사가 맞을 확률은 정말 적었지만 수천 개가 날아드니 약간은 가능성이 있었다.

하지만 그런 상태에서도 상대방 타이탄들은 잠시도 멈추지 않고 달려들었다. 괜히 지체해 봐야 화살 세례나 대타이탄 병기들의 세례를 한 번 더 맞아야 하는 것이다.

그러던 순간, 거의 일곱 대 정도의 타이탄들이 순간적으로 사라져 버렸다. 파놓은 함정이 제 위력을 발휘하는 순간이었다. 물론 이것은 타이탄의 발목을 잡고, 그 안의 기사를 익사시키려는 의도였다. 다리엔 후작과 성주의 의도대로 물과 지푸라기로 빽빽해진 물에 잠긴 그 순간, 타이탄은 거기에서 빠져나올 수 없었다. 엄청난 쇳덩어리의 무게에다가 물이라는 저항체가 있다 보니 그렇게 높게 도약을 할 수 없었던 것이다.

이런 식으로 동료들이 빠지고 나자 적들은 더욱 진격 속도를 높여서 달려들었다. 이것 외에는 동료들을 살릴 방법이 없었기 때문이다. 물론 저렇게 물속에 빠진다고 해서 마법 생물인 타이탄이 익사할 리는 없었고, 그것을 꺼낸다고 난리를 칠 필요도 없었다. 그냥 공간의 저편에서 기다리라고만 한 다음, 그 구덩이에서 탈출해서 다시 불러내면 되는 것이다.

  하지만 탈출한 기사가 물 위로 나올 때가 가장 위험한 때다. 왜냐하면 이때가 가장 좋은 화살의 먹이가 되기 때문이다. 적의 궁수들은 기사들이 물 위로 생쥐마냥 기어오르기만을 기다리고 있을 테니, 동료들이 탈출하기 전에 이들을 침묵시켜야만 하는 것이다.

  알프레드는 이 성이 별로 마음에 안 들었다. 서둘러서 수리를 했다고 하지만 이 성은 처음부터 몬스터 정도만을 막을 수 있도록 구축된 곳이었다. 그렇기에 성벽이 타이탄을 상대하기에는 좀 약하다는 것은 둘째 치고, 초대형 병기들을 놔둘 만한 장소로는 비좁다는 것이 가장 큰 문제였다. 병기를 수납할 공간도 별로 넓지 않은 이곳 73보루(堡壘)에 무려 8개의 대형 쇠뇌와 7개의 신형 무기를 쑤셔 넣어 놨으니 비좁기가 이루 말할 수 없었다.

  초가을인데도 이렇듯 많은 사람들이 좁은 장소에서 벅적거리니까 땀방울이 절로 흘러내리고 있었다. 거기에다가 설상가상으로 신형 무기는 발사할 때 꼭 불을 필요로 했다. 그렇기에 보루 내는 한증막을 연상시킬 정도로 찜통이 되어 있었다.

  땡땡땡… 땡땡땡…….

  종이 약간의 시간 간격을 두고 두 번 울리자 발사수들은 모두들 긴장감을 가지고 각자의 무기를 발사할 준비를 했다. 이것은 발사 준비의 신호였고, 보루의 벽 틈새로 적이 먼 곳에서 돌진해 오는 것이 보이고 있었다. 알프레드는 신형 무기의 발사수였기에 오른손에 횃불을 들고 있었다. 이제 종이 한 번 더 울리면 그때 발사하면 되는 것이다.

땡땡땡…….

종이 울림과 동시에 알프레드는 큼직한 쇠통의 위쪽에 삐죽이 솟아 있는 심지에 불을 붙였다.

푸지지직…….

묘한 소리를 내면서 심지가 타 들어가자 먼저 설명을 들은 신형 무기 사수들은 모두 귀를 틀어막았다. 곧이어 굉음이 울릴 것이 분명하기 때문이다. 하지만 쇠뇌의 사수들은 얘기가 달랐다. 그들은 곧이어 굉장한 소리가 들린다는 것은 옆의 동료들에게 들어서 알고 있었지만, 손으로 귀를 틀어막을 수가 없었다. 왜냐하면 발사와 동시에 다음 발사 준비를 해야 하기 때문이다.

쇠뇌 발사수들이 발사를 끝내고 막 시위를 뒤쪽으로 당기기 위해 애쓰고 있는 그때 천지가 뒤집히는 소리가 울려 퍼졌다. 그러면서 신형 무기가 발사되긴 했지만, 그건 여섯 발뿐이었다. 나머지 하나 남은 신형 무기는 발사되기는커녕 그대로 폭발해 버렸다. 그리고 엄청난 양의 파편과 충격을 주위로 퍼뜨렸다.

알프레드는 운 좋게도 자신의 옆에 있던 동료가 그 파편을 막아 주는 그야말로 인간 방패의 역할을 해 줬기에 충격만 받고, 옆쪽으로 밀리다가 벽을 들이받고 기절해 버렸다.

쾅! 쾅!

거대한 성벽을 허물듯 박살 내고 돌진해 들어오는 적 타이탄들을 향해 성 안에서 대기하고 있던 타이탄들이 기다리고 있었다는 듯 달려들었다. 이제 성안은 그야말로 난장판이 되고야 말았다. 상호 1백 대가 넘는 타이탄들이 집단전을 벌여 대니 성 내부가 무사할 턱이 없었던 것이다.

그런데 이때 기사단을 책임지고 있던 트루넨 후작은 생각해 보지 않은 몇 가지 심각한 문제에 봉착하게 되었다.

가장 큰 문제는 돌진해 들어온 적들 중에서 가장 거대한 타이탄의 존재였다. 그 거대한 타이탄은 단순무식하게 싸우고 있었지만, 방패로 막고 검을 휘두르는 타이밍이 매우 기가 막혔기에 순식간에 다섯 대의 은십자 기사들을 피의 제물로 삼아 버렸다. 그것을 봤을 때 아무리 봐도 자신이 직접 나선다고 해도 상대하기가 벅찬 괴물로 보였다.

그리고 또 한 가지 문제는 기사들의 실력은 어떤지 몰라도 저쪽 타이탄의 덩치 및 출력이 이쪽보다 월등하게 우세하다는 것이었다. 물론 넓은 대지 위에서 치고받는다면 숫자가 월등하게 많은 이쪽이 유리할 수도 있었다. 하지만 이런 좁은 성안에서 치고받자니 자연히 장애물이 많았고, 큰 덩치와 그에 따른 강력한 파워를 지닌 타이탄이 월등하게 유리한 것이다. 그리고 이쪽이 숫자가 많다고 하더라도 성내의 건물들에 막혀서 행동에 지장을 받다 보니 수적인 이점을 별로 살리지 못하고 있었다.

성내 곳곳에서 아직 생존해 있는 대타이탄 무기들이 적 타이탄을 향해 공격을 가하고는 있었다. 그중 몇 대의 신형 무기는 발사 때 폭발을 일으키며 사수들을 전멸시키기도 했지만 그래도 이런 좁은 공간에서의 공격은 매우 효과적이었다.

하지만 그것도 잠시. 뒤쪽에 처진 적 타이탄들이 공성 무기를 하나하나 찾아내어 박살 내기 시작했고, 눈에 띄는 병사들을 닥치는 대로 학살하기 시작하면서 대타이탄 무기들은 하나씩 하나씩 침묵하기 시작했다.

모든 것이 엉망진창이 되어가자 트루넨 후작은 억눌렀던 분노를 터뜨렸다.

"제기랄! 탁상공론이나 하던 놈이 생각해 낸 작전이니 뻔하지."

그는 슬쩍 타이탄을 돌려 오른쪽에 솟아 있는 곳곳에 상처가 생긴 중앙 지휘탑을 바라봤다. 타이탄 몇 대가 그곳에 그 덩치를 가지고 비비적거렸으니 멀쩡할 리가 없었다.

"벌써 도망쳤나? 이런 식의 전투라면 여기서 개죽음당할 필요가 없잖아?"

트루넨 후작은 탑 위에 아무도 없다는 것을 알고 슬며시 분노를 느꼈다. 아무리 명목상이라고 해도 사령관이 도망쳤다면, 자신도 여기에서 목숨을 걸고 싸울 이유가 사라졌다고 생각한 것이다. 그는 자신의 타이탄을 몰아서 좀 더 앞쪽으로 나간 후 적 타이탄과 접전을 시작했다. 아직까지는 자신이 나설 단계가 아니었지만, 그에게는 지금 한 가지 처리해야 할 일이 생겼기에 앞으로 나선 것이다.

투르넨 후작은 적과 몇 차례 검을 겨누다가 상대의 검이 묵직한 공격을 가했을 때, 그걸 기회로 뒤쪽으로 밀리는 듯 쿵쾅거리며 후퇴하여 그대로 중앙 지휘탑을 등판으로 밀어 버렸다.

보통 타이탄이 상대의 검에 밀려 중심을 잃은 것이었다면 여태까지처럼 탑에 큰 충격을 주지는 않고 끝났을 것이다. 하지만 투르넨 후작은 아예 탑을 박살 내려고 힘껏 뒤로 밀어붙였기에 탑은 그 엄청난 중량을 이기지 못하고 허물어졌다.

트루넨 후작은 아예 내친김에 뒤로 자빠지면서 밀어붙인 후, 일어서면서 탑의 잔해를 지근지근 밟아 버렸다. 혹시나 다리엔 후작이 도망치지 않고 탑 안 어딘가에 숨어 있다면 나중에 문제가 생길 우려가 있기 때문이다.

투르넨 후작은 자신의 행동이 혹시나 있을지도 모를 목격자들에게 매우 우연히 벌어진 일인 것처럼 보였기를 기원했다. 그리고 자신은 나중에 그걸 상부에 적 타이탄의 힘에 밀렸기에 벌어진 매우 불행한 사고였다고 진술할 생각이었다.

투르넨 후작은 완전히 탑을 박살 내 버린 후 마나를 힘껏 끌어모아 외쳤다.

"전원 후퇴!"

트루넨 후작은 후퇴하라고 외쳤지만 정작 자신은 앞으로 나섰다. 이렇게 많은 병력이 주둔하고 있는 곳에는 필연적으로 목격자가 한둘은 살아남기 마련이었다. 그렇기에 그것을 생각한다면 자신은 후퇴하면서 최고로 모범적인 상관으로서의 모습을 보여야만 했다.

투르넨 후작과 몇몇 기사들이 사력을 다해 막고 있는 사이 부하들은 뒤로 빠지면서 일부 성벽을 허물어 버리고는 아래로 뛰어내리기 시작했다. 40미터 정도 높이의 절벽이었기에 상당한 충격이

오기는 하겠지만, 그건 각자가 지닌 재주껏 억누르면 되는 것이다.

부하들이 차례로 빠져나가는 사이 투르넨 후작은 정말이지 후퇴 작전에 있어서 모범적인 상관으로서의 모습을 보였다. 하지만 거기서 한 가지 아쉬운 것은 적의 사령관이 탑승했을 것으로 보이는 그 거대한 청색 타이탄을 직접 막지 않았다는 것이다.

고수들은 고수들끼리 겨뤄야 서로 간의 피해가 줄어드는 것이 정석이었지만, 투르넨 후작도 저 청색 괴물하고 싸워서 이길 자신은 아예 없었다. 그리고 또 잘못해서 상대가 상상 이상의 고수라면 자신은 그놈에게 발목을 잡혀서 아예 탈출할 기회조차 얻지 못할 가능성마저 있었기에 그는 일부러 거대한 청색 타이탄의 근처에는 가지도 않았다.

3분의 2가 넘는 부하들이 절벽 밑으로 뛰어내린 후 그들의 퇴로를 지켜 주던 후작도 아래로 뛰어내렸다. 더 이상 지체했다가는 탈출 자체가 불가능했기 때문이다. 그는 물론 자신의 부하들처럼 타이탄을 타고 그대로 뛰어내릴 정도로 바보는 아니었다. 타이탄에 탄 채로 땅바닥에 박히게 된다면 해답이 안 나오기 때문이었다.

그는 뛰어내리기 직전 타이탄의 머리를 뒤로 젖혔고 타이탄이 땅바닥에 격돌하려는 순간, 타이탄에서 위로 뛰어올랐다. 그런 다음 땅바닥에 처박혀 있는 자신의 타이탄에게 공간의 저편으로 들어가라는 말을 남기고 쏜살같이 도망쳐 버렸다.

크라레스의 기사단은 끝까지 퇴로를 사수하고 있던 상대방 타이탄 다섯 대를 해치운 후 절벽 쪽으로 달려갔다. 상당수의 타이탄은 벌써 구덩이에서 빠져나와 도망쳤지만 아직 몇 대는 도망치지 못하고 있는 것이 보였다.

그들은 먼저 자신이 가지고 있던 검이나 철퇴 등의 무기를 아래쪽에서 허우적거리고 있는 타이탄들을 향해 던졌다. 그런 후 성벽의 일부를 뜯어내어 그대로 아래쪽을 향해 던지기도 했다. 그러는 사이 다섯 대의 타이탄이 아래쪽으로 뛰어내렸고, 끝내는 여섯 대의 적 타이탄을 붙잡는 데 성공했다.

일단 더 이상 적 타이탄을 상대할 필요는 없었기에, 루빈스키 공작은 자신의 타이탄 프루토에서 서둘러 내려왔다. 공작은 더 이상 타이탄이라면 탑승하기도 질린다는 듯 끔찍한 표정으로 프루토를 바라봤다. '로니에르는 청기사를 어떻게 다루고 있는 걸까' 하는 생각이 가장 먼저 들었던 루빈스키 공작이었다.

그만큼 프루토는 지독스럽게도 말을 듣지 않는 타이탄이어서, 공작은 눈앞의 적과 프루토를 함께 상대해야 했기에 다른 전투보다 피곤이 배로 몰려오는 듯한 느낌이었다.

공작은 프루토에서 내리자마자 부하들에게 피곤한 표정이기는 했지만 우렁찬 어조로 명령을 내렸다.

"쓸 만한 서류가 있는지 뒤져라. 그리고 적의 마법사나 기사가 보이면 생포하도록! 그리고 그 외의 포로는 필요 없으니 모두 본보기로 처형하라."

"옛, 전하."

부하들은 공작의 명령에 따라 뿔뿔이 흩어져 그야말로 사냥을 시작했다. 몇몇은 타이탄에 탑승한 채였지만, 대부분은 성안을 뒤지기 위해 타이탄을 돌려보낸 후였다.

사방에서 병장기 부딪치는 소리가 요란하게 울려 퍼지는 가운데 공작은 자신의 옆에 서 있던 부하를 향해 말했다.

"참, 그 우렛소리를 내던 적의 대타이탄 병기 기억하나?"

"예, 전하."

"혹시 파괴되지 않고 남아 있는 것이 있는지 뒤져 봐라. 그리고 사수들 중에서 살아 있는 녀석도 몇 명 잡아와라."

"옛, 전하."

무엇에 쓰는 물건인고

　로체스터 공작에게로 남부 전선의 지휘권이 넘어온 것은 미투랑 전투가 끝난 후 정확히 이틀 뒤였다. 그 전투에서 살아남은 투르넨 후작이 전투 도중 지휘권을 내팽개치고 도주한 다리엔 후작을 고발한 후 코린트의 황제는 끝내 단안을 내리지 않을 수 없었다. 잘못된 작전으로 인해 무려 48대의 타이탄이 손실되고, 성 하나와 1개 사단급의 병력이 몰살된 것은 둘째 치고, 지휘자가 전투 도중 도주했다는 것은 도저히 용서받을 수 없는 행동이었기 때문이다.
　탈출에 성공한 기사들 및 몇몇 생존한 병사들의 증언에 따라 최후까지 부하들의 퇴로를 마련해 주기 위해 분투했던 트루넨 후작은 간단한 징계만 받았을 뿐, 자신의 직위를 유지하는 데 성공했다. 그가 징계를 받은 이유는 부사령관이라는 위치에 있으면서 사령관인 다리엔 후작이 잘못하고 있는 것을 막지 못했다는 사실 때문이었다.

다리엔 후작은 시민들이 지켜보는 가운데 공개 처형되었다. 그리고 그의 목이 날아가면서 그로체스 공작의 꿈도 박살 나 버렸다. 모든 군권(軍權)은 로체스터 공작에게로 넘어갔기 때문이다.

로체스터 공작은 남부 전선이 자신의 관할 하에 들어오자마자 근위 기사단과 발렌시아드 기사단을 제외한 남은 여유 전력을 모두 이끌고 남부 전선에 도착했다.

여유 전력이라고 해 봐야 철십자나 동십자 기사단은 직접적인 대타이탄 전투에 사용하기에는 무리였기에 금십자와 은십자 기사단뿐이었고, 한때 2백 대에 이르던 그 전력은 겨우 80대 정도밖에 남지 않은 상태였다.

생각 같아서는 근위 기사단의 일부라도 돌리고 싶었지만 근위대 또한 오랜 전쟁으로 인해 막심한 피해를 당해, 제1, 2근위대를 통합하여 제1근위대로 만들어 제임스에게 맡겼고, 제3근위대는 제2근위대로 명칭을 바꾼 상태였다.

한때 최강의 타이탄 36대로 구성되었던 코란 근위 기사단이 지금은 불과 15대 정도로 감소된 상황이었다. 그리고 개편된 제2근위대의 경우 비밀 임무를 위해 크라레스에 들어가 있는 상태가 아닌가? 불과 적기사 두 대로 이루어진 제2근위대라고 해도 지니고 있는 전력은 엄청난 것이었고, 더 이상의 전력을 근위대에서 빼낸다는 것은 어려웠다.

로체스터 공작은 만일의 사태에 대비하기 위해 쟈크렌 요새에는 발렌시아드 기사단을 배치하고, 새로운 수도로 확정된 케락스 시에는 제임스가 거느리고 있는 제1근위대를 배치했다. 그런 후 곧바로 모든 전력을 거느리고 남하했던 것이다. 하지만 로체스터에게는 이제 더 이상 선택의 여지가 없었다. 지금의 전력으로는 아예 전쟁을 지속한다는 사실 자체가 불가능해져 버린 것이다.

정보에 따르면 크라레스는 정규급이 거의 1백여 대, 크루마는 130여 대가 남아 있었다. 그에 비했을 때 코린트는 모두 다 합한다면 정규급 118대, 그것도 발렌시아드 기사단까지 합해서 말이다. 이런 최악의 상태에서는 아직까지 두 나라를 견제할 수 있는 힘이 남아 있을 때 재빨리 휴전을 하고 후일을 기약하는 것이 현명한 선택이라는 것은 당연했다.

공작은 전선에 도착한 후 크라레스에 잠입해 있는 까미유를 불러냈다.

"안녕하셨사옵니까? 공작 전하."

"오, 갑작스런 호출이었는데 빨리 도착했군."

"옛, 전하. 이번에 남부 전선까지 총괄하게 되신 것을 경하(慶賀) 드리옵니다."

"경하는 무슨……. 처음부터 이렇게 될 수밖에 없었지. 그건 그렇고 그 멍청한 다리엔 녀석이 50여 대에 이르는 타이탄을 손실한 덕분에 이제 크라레스와는 한판 하고 싶어도 불가능하다는 것이 원통할 뿐이지. 자네가 있었는데도 그 낌새를 채지 못했나?"

"예, 로니에르 공작은 이번 전투와는 무관하옵니다. 얼마 전에 어딘가로 여행을 다녀왔다고 들었사온데, 그 외에는 대부분 자신의 천막 안에서 아버지와 함께 지낸다고 하옵니다.

그 때문에 그의 시중을 든다고 제스터는 별로 돌아다닐 여유가 없었다고 하더군요. 사실, 제스터도 그날 거의 70명이 넘는 기사들이 공간 이동한 것을 저에게 보고해 오기는 했사옵니다. 하지만 그들이 미투랑을 공격하러 간 것인지는 알 수 없었사옵니다."

"흐음, 오히려 쓸데없이 정보 수집한다고 돌아다니지 않는 게 더 좋겠지. 또 그 작전은 나에게도 보고되지 않았을 정도로 다리엔 혼자서 세운 작전이었다. 만약 이쪽에 도움을 청했다면 사정이 약간 달라질 수도 있었겠지. 그건 그렇고 이번 패전으로 더 이상 크라레스와 전쟁을 지속하는 것은 불가능하다. 이쯤에서 손 터는 것이 좋을 것 같아."

"예? 그렇게 된다면 코린트의 명성은 무너질 것이옵니다."

"하지만 명성을 유지하기 위해서 전쟁을 지속하다가 나중에 크루마에게 뒤통수라도 얻어맞는 날이면 명성 유지는 고사하고 멸망할 가능성마저도 있다. 그만큼 본국의 전력은 형편없이 떨어져 있다. 크루마는 그때 수거한 고철 타이탄들로 새로운 타이탄들을 생산 중이다. 하지만 지금 본국은 그것마저도 어려워. 생산 시설을 다시 복구하려면 시간이 필요하다. 아마도 내년 봄이나 되어야 새로운 타이탄 생산이 가능해질 거란 말이지. 무슨 말인지 알겠느냐?"

"예."

"현재까지 입수된 가장 정확한 정보에 의하면 크라레스의 타이탄 총 수는 150대를 넘어서고 있다. 물론 그중에서 70대 정도는 루시퍼나 푸치니 같은 별 볼일 없는 타이탄이야. 하지만 그 외의 것들은 거의 대부분이 1.3의 출력을 지닌 카프록시아나 그에 준하는 출력을 내는 것으로 조사된 알파급, 그리고 거대한 덩치와 상상하기도 힘든 출력을 지닌 최신형 베타급이다.

조사된 바에 의하면 베타급은 두 대 이상, 아마도 다섯 대 이하일 것으로 추측된다. 로니에르가 가지고 있는 것 한 대, 그리고 미투랑 전투에서 투입된 한 대, 정보에 의하면 미투랑 전투는 크로아 공작이 지휘했다고 하더군. 그렇다면 크로아 공작이 베타급을 가지고 있겠지. 그 외에는 많아 봐야 세 대 이하일 것으로 추측된다."

"대단한 전력이옵니다, 전하."

"그렇지. 그에 비해 본국의 전력은 계속된 전쟁으로 인해 격감했다. 이제 은십자 기사단과 금십자 기사단을 합쳐도 겨우 78대. 철십자나 동십자 기사단의 전력은 거의 도움이 되지 않아. 발렌시아드 기사단 10대에다가 근위 기사단 총 전력 17대. 이 상황이라면 크루마나 크라레스보다는 약간 우위에 서겠지만 그 둘이 한꺼번에 침공해 들어온다면 멸망할 수밖에 없다."

"설마 그렇게까지야……."

"현실을 냉정하게 직시하는 것이 좋겠지. 한 가지 네가 명심해야 할 것은 크루마보다는 크라레스 쪽이 더 강하다는 사실이다. 키에리를 격패시킬 정도로 강력한 기사가 존재하는 한, 크라레스는 무시할 수 없는 상대야. 그래서 자네를 불렀다. 자네가 사신으로 가 주겠나?"

"예?"

"자네에게 여태껏 설명한 이유가 바로 그거야. 현실적인 힘의 균형을 잘 이해해 달라는 것이었네. 내가 자네를 사신으로 선택한 이유는 자네라면 이 최악의 상황에서도 크라레스에 많은 것을 양보하지 않고 종전시킬 수 있을 거라는 기대감 때문이지. 지금 크라레스도 너무 많은 영토를 폭식(暴食)한 덕분에 소화 불량에 걸리기 직전이야. 아마도 협상이 그렇게 어렵지는 않을 거야. 해 주겠나?"

"옛, 전하."

"원래 처음부터 내 의견대로 크라레스를 게릴라전으로 발목을 잡고, 그사이에 크루마를 박살 내 버렸으면 이런 사태까지 오지는 않았을 텐데, 정말이지 원통하구나."

"안녕하셨사옵니까? 공작 전하. 이번 미투랑 전투에서 대승을 거두신 것을 축하드리옵니다."

"축하라고 할 것 있겠나? 테세우스 12대가 파괴되고 기사 두 명 사망, 여덟 명이 중상을 입었는데 말이야."

"그래도 오랜 전쟁에 쐐기를 박는 멋진 승리였사옵니다."

"내가 자네를 부른 것은 공치사나 듣자는 것이 아니고 보여 줄 것이 있어서네."

토지에르가 궁금한 표정으로 자신을 바라보자, 공작은 괴상하게 생긴 물건을 가리키며 물었다. 그것은 이번 미투랑 전투에서 노획해 온 적의 최신 무기였다.

"이게 뭔지 알겠나?"

루빈스키 공작의 물음에 토지에르는 한참 생각한 후 대답했다.

"그…, 글쎄요. 이게 무엇이옵니까? 여기 나 있는 구멍은 또 무엇이지요?"

공작이 가리킨 물건을 토지에르는 도저히 짐작조차 할 수 없었다. 제법 큼직한 둥그런 구멍이 뚫려 있는 길이 1미터 정도의 원통형 쇠막대가 놓여 있었고, 그 쇠막대는 나무로 만든 틀로 견고하게 묶여 있었다. 그리고 그 틀의 아래쪽에는 바퀴가 붙어 있어 어느 정도 움직일 수도 있게 만들어져 있었다. 이런 해괴한 물건은 토지에르로서는 난생 처음 보는지라 그 용도를 짐작조차 할 수 없었던 것이다.

"이게 무엇이옵니까? 전하."

"자네도 짐작하지 못하는군. 이게 이번에 미투랑 요새에 배치되어 있던 신형 대타이탄 병기지. 이름은 뭔지 잘 모르겠군."

"이게 대타이탄 병기라구요? 그렇다면 여기 뚫려 있는 이 구멍으로 뭔가를 쏜다는 것이옵니까?"

"그렇네. 열 번 설명하는 것보다 한 번 보는 것이 좋겠지. 이봐."

그러자 공작의 뒤에 서 있던 장교가 즉각 대답했다.

"옛, 전하."

"발사 준비를 하라. 그리고 포로들도 데려오고."

"옛!"

장교가 성큼성큼 어디론가 가 버린 후 공작은 토지에르에게 설명했다.

"어떻게 쏘는 것인지도 알 수 없었기에, 이걸 쏘던 녀석 몇 명을 잡아왔지."

"아, 예."

토지에르가 흥미진진한 눈길로 바라보는 사이, 포대(布袋)로 덮어 뒀던 큰 화살이 운반되어 왔고, 흑색의 가루가 잔뜩 들어 있는 통도 날라져 왔다. 그 통의 내용물을 흘끗 바라보던 토지에르는 눈동자를 빛내며 그곳에 다가간 후 그 내용물을 집어서 만져 보다가 냄새까지 맡아 보고 있었다.

"이게 뭔지 알겠나?"

"예, 이건 화약이라는 것이옵니다. 거의 1백 년쯤 전에 개발된 것이온데, 불을 붙이면 금방 타 들어가면서 짙은 연기를 내지요. 낮은 수준의 마법사들이 높은 분들 앞에서 연출 효과를 내기 위해 주로 애용하는 물건이옵니다. 그 외에 화염계 마법을 사용하면서 좀 더 파괴력을 높이기 위해 수련 마법사들이 보조 도구로 사용하기도 하지요."

"흐음……. 이게 폭발하기도 하나?"

"예? 폭발이라고요? 글쎄요. 이건 어떤 특수한 조건을 만들어 주지 않는 한 폭발하지 않사옵니다. 아주 맹렬하게 타 들어간다고 보는 것이 옳겠죠. 한번 보시겠습니까?"

토지에르는 통 속의 화약을 한 주먹 가져다가 흙 위에 올린 후 불을 가져다 댔다. 그러자 그 화약은 한순간에 타 들어가 버렸고,

재도 거의 남아 있지 않았다. 연기는 엄청나게 솟아나왔지만, 토지에르의 말대로 폭발한다고는 할 수 없었다.

"자네의 말대로군. 그런데 이게 굉음을 내면서 저걸 쏘아서 날리더라구. 좀 있다가 포로들이 도착하면 자네도 알 수 있을 걸세."

곧이어 포로들이 도착했다. 포로들은 이걸 발사해 보라는 지시대로 움직이기 시작했다. 발사 목표를 멀찌감치 떨어져 있는 산 쪽으로 잡은 후 그들은 숙련된 동작으로 움직이기 시작했다. 일단 그 쇠통 위의 작은 구멍에 심지를 박아 놓은 후, 화약이 들어 있는 통에서 작은 통 세 개 분량의 화약을 떠서 쇠통 속에 집어넣은 후 적당히 다졌다. 그런 다음 그 쇠통에다가 대형 화살을 집어넣었다.

그런 다음 포로들은 잠시 쑤군거리더니 한 명을 제외하고 나머지는 그 쇠통에서 멀찌감치 떨어진 후 귀를 틀어막았다.

"귀를 막으십시오."

이걸 주의 깊게 바라보고 있던 토지에르가 발사하려는 것을 갑자기 중지시키며 물었다.

"왜 저 사람들은 저렇게 멀찌감치 떨어지는 것인가? 그리고 거기에 불을 붙이려는 자네의 손은 왜 그렇게 떨리는 거지?"

포로는 잠시 망설이다가 대답했다.

"이번에 폭발 사고가 몇 번 있었습니다. 발사되는 것도 있었지만, 그대로 폭발하는 것도 있었죠. 이게 폭발하면 근처에 있는 사람은 다 죽습니다."

포로의 대답에 토지에르는 놀랍다는 듯이 그 쇠통을 다시 한 번 주의 깊게 바라봤다. 쇠로 매우 튼튼하게 만들어진 것처럼 보였는데 이게 터져 나갈 정도라면 과연 자신도 알지 못하고 있었던 대단한 힘이 화약에 있는 모양이었다. 토지에르는 일단 그 힘을 견식해 보기로 작정했다. 그는 그 쇠통을 중심으로 방어 마법을 펼친 후 말했다.

"이제 쏘아 봐라."

그 마법 방어망은 눈에 보이지 않는 것이었기에, 포로는 눈앞의 이 늙은이가 무슨 짓을 했는지 알 수 없었고, 그렇기에 또다시 부들부들 떨리는 손으로 심지 쪽으로 불을 가져갈 수밖에 없었다.

쾅!

발사는 성공이었다. 엄청난 굉음 덕분에 주변에 있던 나무에서 새들이 기겁을 해서 날아올랐다.

"흐음, 1킬로미터는 족히 날아가는 것 같은데?"

"예, 웬만한 쇠뇌들도 그 정도는 화살을 날리옵니다. 그런데 문제는 그 덩치에 있죠. 저 정도로 작다면 더욱 좁은 면적에서 더욱 많은 쇠뇌를 적 타이탄을 향해 발사할 수 있을 것이옵니다. 저건 정말 혁신적인 무기군요."

"나도 그게 놀라워서 가져온 것이지. 하지만 포로의 말대로 한 번씩 폭발한다면 그 점은 개량해야만 하겠지."

"방금 본 대로라면 저 화약이 쇠통의 내부에서 폭발하면서 그 힘으로 쇠뇌를 밀어붙이는 것이겠지요. 아마도 저 쇠통은 화약이 그냥 타 들어가지 않고 폭발할 수 있는 조건을 제공하는 모양이옵니다. 아주 혁신적인 생각의 산물이라고 할 수 있죠. 그런데 문제는 일단 화약이 타 들어가지 않고, 폭발하도록 만드는 데는 성공했지만 쇠통이 그 폭발력을 버티지 못하는 것이겠죠. 아마도 제 생각으로는 저 쇠통의 두께를 좀 더 두껍게 만든다면 상관없을 것으로 생각되옵니다."

"그렇다면 자네가 연구를 좀 해 보게. 이제 영토가 비약적으로 늘었으니 기사단에만 의존하기는 힘들 거야. 전략적 요충지에는 적의 타이탄 부대를 저지할 만한 강력한 요새들을 건설해야 할 필요성이 생기게 되겠지. 그때를 위해서 이런 무기는 필수적이지 않겠나? 좀 더 개량한다면…, 예를 들어 더 많은 화약을 넣어 폭발력이 강해진다면, 지금보다 더욱 강력한 파괴력을 얻을 수 있게 되지 않을까?"

"한번 연구해 보겠사옵니다, 전하."

쇠뇌를 발사하는 쇠통은 나중에 대포라고 불리게 된다. 그리고 예로부터 타이탄을 상대하는 무기는 화살 종류였고, 쇠뇌에서 발사하는 것도 큼직한 나무통이었기에 대포에도 탄환으로 나무통을 넣어서 쏜 것이다. 그러다가 나중에 가서야 몇몇 선지자들이 구태여 그렇게 큰 나무통을 쏠 필요가 없다는 것을 깨닫게 되면서 대포의 탄환은 작아지기 시작한다.

초기의 대포가 폭발할 확률이 높았던 것은 쇠에 문제가 있는 것이 아니고 그 두께의 균일함에 문제가 있었기 때문이다. 대포의 쇠 두께가 일정한 두께가 되기가 힘들었던 이유는 타이탄 제작 기술에 힘입어 대포를 주물로 제작했기 때문이다.

일정한 틀을 만들고 거기에 쇳물을 부어서 만드는 방식으로는 대포를 크게 만들면 만들수록 그 두께를 일정하게 만들기 어려워진다. 거기에다가 주철은 깨지기가 쉽고, 또 대포 내부에 기포 같은 것이 생길 여지도 있었다. 이런 식으로 한쪽이 약해지면 손쉽게 대포가 폭발하는 참사로 연결되는 것이다.

이것은 훗날 주물이 아닌, 포신 안쪽을 커다란 드릴 같은 것으로 깎아 내는 신기술이 개발되면서 어느 정도 해결이 된다. 그렇게 해야만 포신의 두께를 균일하게 만들 수 있기 때문이었다. 하지만 그 전까지 대포는 적에게도 강력한 위협이 되는 신무기였지만, 동시에 아군에게도 생명의 위협을 주는 괴상한 무기였던 셈이다.

마스터들의 협상

"전하, 기다리고 기다리던 소식이 왔사옵니다."
 노마법사의 표정이 매우 밝은 것에서 공작은 한 가지를 짐작해 낼 수 있었다. 원하는 만큼의 영토를 집어삼킨 크라레스로서는 이제 휴전만을 원하고 있었기 때문이다.
 "드디어 녀석들이 휴전 제의를 해 왔는가?"
 "옛, 전하. 휴전 협상을 위해 사신을 파견한다고 하옵니다."
 "오오, 드디어 녀석들도 이 지긋지긋했던 전쟁을 끝내려고 하는구먼. 그래, 누가 파견되어 온다고 하던가?"
 "예, 까미유 드 크로데인 후작이 다섯 명의 협상단을 거느리고 온다는 통보를 받았습니다."
 "까미유 드 크로데인이라……. 코린트의 유명한 무가(武家) 크로데인 가문의 태생이라면 상당히 실력이 있는 인물이겠군. 그래 그 인물에 대해 조사는 해 봤나?"

"예, 전하. 전쟁의 신전에 알아 본 바로는 7년 전에 그래듀에이트 시험을 통과한 뛰어난 인물이옵니다. 추정나이 42세, 리사 드 크로데인 후작 부인의 아들이옵니다."

"뭐? 이번에 전사한 소드 마스터인 리사를 말하는 건가?"

"옛, 전하. 크로데인 후작 부인이 전사했기에 후작의 작위를 물려받은 것이죠."

"으음, 생각 외의 거물을 보내오는군. 상대가 크로데인 가문의 적자(嫡子)라면 예의상 이쪽에서도 그에 걸맞은 인물을 보낼 수밖에 없지 않겠나?"

"예, 그것 때문에 토지에르 각하께서는 그를 전하께서 맡아 주셨으면 하고 연락을 보내왔사옵니다."

"그럴 수밖에 없겠지. 협상 장소는 어딘가?"

"예, 국경에 위치한 라벤트라는 작은 마을에서 이틀 후에 할 것이옵니다."

"좋아, 준비는 자네가 책임져 주게."

"옛, 전하."

협상 당일이 되었을 때, 라벤트 마을 주위에는 유령 기사단 인원 절반이 쫙 깔려서 만일의 사태에 대비했다. 라벤트 마을은 작은 마을이었기에 마을 공회당이라든지 그런 대화를 나눌 만한 장소가 없었기에, 술집을 징발하여 이용했다. 테이블이나 의자, 양탄자까지도 본국에서 가져왔기에 술집 내부는 꽤 근사한 협상 장소로 바뀌어져 있었다.

"까미유 드 크로데인 후작께서 도착하셨습니다."

보고하는 병사의 목소리가 울려 퍼진 후 10분 정도 지나서 문제의 인물이 부하들을 거느리고 등장했다. 천천히 수행원들을 거느리고 술집 안으로 들어서는 젊은이를 보며 루빈스키 공작은 자신도 모르게 신음이 터져 나오는 것을 겨우 삼켰다. 과연 코린트 최고의 명문인 크로데인 가문의 적자(嫡子)다웠기 때문이다.

까미유 후작의 자신감 넘치는 눈동자를 쏘아보며 루빈스키 공작은 상대가 자신이 예상한 것보다 더욱 대단할지도 모른다고 은연중에 느끼고 있었다.

"먼 길에 수고하셨소. 이쪽으로 앉으시지요."

"예, 반갑습니다. 얘기는 많이 들었는데 처음 뵙는군요. 까미유 드 크로데인 후작이라고 합니다."

"루빈스키 폰 크로아 공작이라고 합니다. 그 이름 높은 크로데인 가문의 기재(奇才)를 만나게 되어 나야말로 영광이지요."

적에게서 칭찬을 받는 것이 싫지는 않은 표정이었지만, 까미유는 서둘러서 본론으로 들어갔다.

"인사는 이쯤에서 마치고, 그래 그쪽의 조건이나 먼저 말해 보시오."

"으음, 협상을 제의해 온 쪽은 그쪽으로 알고 있는데요. 귀하가 먼저 말하는 것이 예의가 아닐지?"

상대는 과연 나잇값을 하는 능구렁이라고 생각하며 까미유는 즉각 준비해 온 것을 말하기 시작했다.

"좋소. 우선 국경선부터 확정짓고 시작하는 것이 좋겠지요. 본국에서는 지금 현재 양국의 군세가 대치하고 있는 곳까지를 그대들의 영토로 인정해 주겠소. 그리고 서로 간의 전쟁 배상금이니 뭐니 복잡한 것은 붙이지 맙시다. 우선 휴전부터 하기로 하고, 이 조약의 유효 기간은 5년으로 합시다. 5년 단위로 다시 만나 조약을 갱신하기로 하는 것이 좋겠소. 그러다가 서로 간에 신뢰가 더욱 쌓이고 나면 종전 협정이나 아니면 불가침 협정으로 확대하는 것이 순서겠지요."

상대의 의견을 듣고, 공작은 상대가 속임수가 아닌 진짜로 휴전하려는 것이라는 것을 깨달았다. 결코 무리가 없는 조건이었고, 또 휴전 시에 꼭 논의해야만 할 필요한 사항만을 먼저 말했기 때문이다.

"구태여 그렇게 복잡하게 할 필요가 있겠소? 그냥 휴전 협정으로 하고, 휴전하기 싫다면 어느 한쪽에 그 사실을 통보하는 것으로 정하는 것이 좋지 않겠소? 물론 통보는 전쟁이 벌어지기 최소한 3일 전에는 해야 한다는 조건으로 말이오. 5년마다 한 번씩 만나서 협상하는 것은 쓸데없는 짓이기 때문이오."

루빈스키 공작의 말에 까미유는 빙긋이 미소 지었.

"절차를 간소화시키는 것을 상당히 좋아하시는 모양인데, 굳이 그렇게 말한다면 3일 전에 통보할 필요도 없는 것 아니겠소? 상대의 병력 이동 상황만 봐도 전쟁을 벌일 의향이 있는지 없는지 금방 알 수 있소. 그런데 구태여 상대에게 쳐들어갈 것이라고 선전 포고를 할 필요는 없겠지요. 또 일단 휴전이 되느냐 안 되느냐가 중요할 뿐이지, 다음 전쟁의 시작이 그렇게 중요하겠소? 어떻게 협약을 맺어 둔다고 하더라도 상대가 그것을 지킬 마음이 없다면 이건 휴지 조각일 뿐이니까 말이오."

"그건 그렇지요. 그렇게 봤을 때 귀국은 본국에게 상처를 많이 준 것은 사실이오. 갑자기 동맹국이었던 본국을 기습 공격해서 멸망에 가까운 타격을 입힌 코린트를 믿기는 참으로 힘든 노릇이지요."

루빈스키 공작의 말에도 까미유는 침착한 미소를 잃지 않았다.

"그건 피차 마찬가지 아닐까요? 본국이 크루마와 전쟁 중일 때를 틈타서 귀국이 선전 포고도 없이 뒤통수를 친 것 또한 사실이지 않소? 서로가 국제관례를 한 번씩은 어겼으니 대충 비긴 것으로 하죠. 이번 전쟁을 통해 귀국은 잃었던 영토를 되찾았으니 이제 원점으로 돌아간 것이 아니겠소? 그다음의 역사는 또 어떻게 쓰이게 될지 그건 아무도 모를 일이지요.

일단 본국은 지금 이 전쟁을 지속해 나갈 여력이 없는 것이 사실이오. 그리고 귀국 또한 더 이상 전쟁을 지속하기 힘들 것이오. 그렇다면 상호 적당한 조건으로 전쟁을 마무리 짓고, 다음을 기약하는 것이 좋지 않겠소?"

다음을 기약하자는 대목에서 까미유의 눈동자가 이상하게 빛이 나는 것을 보며 루빈스키 공작은 섬뜩함을 느꼈다. 전쟁 전까지만 해도 코린트의 기둥은 키에리, 로체스터, 리사, 그라세리안이었다. 세 명이나 되는 마스터를 거느리고 있었기에, 코린트는 모두에게 최강의 군사력을 보유하고 있는 것으로 인정받고 있었다.

　이번 전쟁이 마무리되면서 그들은 로체스터를 제외한 두 명의 마스터를 잃었다. 하지만 정보에 따르면 그들 외에도 마스터급은 존재하고 있었다. 키에리가 전사하던 그 전투에서 추격전을 벌이던 미네르바를 죽음의 위기까지 몰아넣을 뻔했던 붉은색의 타이탄 두 대. 그것을 보면 두 명의 마스터가 더 존재한다는 것은 명약관화(明若觀火)한 사실이었다. 루빈스키는 까미유를 뚫어져라 바라보며 그가 숨겨진 마스터들 중의 한 명이라고 확신했다.

　"일단 협정을 맺기에 앞서, 실례되지 않는다면 귀공의 직책을 알고 싶소."

　루빈스키의 말에 까미유는 싱긋 웃음을 떠올렸다.

　"자신부터 먼저 드러내는 것이 순서가 아니겠소?"

　"흐음, 나는 스바시에의 총독이며, 유령 기사단장이고, 크라레스 전군 총사령관이라는 소임을 맡고 있소."

　상대의 말에 까미유는 의외라는 듯이 말했다.

　"그렇다면 근위 기사단장은 누구란 말이오? 혹시 로니에르 공작인가요?"

　키에리 드 발렌시아드 대공이 총사령관이자 코란 근위 기사단장이었듯, 모든 국가들의 경우 최고의 실력자는 근위 기사단장직을 겸하고 있었기에 물어본 말이었다.

　"근위 기사단은 프로이엔 폰 론가르트 백작이 맡고 있소."

　"그렇다면 로니에르 공작은?"

　하지만 루빈스키 공작은 빙그레 미소 지으며 말을 돌렸다.

"그녀에 대해서는 알 것 없고, 나는 이미 말했으니 그대가 말할 차례요."

"현재 미흡하긴 하지만 제2근위대장직을 맡고 있소."

"흐음, 그런가요? 그렇다면 약간의 세대교체가 있었다는 말이겠군요. 답변해 주셔서 고맙소."

상대의 말에서 루빈스키 공작은 많은 것을 얻을 수 있었다. 로체스터 공작은 당연히 제1근위대장에서 근위 기사단장으로 진급했을 것이다. 평상시라면 빈 자리를 놔두고 권력 투쟁이 오고 간다고 자리를 오랫동안 비워 둘 가능성도 존재했지만, 지금은 전시였다. 그러니만큼 키에리와 리사라는 거목들이 뽑혀 나간 빈 자리를 절대로 그냥 놔둘 수는 없었다.

그런데 까미유가 로체스터의 제1근위대를 넘겨받지 못하고 리사의 제2근위대를 넘겨받았다는 것은 제1근위대를 넘겨받은 또 다른 한 명이 더 존재한다는 말과 같았다. 그러니까 코린트가 보유하고 있는 마스터급의 검객은 모두 세 명인 것이 확실했다.

저 격전을 거친 후 코린트는 아마도 15대 내외의 근위 타이탄밖에 남지 않았을 테니, 세 토막을 칠 수는 없었을 테고 아마도 두 토막이 되었을 가능성이 컸으니까 말이다.

"서로 간에 대충 이해관계는 정리가 된 것 같고, 나머지 세부적인 협의 사항은 수행원들끼리 처리하면 될 것이오. 서로가 될 수 있는 한 빨리 휴전에 합의하려고 한다면, 구태여 서로에게 난해한 조건을 제시하여 쓸데없는 힘겨루기를 할 필요는 없을 테니 말이오. 서로 간의 토의는 수행원들끼리 어느 정도 의견을 맞춘 후에 다시 재개하는 것이 좋지 않겠소?"

"그럽시다."

"여기에 온 김에 만나 보고 싶은 사람이 있는데, 혹시 만남을 주선해 주시겠소?"

"누구를 말하는 거요?"

"로니에르 공작."

"만나게 해 드리고 싶지만, 그녀는 이곳에 없소. 또 중요한 일이 아니라면, 그녀 또한 할 일이 많기에 이곳으로 불러내기도 어렵소. 이해해 주겠소?"

이건 부드러운 거절이었다. 까미유는 입맛을 다시며 쌍방의 수행원들끼리 토론을 벌이는 시끄러운 술집에서 나와 자신의 숙소 쪽으로 발길을 돌렸다.

"안녕하셨사옵니까? 공작 전하."

"그래, 크라레스 쪽의 반응은 어떻던가?"

"예, 그쪽도 휴전에 꽤 적극적이옵니다. 사실 양쪽 다 휴전을 해야 한다는 필요성이 있고, 또 서로가 그 사실을 잘 알고 있으니 세부 사항을 협상하는 것도 그렇게 시간이 많이 걸리지 않을 것이옵니다. 그런데 이렇게 연락을 드린 것은 다름이 아니오라, 한 가지 중요한 정보를 입수했기 때문이옵니다."

"그래, 뭔가?"

"협상 장소에 나온 크라레스 쪽 대표는 루빈스키 폰 크로아 공작으로서 스바시에 지역 총독이자 유령 기사단장, 그리고 전군 총사령관이라는 직책을 가진 대단한 인물이옵니다. 그의 실력은 직접 검을 나눠 봐야 확실하게 알 수 있겠지만 대충 저와 동급 정도로 짐작되옵니다."

"흐음, 로니에르 공작은 총사령관이 아니라는 말이군. 그렇다면 그녀는 근위 기사단장이자 부사령관인가?"

"근위 기사단장은 외부에 알려진 대로 론가르트 백작이었사옵니다."

"그렇다면 유령 기사단이 뭔지를 파헤치는 것이 의문을 풀어 나가는 기준점이 되겠군."

"예, 전하. 아무래도 제 짐작으로는, 이번 전쟁에서 갑자기 튀어나온 크라레스가 지닌 여분의 전력이 모두 유령 기사단에 집결되어 있는 것 같더군요. 아마도 모든 알파급과 베타급을 보유하고 있는 크라레스 최강의 기사단이 그곳이 아닐까 하는 짐작이옵니다."

"아마도 그렇다고 보는 게 옳겠지. 그런데 그가 갑자기 유령 기사단의 존재에 대해 자네에게 말한 저의가 뭔지도 생각해 봤나?"

"예? 글쎄요. 이제 더 이상 숨길 필요가 없기 때문이 아니겠사옵니까?"

"그렇지. 아마도 전쟁이 끝나고 나면 크라레스의 기사단들은 대대적인 재편성에 들어가게 될 거야. 베타급들은 근위 기사단에, 알파급은 그대로 유령 기사단에, 그리고 새로이 재생산되는 타이탄은 뭐가 될지 모르겠지만 아마도 유령 기사단이나 제3의 기사단으로 보내지겠지. 그런 후에야 크로아 공작이나 로니에르 공작이 근위 기사단장으로 나서게 될 테지."

"하지만 로니에르 공작이 전면에 나설 가능성은 없어 보였사옵니다. 그녀에 대한 질문에 답하지 않았으니까 말이옵니다."

"참, 지금 언뜻 떠오르는 게 있는데, 그녀의 실력은 모두가 공인하는 바야. 그런데도 왜 그녀의 실력에 합당한 직위에 올리지 않는 거지? 총사령관이든지, 근위 기사단장이든지 뭐 그런 직위를 줘야 함에도 그러지 않고 있어."

"그거야 그녀의 나이가……."

까미유의 의견에 공작은 고개를 가로저으며 말했다.

"나는 그녀의 겉모습에 드러난 나이를 믿지 않아. 그 정도 경지에 올라가려면 엄청난 세월을 검술에 바쳤다고 봐야 해. 그녀에게 그런 지위를 내리지 않는 이유는 따로 있다고 봐야지. 자네는 짐작이 가나?"

"죄송하옵니다. 소신이 미흡하여……."

"아닐세. 지금 떠오른 건데, 보는 시각의 방향을 약간 바꾼다면 답이 나오지. 실력으로 보는 것이 아니라 신뢰도로 보는 거야."

"그렇다면?"

"크라레스는 그녀를 믿지 않아. 무슨 이유가 있어서인지 모르지만 그녀를 이용할 수 있는 단계까지는 가 있어. 하지만 믿을 수 없는 거겠지. 제스터가 그녀와 크라레스 사이의 연결 고리를 빨리 알아내 준다면 그 고리를 부술 방법도 자연히 알 수 있을 거야. 그리고 그때가 우리들의 복수가 시작되는 날이겠지. 안 그런가? 크흐흐흐……."

변화하는 제국의 질서

　코린트의 협상 사절이 도착한 다음 날, 코린트와 크라레스는 전쟁이 꽤나 오래 갈 것으로 예상하고 있었던 타국들을 비웃기나 하듯 전격적으로 휴전 합의에 성공한다. 코린트나 크라레스 양국 다 더 이상 전쟁을 지속한다는 것이 무의미한 일이라는 것에 서로 의견이 일치했던 것이다.
　코린트로서는 크라레스와 계속 전쟁을 수행하려니 옆쪽의 크루마라는 존재가 찜찜했고, 크라레스로서는 더 이상 땅덩어리를 집어삼켰다가는 식중독에 걸릴 우려가 있었던 것이다. 하지만 양국 다 조금만 더 군사력을 키운다면 서로를 잡아먹으려고 들기에 충분할 정도의 저력을 갖춘 국가들이었기에, 이 휴전 합의가 양국 간의 영원한 평화를 가져올 거라고는 아무도 믿지 않았다.

하지만 이 평화는 예상외로 오래가게 된다. 만약 이게 두 국가만의 일이라면 어느 한쪽의 힘이 커지는 그 순간 전쟁이 발발하게 되겠지만, 크루마를 포함한 세 국가 간의 일이었기 때문에 하나가 두 나라를 제압할 만한 힘이 생기지 않고서는 전쟁이 다시 재개되기 힘든 게 사실이다. 그 어느 쪽도 한쪽의 힘이 강해지기를 원치 않았기에 결과적으로 서로가 서로를 견제하게 되고, 그 덕분에 평화를 지속시킬 수 있는 것이다.

양국 간의 전쟁이 종료되자마자 크라레스 황제는 승전을 기념하여 전 국민들에게 일주일간의 휴일을 선포했다. 크로나사 수복의 일등 공신으로 책정된 두 명의 공작들은 각기 스바시에와 치레아를 공국(公國)으로 하사받고, 개인 기사단까지 가지게 되는 영예를 얻었다. 토지에르는 한 등급 작위가 올라가서 공작의 칭호를 받게 되었다. 그리고 수도는 유성 공격으로 인해 흔적만 남아버린 옛날의 수도였던 크라레인시로 천도하겠다는 것도 이때 발표되었다. 그 덕분에 새로운 크라레인시를 건설하기 위한 대규모 토목 사업이 시작되었다.

기사단의 편제도 대대적으로 변경되었다. 가장 큰 변동을 보인 것은 역시 치레아와 스바시에에 있던 친위 기사단들이었다. 제1친위 기사단은 '스바시에 기사단'으로 개명되었고, 10대의 카프록시아와 10대의 테세우스가 배당되었다. 물론 차후에 10대의 카프록시아를 더 생산하여 테세우스와 교체시킬 예정이었다.

제2친위 기사단은 '치레아 기사단'으로 개명되며, 10대의 미가엘과 10대의 로메로를 지급받았다. 물론 추후에 겉모양을 더욱 근사하게 개장시킨 카프록시아급의 타이탄 20대로 교체해 준다는 약속 하에서 말이다. 상당히 색다르게 생긴 카프로니아급 타이탄 두 대는 수거된 후 근위 기사단에 소속되어 황실의 전시용으로 사용될 예정이었고, 유령 기사단은 대폭적으로 개편되어 국가의 주력 기사단으로서 위치를 확고하게 자리 잡았다. 10대씩을 1개 전대로 묶어서, 두 명의 공작에게 지급하고 남은 모든 정규급 이상의 타이탄을 '유령 기사단'에 배치했다.

그리고 콜렌 기사단은 평상시에는 변방에 주둔하며 몬스터 토벌과 타국에 대한 전쟁 억지를, 전시에는 유령 기사단의 보조 기사단으로서의 임무를 수행하는 처지로 격하되었다.

다크는 오히려 전쟁이 끝난 후에 엄청나게 바빠졌다. 오랜만에 전쟁터에서 돌아와 보니 자신의 영지에는 그녀가 처리해야 할 사안들이 산더미처럼 쌓여서 기다리고 있었던 것이다. 그리고 그 전까지 그녀의 영지는 말토리오 산맥 한 귀퉁이에 있는 아름다운 로니에르 마을이었고, 직책만이 치레아의 총독이었지만, 지금은 완전히 바뀌었다. 그녀의 영지였던 로니에르 마을은 황제에게 반납되었고, 대신 치레아를 영지로 받았다.

하지만 그 영지는 크라레스라는 한 국가에 포함되는 영토가 아닌, 완전한 하나의 독립된 국가라고 볼 수 있는 공국(公國)이었다. 공국은 일종의 속국이라고 할 수 있는 형태였기에 너무나도 많은 것이 바뀌어야만 했다. 우선 새로운 법률도 만들어야 했고, 자신에게 주어진 공국의 각 지방을 다스릴 영주들도 뽑아야 했고, 공국을 지킬 군사력도 독자적으로 새롭게 정비해야 하는 등

처리해야 할 일들이 한꺼번에 엄청나게 발생했던 것이다.

그렇다고 이 일을 몽땅 다 자신이 처리하고 앉아 있을 멍청한 다크는 아니었다. 그녀는 자신이 처리해야 할 일의 태반을 어거지로 그녀의 오른팔이 되어 버린 비운의 사나이 카알 폰 카슬레이 백작에게 떠넘겼다. 그리고 그녀의 친구들이나 심지어는 그녀의 게으른 아버지에게까지 억지로 하나씩 일을 떠맡겨 버렸다. 하지만 그렇게 분산을 시켰는데도 그녀는 하루하루를 바쁘게 보낼 수밖에 없었고, 그러는 사이에 가을이 깊어가고 있었다.

미네르바는 말토리오 산맥에 다녀온 후 오랜 시간 혼자서 사색에 잠기는 경우가 많아졌다. 그날도 집무실의 책상 앞에 앉아 깊은 생각에 잠겨 있었다. 이때 문득 옆에서 조금 가벼운 기침 소리가, 그러다가 좀 지나서는 조금 더 큰 기침 소리가 들려왔다.

미네르바는 흠칫 놀라면서 그쪽으로 재빨리 시선을 돌렸다. 그곳에는 나이가 지긋한 두 명의 인물이 약간은 무안한 듯한 표정으로 서 있었다.

"무슨 일인가?"

미네르바는 부하들이 방 안으로 들어올 때까지도 그들의 인기척을 눈치 채지 못한 것이 마음에 걸렸기에 자연히 퉁명스러운 목소리가 튀어 나갔다. 그 때문에 두 인물은 더욱 쩔쩔매기 시작했다. 상대는 크루마 최고의 권력을 지닌 미네르바였으니까 말이다. 그중 한 사람이 미네르바의 마음을 딴 곳으로 돌리려는 듯 재빨리 용무를 꺼냈다.

"예, 전하. 방금 코린트와 크라레스가 휴전했다는 정보를 입수했사옵니다."

부하의 말에 미네르바는 크게 놀랐다. 그만큼 그 둘의 휴전은 의외의 정보였던 것이다. 미네르바로서는 그 둘이 좀 더 치고받아 줬으면 하고 있었으니까 말이다.

"뭣, 그게 사실인가?"

"예, 전하."

"놀라운 일이군. 사력을 다해 한판 할 줄 알았는데……."

"예, 갑작스레 시작되었다가 끝난 미투랑 전투에서 코린트가 저희들이 예상한 것 이상의 피해를 입은 것이 확실하옵니다. 그렇지 않고서야 코린트가 얌전히 꼬리를 내릴 리가 없다고 사료되기 때문이옵니다. 그리고 미투랑 전투 직후 코린트 남부 집단군 사령관이었던 다리엔 후작이 공개 처형당했고, 로체스터 공작에게로 지휘권이 넘어간 지 불과 며칠 만에 양국은 휴전했사옵니다. 그 때문에 베일에 싸인 미투랑 전투에 대해 아직 조사를 더 해 보고 있사오나 워낙 보안이 철저해서 그 피해 규모를 정확히 입수할 수는 없었사옵니다. 피해 규모가 저희들의 예상대로라면 아마도 코린트의 전력은 본국보다 낮을 거라고……."

하지만 미네르바는 이블리스의 말을 막았다.

"아니, 괜히 그런 거 조사한다고 시간 낭비할 필요는 없다. 타이탄 전력이 이쪽보다 낮다고 해도 지금 코린트와 전쟁을 벌일 수도 없고, 또 벌여 봐야 이쪽이 상대가 안 돼. 저쪽은 로체스터 공작을 위시하여, 뛰어난 기사들이 많기 때문이야. 결코 타이탄의 수만으로 서로의 전력을 비교할 수 없다는 말이다."

미네르바는 패퇴하는 코린트군을 추격할 때 자신을 상대했던 그 붉은 타이탄 두 대를 기억에 떠올렸다. 만약 그중 하나라면 자신이 상대할 수 있을 듯했다. 하지만 그 둘을 한꺼번에 상대하는 것은 그녀로서도 무리였다. 그만큼 강한 기사들을 보유하고 있는 한 코린트의 힘은 크루마를 앞서갈 수밖에 없는 것이다.

"예, 명심하겠사옵니다, 전하."

"그건 그렇고, 테시온 자네는 이블리스와 함께 웬일인가?"

그러자 테시온은 서류 뭉치를 미네르바에게 건네며 즉각 대답했다.

"예, 전하. 어제 지시하셨던 신형 타이탄의 생산 계획서를 가져왔사옵니다."

미네르바는 그것을 받아 들며 치하했다. 미네르바는 테시온에게 앞으로 1년 동안 크루마가 생산해 낼 수 있는 최대한의 타이탄 생산량을 자신에게 보고하라고 지시했던 것이다.

"으음, 수고했네."

"예, 1개월 후 생산 시설이 좀 더 확충되면 전하께서 원하시는 만큼의 타이탄을 생산할 수 있을 것으로 사료되옵니다."

"잘되었군."

미네르바의 칭찬에 테시온은 슬쩍 미소를 지으며 의기양양하게 말했다.

"예, 그렇게 되면 내년 여름쯤에는 60대 정도를 추가로 보유, 코린트보다 우위에 설 수 있게 될 것이옵니다. 앞으로 6개월분의 타이탄 생산 계획은 전하의 분부대로 안티고네 7대, 에프리온 30대, 카마리에 20대이옵니다. 그리고 일단 1차 생산이 완료된 시점에서 57대가 납품되고 나면 어느 정도 여유가 생기게 되기에 그다음부터는 안티고네 30대, 에프리온 20대를 생산할 계획이옵니다. 2차 생산까지 끝내고 나면 본국은 헬 프로네 1대, 안티고네 40대, 에프리온 50대, 카마리에 70대, 골고디아 76대, 로투스 52대를 보유, 타이탄 총수 289대, 정규급 이상 237대로서 코린트를 압도할 수 있을 것이옵니다. 현재 회수 및 노획량을 기준으로 한다면 그것보다 더 많이 생산할 수도 있겠지만, 아마도 2차 생산만 완료되어도 최강으로 군림할 수 있을 것이옵니다."

"좋군. 계획을 수립하느라고 수고했네."

미네르바는 테시온에게 치하한 후 이블리스에게 질문을 던졌다.

"이보게, 이블리스. 크라레스의 타이탄 생산 계획에 대해서는 조사 된 것이 있나?"

미네르바의 물음에 아무래도 정보 쪽으로 관련이 있는 듯 보이는 이블리스가 즉시 대답했다.

"예, 정보에 따르면 크라레스는 지금 대대적으로 카프록시아를 생산하고 있는 중이라고 하옵니다. 막대한 양의 노획품이 있으니까 당연한 결과겠지요. 아마도 노획품을 대략적으로 추정해 봤을 때 놈들은 카프록시아 2백 대 정도를 추가로 보유할 수 있을 것이라고 사료되옵니다. 하지만 본국이 2차 생산을 완료했을 때, 크라레스는 아무리 많이 만든다고 해 봐야 1백 대 내외일 것이옵니다.

애초에 상대가 안 된다고 봐야 할 것입니다."

"현재 크라레스의 군사력에 대해서는 알아 봤나?"

"예, 알아 봤사옵니다. 정확한 것은 알 수 없사옵고, 아마도 그때 로니에르 공작이 사용하던 그 거대한 타이탄은 다섯 대 내외가 생산된 것으로 추정되옵니다. 지금까지 그 타이탄이 사용된 것은 단 두 번. 가장 중요한 전투들뿐이었사옵니다. 그것도 모두 다 단독으로만 투입되었지요."

"그리고?"

"예, 근위 기사단이 보유 중인 카프록시아가 10대. 대량 생산용 카프록시아 변형이 아마도 50대 내외. 총독용의 카프록시아 변형이 2대, 미가엘이 20대 내외, 로메로가 10대 내외, 그다음 루시퍼 35대, 푸치니 33대이옵니다. 그래서 대략적인 추정 전력은 타이탄 총 165대 내외. 그중 정규급은 1백여 대 정도라고 추정되옵니다."

"1백 대라……. 그렇다면 거기에 1백 대를 생산할 수 있다면 2백 대로군."

"그렇다고 봐야하겠지요. 물론 40대 정도밖에 차이가 안 난다는 것은 사실이오나 그 등급에서 차이가 엄청나게 나옵니다. 겨우 카프록시아 정도는 안티고네, 아니 카마리에와도 비교가 안 되옵니다."

"으음…, 비교가 될 수 있을지도 모르지."

"예?"

이블리스가 의아한 듯 의문을 표시했지만, 미네르바는 그걸 무시하고 테시온을 향해 말했다.

"자네는 바쁠 테니 먼저 가 보게나."

테시온은 자기들끼리 비밀스런 대화가 있으니 나가라는 미네르바의 은유적인 표현에 살짝 기분이 상했지만, 그것을 내색할 수는 없었다.

"예, 전하. 그럼 물러가겠사옵니다."

테시온이 물러가고 난 후 미네르바는 이블리스를 향해 낮은 어조로 물었다.

"자네라면 말일세. 엄청나게 강력한 국가, 그러니까 상대가 도저히 이쪽에서 힘을 키운다고 해서 해결되지 않을 정도로 강한 국가라면 어떤 작전을 쓰겠나?"

"예? 그렇게 강한 국가라면 코린트를 말씀하시는 것이옵니까?"

"그렇다고 생각해도 무방하네."

"그야 전에 써먹었던 방법을 다시 써야겠죠. 이번에 입수한 정보에 따르면 그로체스 공작은 숙청된 것이나 다름없다고 하옵니다. 하기야 그로체스 공작은 할 일을 다 했으니 이제 사라져 줘도 상관없사옵니다. 우리들의 기대대로 키에리를 없애는 데 결정적인 공헌을 했으니까 말이옵니다. 이제 또 다른 인물, 그러니까 로체스터를 없애 줄 만한 실력과 야망을 겸비한 인물을 키워야 하옵니다. 원래가 욕심에 눈이 멀어 버리면 무슨 짓이라도 하는 것이 인간이 아니옵니까? 강대한 제국은 밖에서 무너뜨릴 수가 없사옵니다. 하지만 안에서부터라면 얘기가 다르지요."

"역시, 그 방법 외에는 도리가 없는가?"

"예, 코린트의 권력층에 대해서 조사해 둔 것이 있사옵니다. 그 중에서 적임자가 세 명 있사온데 적당히 충동질을 하면 나머지는 자기들이 알아서 하게 되어 있사옵니다. 작전을 시작해 볼까요?"

"아니, 그보다도 먼저 크라레스의 권력층이나 권력 구조에 대해서는 조사해 둔 것이 있나?"

미네르바의 말에 이블리스는 약간 의외라는 표정을 지었다. 여태까지 서로 대화한 줄거리를 생각한다면 미네르바는 크라레스를 코린트보다도 강한 상대로 보고 있다는 것이 아닌가?

"예? 조사해 두긴 했사옵니다. 하지만 크라레스는 약간 이상한 구석이 있긴 하지만 별로 강력한 국가가······."

"그건 자네가 아니라 내가 결정할 일이야."

"옛, 송구스럽사옵니다, 전하."

"크라레스 권력층을 뒤져 봐. 그렇다면 뭔가 허점이 나올 거야."

"전하, 크라레스의 권력층은 꽤 재미난 구석이 있어서 상당 부분을 이미 파악하고 있사옵니다. 일단 최고 권력은 황제가 잡고 있사옵니다. 그리고 그 밑에 세 명이 있사옵니다. 첫째가 루빈스키 폰 스바시에 대공, 둘째가 다크 폰 치레아 대공, 세 번째가 토지에르 폰 케프라 공작이옵니다.

스바시에 대공이 총사령관으로서 크라레스의 밖에 드러나 있는 힘을 대표하는 최강자로 모든 권력을 다 쥐고 있다면, 치레아 대공은 부총사령관으로서 숨어 있는 힘이라고 할 수 있사옵니다.

그런데 재미있는 것은 뭔가 어려운 일이 터졌을 때는 스바시에 대공보다는 치레아 대공이 전면으로 나선다는 점이지요. 치레아 대공의 능력이 뛰어나서 이기도 하지만, 그녀가 설혹 실패한다고 해도 크라레스를 대표하는 강자인 스바시에 대공은 남아 있기에 군부에는 그 어떤 동요도 일어나지 않게 된다는 것을 감안한 체계인 것 같사옵니다.

그런데 더욱 재미있는 인물은 토지에르이옵니다. 실상 겉으로 드러난 그의 권력은 거의 없사옵니다. 그냥 뒤에서 모든 잡무를 처리하며 그들을 돕는 형식으로 존재하는 인물이지요. 하지만 이상하게도 토지에르가 어떤 면에서는 앞의 두 사람을 제어하고 있다고까지 볼 수 있을 정도로 강력한 발언권을 가지고 있다는 것이옵니다.

총사령관인 루빈스키 공작이 뭔가를 지시했다고 하더라도, 토지에르의 허가가 있어야지만 그게 행해지는 식이죠. 그러나 대부분의 경우 토지에르는 불허한 적이 없었고, 그 때문에 루빈스키의 권력이 강대한 것처럼 보이지만 사실은 숨은 권력자는 토지에르이옵니다. 하지만 그는 이상하게도 밖으로 드러나는 것을 좋아하지 않습니다. 뒤에 숨어서 열심히 황제를 위해 충성하는 것만이 삶의 보람인 듯한 괴상한 녀석이옵니다."

"그렇게 욕하지 말게. 진짜 충신이라고 불려도 아깝지 않은 인물이 아닌가? 그런 인물에게 경의를 표하지는 못할망정 욕을 해서는 안 되지."

"옛, 전하. 송구스럽사옵니다. 하지만 적국의 입장에서는 아주 눈에 거슬리는 녀석임에는 사실이옵니다."

"그건 그렇겠지. 토지에르? 처음 듣는 이름인데도 그렇게 권력이 막강하다는 말인가?"

"예, 전하. 열심히 뒷조사를 하는 것이 제 임무가 아니겠사옵니까? 거의 정확한 사실이옵니다. 토지에르는 마법사이기에 암살하기도 그렇게 어렵지 않사옵니다. 토지에르를 암살하든지, 아니면 토지에르를 밀어낼 새로운 인물을 키우든지, 그것도 아니면 토지에르와 두 명의 대공들 사이를 이간질하든지, 그 세 가지 모두가 가능성을 안고 있사옵니다. 어떤 것을 택하시겠사옵니까?"

"그 세 가지를 한꺼번에 추진해 봐. 그것들 중에 하나만이라도 성공하면 좋은 것 아닌가? 그리고 전에 말했던 것은 시행했나?"

"예? 무엇을 말씀하시는 것이온지……."

"크라레스 황태자를 세뇌시키는 작업."

"아, 예. 한밤중에 살짝 해 놨사옵니다. 지금은 표시가 나지 않겠지만 서서히 그 효과가 나타날 것이옵니다."

"좋아. 우리 쪽에서 코린트를 칠 일은 없을 거야."

"예? 그건 무슨 말씀?"

"코린트는 크라레스에 대한 방패야. 쓸데없이 코린트를 건드려서 방패를 약화시키지 말고 내 지시를 기다리도록 해. 지금 가장 위험하다고 생각되는 것은 크라레스니까 말이야."

미네르바의 말에 이블리스는 이해하기 어렵다는 표정을 짓긴 했지만, 대답은 시원스럽게 했다. 자신은 지시하는 대로만 행동하면 되기 때문이다.

"예."

크라레스는 전쟁 후 대대적으로 전력을 증강시키기 시작했다. 우선 드넓은 대지를 방어하기 위한 병력을 모집하고, 군사 훈련을 시작했으며, 노획물자들을 동원하여 테세우스를 대량 생산하기 시작했다. 다음에 벌어질 전쟁은 코린트나 크루마 같은 강대국만을 상대로 해야 하기에 출력이 약한 타이탄은 거의 필요가 없기 때문이다. 그렇다고 드래곤 하트가 없으니 청기사를 제작할 수도 없었고, 남은 선택은 오로지 카프록시아뿐이었다. 그들이 가지고 있는 최고 출력의 엑스시온은 카프록시아의 것이었고, 그 때문에 그들은 카프록시아의 변형들을 계속 생산하는 것 외에는 선택의 여지가 없었다.

크라레스에 비했을 때 크루마는 그래도 형편이 나은 편이었다. 새로운 엑스시온을 만드는 것은 엄청나게 어렵다는 것이 사실이었지만, 저 옛날 위대한 대마법사 안피로스에 의해 그 당시 대단히 많은 엑스시온들이 설계되었고, 그 설계도들을 가지고 있었다. 그들은 그것에 의지하여 고출력을 자랑하는 안티고네나 에프리온, 그리고 카마리에를 생산하기 시작했다. 그리고 미네르바의 특명에 의해 에프리온의 생산을 최우선으로 하고 있었다. 코린트에 비했을 때 기사들의 질이 떨어지는 크루마로서는 그 외에는 선택의 여지가 없었기 때문이다.

크루마가 이렇듯 군비 증강에 열심인데, 코린트라고 손놓고 있을 이유는 없었다. 코린트는 코린티아가 파괴된 지 한 달 만에 새로운 타이탄 생산 공장 시설을 갖추는 놀라운 재주를 부렸다.

일단 타이탄 생산 시설이 갖춰진 후 로체스터 공작이 생산을 명령한 타이탄은 놀랍게도 발렌시아드 기사단이 보유하고 있는 미노바-P형과 흑기사였다. 물론 적기사도 몇 대 더 생산할 예정이었지만 적기사의 형태상 특성에 따라 집단전에는 흑기사가 더 유리하다는 점이 작용했기에 생산이 재개된다고 해도 2~5대 정도일 것은 확실했다.

그리고 미노바-P형의 경우 외장을 매우 아름답게 만들었기에 생산하기가 심히 까다로웠다. 그렇기에 미노바-P2형이라는 모델을 새롭게 설계했다. 미노바-P2형의 외관은 크라레스의 주력 타이탄 테세우스처럼 아주 단순한 외관을 가진 대량 생산형 모델이었지만, 그 엑스시온은 미노바-P형과 같은 1.5라는 고출력을 뿜어내는 타이탄의 심장이었다.

그리고 로체스터 공작의 명령에 의해 적기사를 흑기사와 같은 집단전용 형태로 개량하는 작업도 비밀리에 추진되고 있었다. 그렇게 해야만 크루마가 자랑하는 신형 타이탄 안티고네를 상대할 수 있기 때문이다.

이렇듯 일단 전쟁이 완전히 종료된 후 각국은 전쟁 때 노획, 또는 수거한 대량의 타이탄들을 이용해서 엄청난 양의 신형 타이탄을 제작하기 시작했다. 그리고 그것은 주변의 아르곤 제국이나 마도 왕국 알카사스를 자극시키기에 충분했다.

그들은 저마다 이 강력한 군비 경쟁에 뒤쳐지지 않기 위해 신형 타이탄들을 개발, 또는 구입하기 위해 노력하기 시작했다. 그다음의 전쟁은 어떤 형태로 벌어질지 아무도 모르므로…….

닥쳐온 운명의 시간

　코린트 제국의 새로운 수도 케락스. 케락스는 코린토비아 지방과 스와덴 지방의 경계에 위치한 교통의 요지에 건설되어 있는 코린트 제2의 도시였다. 과거 스와덴이 코린트의 영역에 편입되기 전, 양국의 모든 산물이 교류되는 요지였기에 엄청난 기세로 발전했었다. 그러다가 스와덴이 코린트에 병합된 후에도 그 기세를 잃지 않고 발전을 거듭해 왔고, 코린트가 낳은 위대한 대마법사 그라세리안 드 코타스가 케락스에 마법 방어진을 설치한 후 더욱 발전했다. 전시라면 몰라도 평상시에는 마법 방어진으로 흘러 들어갈 마나를 실생활에 사용할 수 있도록 해 주는 것이 관례였기에 생활의 편의성에서 근처에 있는 타 도시들을 훨씬 앞섰기에 사람들이 모여드는 것은 당연했다.

그리고 케락스가 두 번째 수도로 정해지게 된 데는 또 다른 실리적인 이유도 있었다. 케락스에는 작기는 하지만 황제의 별궁이 있었기 때문이다. 그렇기에 황실은 케락스로 이사를 왔고, 그와 함께 별궁의 신축 작업이 한창 진행되기 시작했다. 그렇기에 로체스터 공작의 집무실에는 공사하는 소리가 시끄럽게 들려오고 있었다.

"예? 어떻게 그러실 수가 있사옵니까?"

상대의 당황스러운 표정을 재미있다는 듯 바라보며 로체스터 공작은 느긋하게 입을 열었다.

"그럴 수가 있지요. 현재 본국에는 귀국에 타이탄 구입 대금을 지불할 여력이 없소. 그리고 지금은 본국이 안정권을 유지할 수 있을 정도로 신형 타이탄을 제작하는 것이 우선이겠지요. 이점을 이해해 주시리라 믿소."

"그럴 수는 없지 않사옵니까? 그때 타이탄을 본국에서 구입하면서 10분의 1은 선불로, 나머지는 20년 분할 상환으로 못 박지 않았사옵니까? 그런데 대금은 고사하고 처음 주기로 약조하셨던 선금도 전쟁 중이라며 물건만 가져갔을 뿐, 대금은 며칠 후에 지급한다고 말씀하시고서 차일피일 그 지급을 미뤄 오고 있으니, 도대체 우리가 어떻게 코린트나, 공작 전하를 믿을 수 있단 말이옵니까?"

열이 올라서 씩씩거리는 알카사스 사신의 얼굴을 보며 로체스터는 미안하다는 표정을 한껏 지었지만, 사실 미안한 마음은 하나도 없었다.

"우리가 그 돈을 떼먹겠다는 것이 아니지 않소? 다만 지금 상황이 안 좋으니까 조금 더 연기해 달라는 말이지요. 그리고 그에 따른 이자도 지불해 줄 용의가 있소. 몇 년만 기다려 주시오. 모든 구입 대금과 함께 이자까지 톡톡히 지불해 드리리다. 그리고 이건 그대에게 드리는 내 자그마한 성의니 받아 두시오."

로체스터 공작이 내미는 작은 가죽 주머니를 바라보며 사신은 약간은 누그러진 어조로 말했다.

"이게 뭣이옵니까?"

"열어 보면 자연히 알게 될 텐데, 뭘 묻고 그러시오? 돌아가는 여비에나 보태 쓰시오. 내 작은 성의요."

가죽 주머니 안에는 여러 가지 색상의 보석들이 잔뜩 들어 있었다. 뭔가 형태가 있는 세공품이라면 몰라도 이런 식의 보석 알맹이들의 경우 팔아먹기도 쉬웠고, 또 꼬투리가 잡힐 염려도 거의 없었다. 그리고 보석의 양으로 봤을 때 평생 쓰고도 남을 정도로 막대한 액수인 것은 틀림없었기에, 사신의 눈빛은 슬며시 탐욕으로 물들기 시작했다.

"자자, 빨리 집어넣으시오. 물론 그때 발생한 타이탄 구매 대금은 이자까지 합쳐서 나중에 줄 테니 몇 년만 참아 달라고 그대가 윗사람들에게 말을 잘 전해 주시오."

"하, 하지만 전하. 이러시면……."

"내 방의 주위에는 수십 명의 그래듀에이트와 마법사들이 경비하고 있소. 결코 그대에게 누가 돌아가게 하지는 않을 것이오. 내가 그 돈을 떼먹겠다는 것이 아니지 않소? 이자까지 모두 다 상환

해 주겠다는데 무슨 딴 말이 필요하겠오? 그대는 상환 시일을 몇 년만 뒤로 늦춰 주면 되오. 그리고 내가 들은 정보로는 요즘 들어 알카사스에서 주력 타이탄을 가이아급으로 대체하고 있다고 하던데 사실이오?"

알카사스는 요즘 들어서 강대국들이 치열한 군비 경쟁을 시작했기에 그에 위협을 느끼고 주력 타이탄을 노리에(1.02)에서 가이아(1.32)로 교체하는 작업을 한창 진행하고 있었다.

"예? 예, 그렇사옵니다."

"으음, 그렇다면 거기에서 대체된 노리에급 타이탄들은 어떻게 한다고 하던가요?"

"예? 물론 지금까지 그렇게 해 왔듯이 판매해야 하지 않겠사옵니까?"

"그래서 하는 말인데, 그걸 본국에다가 판매해 달라고 주선 좀 해 주시오. 그대도 여기에 오기 전에 아마 말을 들었을 거요. 이제 쓸 만한 타이탄은 코린트에 1백여 대 정도밖에 안 된다는 것을 말이오. 지금 크루마와 크라레스가 힘을 합쳐 밀어붙인다면 우리 나라는 망할 수밖에 없지. 안 그렇소?"

공작이 솔직하게 털어놓자, 사신은 의외라는 듯이 그를 바라봤다. 코린트가 이번 전쟁을 치루면서 엄청나게 약화되었다는 것은 공공연한 비밀이기는 했지만, 그래도 이렇게 중요한 정보를 말하는 이유가 뭔지 궁금했다.

"예, 소인이 알고 있는 바도 그렇사옵니다. 하지만 코린트에는 세 명의 마스터가 있고, 또 뛰어난 기사들이 많지 않사옵니까?"

사신의 말에 로체스터 공작은 일부러 슬픈 표정을 지어 보였다.
"어허, 그게 아니오. 두 나라가 함께 공략해 들어온다면 마스터의 숫자도 비슷해지지. 크라레스에 두 명이 있고, 크루마에는 한 명이 있으니까 말이오."

크라레스에 마스터가 두 명이나 있다는 말에 사신의 눈썹이 꿈틀했다. 그로서는 그런 정보를 들은 적이 없었던 것이다. 그런데 가만히 생각해 보니, 크라레스에서 뭔가 믿는 구석이 있었으니 코린트를 침공했을 것이고, 또 코린트는 그 막대한 땅덩어리를 뺏기고도 휴전을 할 수 밖에 없는 지경까지 들어간 것이 아닐까?

"사실이옵니까?"

"그럼, 내가 왜 그대에게 거짓말을 하겠소? 오히려 우리 코린트가 반석과 같이 안전하다고 떠들어 대는 것이 거짓말이겠지. 그래서 하는 말인데, 코린트가 망하면 귀국은 우리나라에 타이탄을 판매했던 대금을 어떻게 회수할 거요?"

"그야……."

그 막대한 금액을 날릴 수밖에 없다는 것을 알고 약간 당황한 표정을 짓고 있는 사신을 향해 공작은 차근차근 설명해 들어갔다.

"이제 알겠소? 귀국이 판매 대금을 받아 내려면 본국이 망하지 않게 도와줘야 한다는 것을 말이오. 내 말이 거짓인지 사실인지는 조사해 보면 알 거요. 본국은 지금 개국 이래 최악의 상태에 직면해 있소. 지금 우리들을 도와줄 수 있는 것은 귀국뿐이오. 이제 몇 년 지나지 않아 코린트는 다시금 힘을 회복할 거요. 그때는 결코 귀국의 도움을 잊지 않을 것이오. 무슨 말인지 이해하겠소?"

"예."

"노리에급을 우리에게 판매할 수 있도록 손을 써 주면 내가 방금 줬던 보석의 두 배를 그대에게 줄 거요. 그러니 힘 좀 써 보시오. 그대만 믿겠소."

로체스터 공작은 보석 주머니를 품속에 소중히 감추고 문을 나서는 사절의 뒷모습을 향해 비웃음을 흘려보냈다.

"멍청한 녀석……."

물론 로체스터 공작은 이번 거래가 성사될 것을 믿어 의심치 않고 있었다. 그만큼 지금 코린트는 최악의 상태였고, 또 알카사스는 원금이라도 회수할 목적으로 코린트를 도와야 하는 것이 정석이었다. 안 그러면 그 막대한 금액을 통째로 날릴 가능성도 있었다. 그리고 코린트는 원체 저력 있는 국가였기에, 조금만 도와주면 금세 일어설 것은 분명한 사실이었기 때문이다.

원래가 빚이라는 것은 웃기는 속성을 가지고 있어서, 그 부채가 작을 때는 채권자가 채무자를 들볶을 수 있는 힘을 지니게 마련이다. 하지만 일정 수준 이상 채무가 늘어났을 때는 정반대의 양상을 띠게 되는 것이다. 채무자가 큰소리를 치게 되고 채권자는 제발 원금이라도 돌려주거나 아니면 원금의 반이라도 돌려달라고 사정하게 되는 것이 현실이었다.

로체스터 공작은 키에리가 알카사스에 만들어 놓은 이 막대한 부채를 상환할 생각이 전혀 없었다. 오히려 빚을 더욱 불려놓을 생각이었다. 그런 후 코린트의 힘이 다시금 막강해졌을 때, 그 빚을 갚건 그렇지 않건, 그건 그때 가서 마음 내키는 대로 처리할 생각이었던 것이다.

가을도 이제 늦었는지라 아침, 저녁으로는 제법 찬 기운이 돌았다. 아르티어스 어르신은 오늘도 서류 더미에 파묻혀 있었다. 차라리 레어로 돌아갈까 하는 생각이 들긴 했지만, 그래도 적적한 레어로 돌아가는 것보다는 활발하기 그지없는 이 신생국에 머무르는 생활이 훨씬 더 자극적인 건 사실이었기에, 그는 아들에게 투덜거리면서도 일부러 남아 있었다.

아들 녀석은 처음에 아르티어스에게 갖은 아양을 떨며 몇 가지 일을 시켰다. 그녀로서는 손이 열 개라도 모자라는 상황이었기에 당연한 일이었다.

아르티어스는 그녀의 애교에 홀딱 넘어가서는 전혀 할 생각이 없었던 일을 떠맡고 말았다. 이렇게 된 이상 후딱 해치우고 쉬자는 생각에서 아르티어스는 그 일을 빨리빨리 처리했다. 안 해서 그렇지, 일단 하려고만 들면 어떤 일이든 처리하지 못할 것이 없는 아르티어스였다. 그는 드래곤이었고, 드래곤의 머리가 뛰어나다는 것은 누구나가 인정하는 사실이었으니까 말이다.

아르티어스 어르신은 지금에서야 그때 왜 자신이 그토록 열심히 일을 했었는지 후회막급인 심정이 되어 있었다. 일단 자신이 일을 잘 처리한다는 것을 알아챈 아들놈은 그다음부터 갖은 수단과 방법을 다 동원하여 애비에게 중노동을 강요하고 있는 것이다.
 아르티어스는 끝이 날 것 같지도 않은 일을 하다가 하다가 질렸는지 자리에서 일어섰다. 그런 다음 찬장을 열고 미네르바가 뇌물로 갖다 바친 포도주를 꺼내어 한 잔 따라서 음미하며 마시기 시작했다. 포도주의 그윽하고도 풍요로운 맛과 향이 그를 매료시키고 있었다.
 얼마 전까지 그 지독한 레드 드래곤을 마셔야만 했다는 것이 그로서는 악몽과 같이 느껴졌다. 그것도 다 자신과 술에 있어서는 극과 극의 취향을 지닌 아들놈의 탓이었다. 아들놈은 독하기만 하면 어떤 술이든지 다 좋아했으니까 말이다.
 "그러고 보니 겨울도 머지않았군. 이제 조금 더 지나면……"
 그러다가 갑자기 아르티어스에게 떠오르는 생각이 있었다. 요즘 너무 바쁘다 보니 그 중요한 것을 잊어버리고 있었던 것이다.
 "설마, 오늘이 그날인가? 가만있자, 계산을 해 보자구."
 한참 머리를 굴리던 아르티어스는 자신의 짐작이 맞았다는 것을 확신할 수 있었다. 그리고 그 순간 아르티어스는 아들의 방을 향해 달려가고 있었다.

다시 나타난 정령왕 나이아드

"히야! 정말 오랜만에 보는 경치구먼."

다크는 문득 자신의 눈앞에 펼쳐져 있는 풍경이 오래전에 아주 신물 나게 봤던 것임을 깨달았다. 정령왕 나이아드에게 걸려서 엄청나게 고생하던 매일 매일이 악몽과 같았던 그때. 사실 그때는 모든 것이 시커멓게 보였을 뿐 주위 경관이 보이지는 않았었다.

하지만 점점 시간이 지나면서 경관들을 볼 수가 있었고, 제일 마지막에 나이아드와 만났을 때는 아주 확연하게 이 작은 이상한 세계를 볼 수 있었다.

"그놈이 아는 곳은 여기밖에 없나? 맨날 여기로 불러내는 것을 보면……."

그녀는 좌우를 두리번거리다가 호수 옆에 있는 바위를 하나 찾아내고는 그곳에 가서 앉았다. 새파랗게 빛나는 호수는 대단히 아름답게 보였지만, 그 안에 물고기는 살고 있지 않았다. 또 새파란 하늘과 호수 주변에만 있는 몇 그루 안 되는 나무들. 그 외에는 사막과 같은 드넓은 척박한 대지였다.

다크가 느긋한 표정으로 기다리고 있을 때, 호수의 물이 갑자기 치솟기 시작하더니 어느 순간 잘생긴 남자가 나타났다. 그 남자는 황금빛 머리카락을 뒤로 쓱 쓸어 넘긴 후 꼭 땅 위에서 걷듯 물 위를 천천히 걸어왔다.

"오랜만이로군."

오만한 표정으로 인사하는 상대를 향해 다크는 무표정하게 대답했다.

"나 역시! 그런데, 아직도 나한테 볼일이 남아 있나?"

"물론, 남아 있지. 이제 약속한 1년도 다 되었으니 나에게 협조를 해 줘야 하지 않겠나?"

상대의 말에 다크는 어리둥절한 표정으로 대답했다.

"약속한 1년? 무슨 말인지 모르겠군. 그리고 협조는 무슨 협조?"

상대의 반응에 나이아드는 고개를 절레절레 흔들며 말했다.

"이런, 이런……. 아르티어스가 아무 말도 하지 않았던 모양이군. 나를 위해서 한 가지 일을 좀 해 줘야겠어."

나이아드가 자신만만하게 말하자, 다크는 재빨리 답했다.

"거절한다."

"뭐야? 무슨 일인지 들어 보지도 않고 거절이야?"
"들어 보나 마나야. 나는 남의 일 해 주는 것을 별로 좋아하지도 않고, 네 녀석처럼 뻔뻔하게 부탁해 오는 놈의 청을 들어줄 정도로 할 일이 없는 것도 아니야."
"쯧쯧…, 이런 식이라면 전번과 달라진 점이 하나도 없군. 네년은 꼭 두들겨 맞아야 말을 듣는 타입인 모양이지?"
나이아드가 이죽거리며 말하자, 다크는 슬며시 몸속의 마나를 움직이며 자신의 몸 상태가 최적의 상태라는 것을 재삼 확인했다. 몸 상태는 정상, 그렇다면 겁날 것은 하나도 없었다.
"글쎄, 그게 뜻대로 될까?"
"정 소원이라면 몇 대 때려 주고 다시 대화를 시작해 보기로 하지."
그 순간 나이아드의 몸에서 수십 가닥의 미세한 물줄기가 뻗어나가 다크를 강타했다. 하지만 다크의 몸 주위에 생겨나기 시작한 푸르스름한 막을 뚫지는 못했다. 소녀가 자신의 공격을 간단하게 막아 내 버리자 나이아드는 의외라는 표정을 지었다.
전에 미쳤을 때 만났을 당시에도 상당히 강하기는 했었지만, 이 정도는 아니었던 것이다. 그때 정도 실력이라면 조금 어렵기는 하겠지만 못 할 것도 없겠다 싶어 찾아왔는데, 해괴한 마법을 써서 자신의 힘을 차단하다니?
"그게 무슨 마법이냐?"
"멍청하기는……. 말 못 해 주겠으니까 한번 맞혀 봐라."
그때부터 소녀의 가공할 만한 공격이 시작되었다. 나이아드는 소녀의 공세를 막는 데 급급한 형편이었지만, 한 가지는 알 수 있었다. 소녀는 여태까지 단 한 번도 주문이나 시동어 따위를 외친 적이 없었다는 것.

엄청난 강기(剛氣)의 회오리가 덮쳐 오며 나이아드가 구축한 거대한 물의 장벽을 갈기갈기 찢어 버렸다. 강철도 뚫는 물의 힘이었지만, 소녀가 뿜어내는 힘은 그보다 더욱 강했던 것이다.

"크으윽!"

나이아드의 형체는 엄청난 힘에 의해 찢겨져 나갔고, 소녀는 이죽거리며 서서히 나이아드가 있던 곳에 다가가 자신의 작품을 감상했다. 하지만 그곳에는 아무런 흔적도 남아 있지 않았다.

"물의 정령왕이니까 물로 도망쳤나? 크흐흐흐, 그렇게 하면 내가 어떻게 하지 못할 것 같아?"

순간적으로 소녀의 손에서 푸른빛이 튀어 나오더니 쑥쑥 자라서 하나의 검의 형상을 만들어 냈다. 소녀는 막강한 기(氣)를 투입해서 검의 형상을 만들어 내자마자 그것을 나이아드가 사라졌던 그 얕은 호수 바닥을 향해 거침없이 쑤셔 넣었다.

쿠콰콰콰콰…….

그와 함께 거대한 기의 충돌로 인해 발생한 반구형의 강기 덩어리가 급속도로 사방으로 퍼져 나가며 호수에 고인 물과 충돌을 일으켰다. 엄청난 굉음을 울리며 주위의 공간이 찢어질 정도로 파괴되고 있었다. 그야말로 엄청난 위력!

소녀는 주위가 황폐화되다 못해 완전히 박살이 나고, 자신이 서 있는 곳 주위에 거대한 웅덩이가 생겼는데도 만족하지 못했는지 또다시 그 기술을 사용했다. 엄청난 힘이 사방으로 퍼져 나가는 그 순간 더 이상 소녀의 힘을 감당하지 못하고 나이아드가 만들어 놓은 공간이 찢어지듯 박살 나 버렸다.

"어? 여기는?"
다크는 잠에서 깨어나자마자 재빨리 눈동자를 굴려서 주위를 둘러봤다. 그곳에는 자신을 향해 애처로운 눈길을 보내고 있는 아르티어스가 서 있었다.
"이 밤중에 무슨 일이에요?"
아르티어스는 어색한 미소를 지으면서 변명했다.
"네가 잘 있는지 궁금해서 와 봤지."
"맡긴 일은 다 끝내고 여기서 노닥거리고 계신 거예요?"
아들의 말에 아르티어스는 헛바람을 삼키며 변명에 급급했다.
"저, 그게 그러니까 말이다. 아직 다 끝내지는 못했는데, 아마도 내일 점심때쯤이면 끝낼 수……."
"빨리 나가서 일해요. 여기에서 노닥거리지 말구요. 내일 아침까지 끝내라구요. 드래곤은 한꺼번에 1년도 잘 수 있지만, 그 반대도 가능하다고 자랑했었잖아요. 빨리 안 가요?"
다크는 아르티어스의 변명을 들을 생각도 안 하고 몰아붙이기 시작했고, 아르티어스는 왜 자신이 그 일을 해야만 하는지 아리송한 표정을 지은 채, 신세 한탄만 늘어놓으며, 돌아가서 일이나 할 수밖에 없었다.
"에구구구…, 내 팔자야……."

아르티어스가 나가고 난 후 다크는 몸을 일으켜 옆에 놔뒀던, 미네르바가 선물한 크루마산 브랜디, '블랙홀'을 한 모금 마신 후 아쉬운 듯 투덜거렸다.

"아깝다. 완전히 끝장을 낼 수 있었는데……."

다크는 가볍게 입맛을 다시며 다시 잠을 청하기 시작했다. 나이아드란 놈이 한 번 더 자신의 눈에 띄기만 하면 다시는 자신의 앞에 나타날 엄두도 내지 못하게 만들어 버릴 작정이었다.

소녀의 숨소리가 점차로 잦아들기 시작하자, 소녀가 끼고 있던 반지에서 물줄기가 천천히 흘러나오더니 방금 전 소녀와 격투를 벌였던 바로 그 황금빛 머리카락을 길게 기른 아름다운 청년의 형상을 만들어 냈다.

"젠장! 정말 이 계집이 호비트가 맞기는 맞는 거야? 내가 5천년 전에 공들여 만들어 놓은 세계를 완전히 박살 내 버리다니……. 어떻게 호비트 계집애 따위에게 공간을 박살 낼 정도의 힘이 있는 거지? 그런 공간은 밖에서는 깨기 쉽지만 안에서 부수기는 거의 불가능에 가까운데 말이야. 하기야, 저 정도 힘이 있으니까 이용 가치가 있는 것이지만……. 그런데 내가 원하는 것보다 너무 강하다는 것이 문제로군."

나이아드는 도저히 닭 모가지 하나 비틀지 못할 것 같은 순진한 얼굴을 하고 평화로운 표정으로 잠들어 있는 소녀를 믿을 수 없다는 듯 쳐다봤다.

"으으윽! 저 아이를 어떻게 하면 이용할 수 있지? 지금 그녀의 힘은 내가 이 공간에서 발휘할 수 있는 힘의 한계를 넘어 서 버렸어. 조금만 탈출하는 것이 늦었다면 심각한 정신적 타격을 받을 뻔했을 정도니까 말이지. 그렇다고 꼬마 애 하나를 상대하자고 다른 정령왕에게 부탁하자니 자존심이 걸리고……. 으음…, 이래저래 문제구만. 저 아이를 끌어들이는 것은 좀 더 궁리를 해 봐야겠어."

나이아드는 깊이 생각하는 듯한 모습을 유지하는 듯하더니 순간적으로 물이 되어 허물어졌다.

아주 오랜 친구의 만남

"이봐, 가스톤! 황금 비축분은 얼마나 되지?"
"예? 어디에 쓰시려는지 용도를 말씀하셔야죠. 용병도 더 고용해야 하고, 기병대도 만들어야 하고, 아르곤 국경에 요새도 몇 개 건설해야 하고, 지금 돈 들어가는 곳이 얼마나 많은 줄 아십니까? 용도를 말씀하셔야 우선권을 정해서 금을 드리든 말든 할 거 아닙니까?"

갑작스런 질문에 가스톤은 얼떨떨한 표정을 짓기는 했지만, 곰곰이 생각해 볼 것도 없이 따지고 들었다. 그가 이렇듯 따지고 든 이유는 자신도 정확한 황금 비축량을 모르고 있었기 때문이다. 지금처럼 엄청난 양이 소모되고 또 들어오는데, 그걸 정확히 파악하고 있다는 것 자체가 엉터리였다.

"으음, 이 궁의 겉을 완전히 황금으로 입히려면 금이 많이 들어갈까?"

가스톤은 순간 자신의 귀가 잘못되었는지 착각을 했다. 대답을 기다리는 듯한 다크의 표정으로 봤을 때 자신이 잘못 들은 것은 아닌 것 같았지만 그래도 확인은 필요했다.

"궁의 겉을 황금으로 입힌다고 하셨습니까?"

"응."

가스톤은 어이가 없었다. 이 궁이 작은 것도 아니고, 과거 부유한 상업 국가였던 치레아 왕국의 왕궁 아닌가? 그렇기에 왕궁의 크기도 엄청나게 컸다. 그 표면을 황금으로 입힌다면 1톤이나 2톤 정도로 끝날 일이 아닌 것이다. 그리고 표면에 바르는 것인 만큼 약간은 두껍게 입혀야 비바람에 견딜 수 있을 것 아닌가?

"지금 정신이 있으십니까? 그게 얼마나 많은 황금이 필요한데요. 그리고 금만 있다고 됩니까? 기술자들도 고용해야 하니까 노임도 생각해야 할 거 아닙니까? 지금 할 일도 얼마나 많고, 또 돈이 필요한 곳도 얼마나 많은데, 그런 정신 나간 궁리나 하고 있으신 겁니까?"

"으음, 아마도 그렇겠지?"

"으으…, 조금 말이 심하게 나온 것은 용서하십쇼. 하지만 방금 전에 말씀하신 것은 절대로 안 됩니다."

가스톤은 결사적으로 반대했지만 이 왕궁 주인의 생각은 조금 달랐다.

"흐으으음, 그래도 나는 해야겠어. 그렇다고 세금을 더 거두자는 것은 아니야. 토지에르에게 연락해서 필요한 황금을 보내 달라고 해. 아마도 그 녀석은 보내 줄 거야. 만약 토지에르가 안 보내 준다면 따로 구해 보기로 하지."

다크는 만약에 토지에르가 구두쇠처럼 안 준다면 아르티어스의 금고를 털 생각이었다. 원래가 자신들이 기거할 궁의 겉을 황금으로 입히자는 의견을 낸 것은 다크였지만, 아르티어스도 그 의견을 만족스런 표정으로 찬성한 죄(罪)가 있었다.

만약 그런 사태가 진짜 왔다면 아르티어스는 두말 않고 사랑하는 아들에게 금을 줬을 것이다. 그런 후 토지에르는 아르티어스 어르신에게 으슥한 곳으로 끌려가서 묵사발이 되겠지.

일단 가스톤이 토지에르에게 치레아 대공의 의견을 전하자 의외로 순순히 승낙해 줬기에 가스톤을 놀라게 했다. 토지에르로서야 다크에게 몇 톤이 되었든 황금을 보내 준다고 해도 별로 아까울 게 없다는 것을 가스톤은 미처 몰랐기 때문이다. 토지에르는 가스톤과 일단 의견 조정을 본 후, 다크를 불러 줄 것을 원했다.

"안녕하셨습니까?"

"자네도……. 요즘 바쁠 텐데 웬일인가?"

"하하하, 그래도 대공(大公) 전하만 하겠습니까? 황금은 원하시는 대로 말씀하십시오. 즉각 보내드리겠습니다. 참, 연락이 된 김에 전에 설명해 주신 몇 가지 사항을 확인해 보는 것이 좋겠군요."

그러면서 토지에르는 서류를 뒤적거리기 시작했다.

"확인을 해?"

"예, 타이탄이란 것이 원래가 한 번 만들어지고 나면 다시 손을 본다는 것은 불가능하니까요. 우선, 주문하신 타이탄이 황금색이 맞죠?"

"그래, 될 수 있으면 누런 황금색으로 부탁하네."

"누런… 황금색 말씀이십니까?"

토지에르의 얼굴이 구겨지는 것도 당연했다. 밝은 황금색이라면 미스릴이 있었다. 미스릴 입힌 타이탄의 표면에 페인트를 칠하지 않으면 밝은 황금색을 내기 싫어도 내게 되는 것이다. 하지만 누런 황금색이라니……. 그렇게 되면 미스릴 위에 또다시 황금을 더 입히라는 말이 아닌가?

"응!"

토지에르는 또다시 막대한 추가 지출이 생겼다고 속으로 투덜거리면서 두 번째 질문을 던졌다.

"그리고 머리 형태는 골드 드래곤과 최대한 유사하게 만들어 달라는 말씀이시죠?"

"그렇지."

"예, 아마도 내일쯤 외장 설계도가 완성될 것입니다. 전체적인 파트의 제작이 꾸준히 되고는 있지만, 스바시에 대공 전하께서 개인 타이탄으로 선택하신 카프록시아의 생산이 우선이기에 카프록시아 10대의 생산이 끝난 후에야 생산에 들어갈 수 있을 겁니다. 그러니까 아마도 내년 봄쯤 되어야 끝나겠군요.

그래도 거의 대부분의 파트들이 카프록시아와 동일하니까 이렇듯 생산 기간을 줄일 수 있는 거겠죠. 참, 카프록시아Ⅳ의 이름은 정하셨습니까?"

스바시에 대공 전하라는 것은 예전의 루빈스키 폰 크로아 공작을 말하는 것이었다. 루빈스키도 다크와 마찬가지로 스바시에를 공국으로 하사받았기에 지금은 루빈스키 폰 스바시에 대공으로 불리우고 있었다.

"이름이라……. 아버지는 드라쿤(Drakoon)이라고 부르는 것이 좋을 것 같다고 하던데?"

"아, 예, 알겠습니다. 지금 타이탄을 생산한다고 저도 제정신이 아닌지라, 이만 통신을 끊겠습니다. 될 수 있으면 주문대로 만들죠. 시간이 나시면 크로돈으로 오셔서 설계도도 보시고 마음에 안 드시는 부분을 말씀해 주셨으면 고맙겠습니다. 일단 프로토타입이 제작된 후에는 새로이 변경하기가 아주 힘드니까 말입니다."

"알겠네. 수고하게나."

"예, 안녕히 계십시오."

그라세리안 드 코타스, 아니 카드리안은 드디어 참지 못하고 밖으로 나왔다. 도대체가 자신의 레어 근처에서 떠날 생각을 하지 않고 있는 두 녀석 때문이었다. 일도 바쁠 테니까 며칠 있다가 떠날 것이라고 생각하고 참고 있었지만, 떠나기는커녕 사태가 장기화되자 아예 나무를 잘라서 볼품없는 통나무집까지 한 채 짓는 것을 보고 이들이 쉽사리 떠나지 않을 것을 깨달았던 것이다.

키에리 발렌시아드는 통나무집 앞의 자그마한 바위 위에 앉아

먼 산을 바라보다가 누군가가 다가오고 있다는 것을 깨닫고 고개를 천천히 돌렸다. 그가 천천히 고개를 돌린 이유는 그 기척이 그라세리안의 것과 아주 비슷했기 때문이었다.

그런데 왜 그토록 만나고 싶은 친구였는데도 고개를 천천히 돌렸을까? 그 이유는 상대가 그라세리안이 아니라면 실망감만 더 커질 것이기에 그것이 두려웠던 것이다. 하지만 그곳에는 키에리의 예상대로 그라세리안이 무표정한 얼굴로 서 있었다.

키에리는 친구를 확인하는 순간 자신도 모르게 벌떡 일어섰다. 그의 몸은 이제 거의 완쾌된 상태였기에 동작이 민첩하기 그지없었다. 막 그라세리안을 향해 뛰어들려는 순간 그라세리안의 냉랭한 목소리가 키에리의 행동을 저지했다.

"무슨 일로 왔나?"

키에리는 상대의 쌀쌀맞은 어투에 적이 당황했다.

"자네를 만나고 싶어서 왔네. 내 짐작대로 살아 있었군."

생사를 모르던 친구를 만난 그 흥분된 표정을 조롱하듯 바라보며, 카드리안은 코웃음을 쳤다.

"훗, 누가 감히 나를 죽인다는 말인가? 그래, 그것을 확인하기 위해 여기까지 온 것인가?"

"그렇네."

"이제 확인했으면 만족했을 테니 돌아가게. 자네는 언제나 바쁜 사람이었잖나? 나를 위해 이 정도 시간을 내준 것만 해도 감사한다네. 만약에 나를 데려갈 생각으로 온 것이라면 단념하게나. 난 다시는 그곳에 돌아갈 생각이 없어."

하지만 이번에는 키에리의 반응이 카드리안의 예상과 조금 달랐다. 그는 이미 그 정도는 예상이나 하고 있었다는 듯 말을 이었던 것이다.

"그런가? 그렇다고 해도 상관없네. 일단 들어가세나. 술이라도 한잔해야지."

"내가 술을 별로 좋아하지 않는 것은 자네도 잘 알지 않나?"

"그래도 자네는 포도주를 마셔야 할 의무가 있네. 리사가 죽었거든. 그게 우리들의 규칙이었잖은가?"

키에리의 말에 카드리안은 경악했다. 리사의 검술 실력이 얼마나 대단한지 너무나 잘 알고 있었기 때문이다. 그녀를 죽일 사람은 없을 것이고, 혹시나 병에 걸린 것이 아닐까? 여기까지 생각이 미치자 그는 다급히 사인(死因)을 물어봤다.

"설마? 리사가……. 왜 죽었지? 건강했었는데. 내가 모르는 병에 걸렸었나?"

그라세리안의 물음에 키에리는 쓸쓸한 표정으로 고개를 가로저었다.

"아니, 크루마와의 전쟁에서 전사했지."

"자네들은 기어코 그 전쟁을 벌이고야 말았군. 하지만 크루마에 그녀를 죽일 수 있을 정도로 뛰어난 검객이 있었나? 참, 그렇군. 미네르바라면 가능했을지도……."

"미네르바는 아니었어. 미네르바는 로체스터가 상대하고 있었지. 루엔이라는 젊은이였네. 복수는 내가 해 줬지."

이제 대충 상황이 어떻게 돌아간 것인지 감을 잡은 카드리안은 웃음을 터뜨렸다. 하지만 그의 웃음소리에는 왠지 쓸쓸함이 묻어 있었다.

"하하핫, 그렇다면 자네가 원하는 대로 되었겠군. 크루마는 멸망했을 테고, 친구의 복수도 완성했고. 그런데 여기에는 왜 왔나? 새로운 점령지를 다스리기에도 시간이 모자랄 텐데 말이야."

그런 카드리안을 이해할 수 없다는 듯 바라보다가, 키에리는 뭔가 짚이는 부분이 있었는지 고개를 가로저으며 말했다.

"자네는 진짜 아무것도 모르는 모양이군. 이번 전쟁에서 코린트는 패배했어."

그라세리안은 그 말을 듣고 너무나도 놀라서 잠시 동안이지만 할 말을 잊을 정도였다.

"설마? 농담이겠지."

"진짜일세. 자네가 한번 알아 보면 바로 들통 날 거짓말을 왜 하겠나? 크루마에게 쟈코니아 산맥 동쪽을 다 뺏겼고, 크라레스에게는 크로나사를 뺏겼지. 이제 더 이상 싸울 여력이 없어서 휴전했다고 하더군."

"자네가 있는데도 그 모양이 되었나?"

"아니, 나는 죽은 걸로 되어 있네. 크루마 전쟁의 패전 책임으로 참수형을 당할 위기에 처해 있는 것을 로체스터가 구해 준 것이지. 나는 크루마에서 전사한 것으로 되어 있어. 그 덕분에 크라레스 전쟁에는 참전해 보지도 못했지."

"그럴 수가……. 아무리 적의 타이탄이 강하다고 하더라도 인간이 조종하는 이상 조종하는 사람의 실력이 많은 비중을 차지하게 되어 있어. 코린트에는 다섯 명의 마스터가 있었는데, 어떻게 크루마 따위에게 패전할 수 있다는 말인가?"

키에리는 쑥스러운 듯 미소 지으며 말했다.

"나보다 더 강한 고수가 있었지."

"미네르바가 그렇게 강했다는 말인가?"

"아니, 미네르바가 아니라 금발을 길게 기른 소녀였네. 크라레스의 다크 폰 로니에르 공작이라고 하더군."

"금발? 그렇다면……?"

카드리안에게 짚이는 사람이 있었다. 자신에게 도전했던 그 맹랑한 호비트 소녀. 그 소녀도 잡티 없는 금빛 머리카락을 길게 길렀었다. 자신의 브레스를 손쉽게 막아 냈고, 골드 드래곤 아르티어스를 양아버지로 삼고 있는 불가사의한 소녀. 아마도 그녀라면 키에리와 싸워서 승리했을 가능성도 있었다.

"자네는 이미 알고 있는 모양이군. 제임스는 자네가 행방불명되었을 때 조사해 본 후, 그녀가 자네를 죽인 것이 아닌가 추측했었네. 그러니까, 자네가 그 소녀와 만나기는 만난 거였군."

"쩝, 만났었지."

"싸운 흔적이 있다고 들었는데, 사실인가?"

카드리안은 고개만 살짝 끄덕여 그것이 사실임을 증명해 주었다.

"자네가 은거한 것과 그 소녀가 관계가 있나?"

"아니, 나 혼자만의 결심이었네. 더 이상 있을 필요를 못 느꼈지."

"한 번만 더 조국을 위해 일해 주지 않겠나? 이 상태라면 코린트는 멸망의 길을 걸을 수밖에 없네. 적은 너무나도 강하고 코린트의 힘은 쇠약해져 있어. 자네가 도와준다면 또다시 우리들의 조국을 강대하게 탈바꿈시킬 수가 있어. 제발 도와주지 않겠나?"

카드리안은 고개를 가로저으며 쓸쓸한 표정으로 말했다.

"아니, 사양하겠어. 나는 이제 코린트의 일에는 손뗐어. 자네도 쓸데없이 나서지 말고 이 기회에 은퇴하게나."

"그 소녀는 대단한 실력의 기사일세. 이렇게 혼자 있어서는 그 소녀에 대한 복수도 불가능해. 기사와 싸우는 데는 마법사보다는 기사가 좋다는 것을 자네도 잘 알지 않나?"

"아까도 말했지만, 내 은퇴는 소녀와 무관하네. 소녀의 일과 코린트를 연관짓지 말게. 사실 전력을 다한다면 그 소녀쯤이야 그렇게 무섭지 않아. 정작 무서운 것은 그 소녀의 후견인(後見人)이지."

후견인? 키에리에게도 언뜻 짚이는 것이 있었다.

"후견인이라면 소녀와 함께 왔던 마법사 말인가?"

"그래 그 마법사 말일세. 그 사람을 봤나?"

카드리안의 질문에 키에리는 고개를 가로저었다. 그는 제임스의 보고서를 통해 그라세리안과 소녀의 뒤를 추격하듯 공간 이동해 들어간 마법사가 한 명 있다는 사실만을 알고 있을 뿐이었기 때문이다.

"아니, 얘기만 들었지."

"그를 화나게 해서는 안 돼. 그는 사람이 아니라 골드 드래곤이야. 말토리오 산맥의 지배자지."

카드리안의 말에 키에리는 경악했다.

"드래곤이라고?"

"그렇다네. 그리고 그녀의 양아버지이기도 하지. 그는 유희를 위해 인간 세상에 나온 것이 아니라 자신의 딸을 위해 나온 것일 뿐이야. 그렇기에 그에게는 유희의 규칙 따위는 중요하지 않아. 만약 소녀가 잘못된다면 사태는 겉잡을 수 없는 방향으로 흐르게 되어 있어. 그 소녀가 소속된 나라가 적이라면 처음부터 손떼는 것이 좋아. 무슨 일이 있어도 승리는 불가능해."

"자네가 하는 말의 뜻은 대충 이해하겠는데, 유희라는 것이 뭔가?"

카드리안은 잠시 망설이는 것 같았지만 이윽고 결심이 섰는지 천천히 말문을 열었다.

"드래곤은 엄청난 수명을 가진 종족이야. 거의 8천 년 가까이 살 수 있지. 그렇기에 그들은 그 오랜 삶에서 오는 권태에서 벗어나기 위해 다른 생명체의 삶을 즐긴다네. 예를 들어 용사로 변해서 세상을 호령하기도 하고, 오크가 되어 산적질을 하기도 하지. 그걸 보고 유희라고 부르는 거야. 단, 이 유희에도 드래곤들끼리 무언중에 정해 놓은 규칙이 있지.

사실 이 규칙이 뭐 그렇게 중요한 것은 아니지만 드래곤들은 자신의 생명에 지장이 없는 한 지키려고 노력한다네. 사실 자신이 처한 상황이 어렵다고 해서 번번이 드래곤으로 되돌아간다면 그 생물의 삶을 체험하는 자극적인 유희가 될 턱이 없잖은가? 하지만 아르티어스의 경우 유희를 위해 그 소녀를 따라 나온 것이 아니라는 말이지."

이런 말은 듣기에도 처음인지라 키에리는 문득 혹시나 코타스가 드래곤일지도 모른다는 생각까지 들 정도였다. 그만큼 드래곤들의 생활은 베일에 싸여 있었던 것이다. 하지만 몇 억이 넘는 인구에 비했을 때 드래곤은 몇백 마리도 안 되었다. 그리고 그들 중에서 트랜스포메이션하여 세상을 떠도는 드래곤은 몇십 마리도 안 된다. 이는 사람이 세상을 살아가면서 트랜스포메이션한 드래곤을 만날 가능성이 진짜 거의 없다는 것을 뜻했다.

그렇기에 키에리는 자신에게 그렇게 낮은 가능성이 찾아올 리는 없다는 이성적인 생각도 함께 들었던 것이다. 그는 애써 코타스가 드래곤일지도 모른다는 망상을 지워 버리며 자신이 의아하게 생각하고 있는 것을 질문했다.

"자네, 그걸 어디서 들었는가?"

"어디서냐고? 그러니까……."

카드리안은 일부러 좀 뜸을 들이며 변명할 여유를 잡은 후 답변을 시작했다.

"여기 사는 블루 드래곤 카드리안에게서 들었지. 자네도 알다시피 나는 카드리안의 영역 안에서 살고 있네. 서로가 이웃이니까 한 번씩 만나기도 하지."

"그렇다면 자네, 드래곤과 친하다는 말인가?"

"아니, 친한 것은 아니고 서로 아는 척은 하는 사이라는 말이지. 어쩌다 한 번씩 만나기도 한다네. 운이 좋다면 같이 차 한 잔씩 하면서 얘기를 하기도 해. 원래가 드래곤은 그 오랜 삶에 염증을 느끼는 생명체니까 그런 파격적인 행동도 가능하지. 하지만 그것뿐, 더 이상 관계가 진척되지는 않더군. 왜냐하면 드래곤은 원래 사람을 매우 하등한 족속 정도로 생각하고 있으니까 우정 따위가 싹틀 수가 없어. 그런데 아르티어스와 그 소녀는 매우 예외적인 경우지. 어떻게 그런 관계가 되었는지는 나도 모르겠지만 일단 그녀는 아르티어스의 양녀고, 그녀를 건드리면 안 된다는 것은 분명한 사실이야."

"역시, 자네를 만나니까 모든 궁금증이 해결되는군. 자네는 정말 없어서는 안 될 친구야. 제발 나하고 함께 산을 내려가세. 조국 코린트는 지금 자네를 원하고 있어."

"나는 사양하겠네. 그렇게 좋다면 자네나 가 봐. 나는 이 말을 하고 싶어서 온 거였어."

카드리안은 그 말을 끝으로 갑자기 사라져 버렸다. 어딘가로 공간 이동을 해 버린 것이다. 키에리는 오랜 친구의 결심이 확고하다는 것을 오늘의 대화로 깨달을 수 있었다. 그리고 다크라는 무서운 적의 존재에 대해서까지도…….

다크의 실종

키에리가 블루 드래곤 카드리안을 만나고 있던 그때, 치레아 공국에서는 갑작스런 다크의 실종으로 난리가 나 있었다. 웬만한 직위에 있는 인물이 실종되었다고 해도 어떻게 된 것인지 철저히 조사하는데, 행방불명된 대상이 치레아 공국의 주인인 치레아 대공 전하이니 그것은 당연했다.

"아, 아르티어스 님! 대공 전하께서 갑자기 사라지셨습니다."

장교의 보고에 아르티어스는 아들의 야속함을 원망하기 시작했다.

"뭐야? 이 녀석이 애비를 놔두고 어디로 튀어 버린 것이지? 그래! 모든 일은 나한테 떠넘기고 튀어 버렸다 이거지. 자기 혼자만 어딘가를 여행하면서……. 에휴, 내 팔자야."

원망스레 말하는 아르티어스에게 장교는 재빨리 자신의 말을 정정해서 보고했다. 아르티어스가 사건의 본질을 완전히 잘못 이해하고 있었기 때문이다.

"그게 아닙니다. 실종되셨다는 말입니다. 그곳에 가 보십시오. 입고 계시던 옷가지만 남겨 두고 갑자기 사라지셨다니까요?"

"뭐라고 옷가지를 남겨 두고?"

그제야 사태의 중요성을 깨닫고 아르티어스는 그곳으로 달려가기 시작했다. 아르티어스가 알고 있는 한 다크는 공간 이동 마법을 알지 못했기 때문이다. 아르티어스가 사건의 현장에 도착했을 때 가장 먼저 눈에 띈 것은 시선을 압도할 정도로 거대한 강철 구조물이었다.

"이게 왜 나와 있는 거야?"

바로 그 강철 구조물은 다크가 사용하던 청기사였다. 아르티어스는 청기사의 흉부에 자신을 비꼬아 만든 골드 드래곤의 문장이 붙어 있는 것을 보고, 이게 다크가 사용하던 타이탄이라는 것을 재빨리 눈치 챘다. 아르티어스는 청기사에게 다가가서 물었다. 타이탄은 주인과 정신적으로 연결되어 있기에 어떻게 된 노릇인지 가장 확실히 알고 있을 것 같았기 때문이다.

"너는 왜 나와 있는 거지? 주인하고 같이 간 것이 아니었냐?"

그러자 안드로메다는 굵직한 음성으로 대답했다. 원래 주인이 있는 타이탄이라면 주인 외의 인물과 대화할 수 없었지만, 그에게는 지금 주인이 없었다.

〈갑자기 주인과의 맹약이 해지되었다.〉

"그렇다면 다크가 그 맹약을 해지한 거야?"

〈그것은 아니다. 만약 주인이 그런 말을 했더라도 나는 결코 들어주지 않았을 테니까. 주인의 존재가 갑자기 사라지면서 맹약이 깨진 것이다.〉

아르티어스는 청기사가 하는 말의 의미를 파악하고는 놀라서 외쳤다.

"맹약이 깨졌다고? 골렘의 맹약은 그렇게 쉽게 깨질 수가 없는 것인데, 도대체 일이 어떻게 돌아가는 것이냐? 거기 덩치! 너는 다크가 없어지는 것을 봤냐?"

갑자기 아들이 없어진 것으로 인해 누군가 걸리기만 하면 가루로 만들겠다는 것을 여실히 드러내는, 광기를 머금은 아르티어스의 눈과 마주치자 팔시온은 '팔시온'이라는 자신의 자랑스러운 이름을 놔두고 '덩치'라고 간단히 축약해서 말한 상대에게 항의할 말이 목구멍 밑으로 쑥 내려가는 것을 느꼈다.

그는 아르티어스의 공포스러운 눈동자를 마주하면서 온몸이 쪼그라드는 것만 같은 위압감을 느꼈지만 사력을 다해 말했다. 만약 말하지 않으면 진짜 아르티어스에게 찢겨 죽을 것 같은 느낌이 들었기 때문이다. 팔시온으로서는 그야말로 이렇게 무섭게 보이는 아르티어스의 모습은 맹세코 처음이었다. 도대체 입만 열지 않으면 미녀와 혼동하기 쉬운 저 아름다운 얼굴에서 저런 광기와 살기가 어떻게 뿜어져 나오는 것일까? 또 아무리 미녀가 미치도록 화를 낸다고 해서 이렇듯 다리가 떨릴 정도의 공포감을 느낄 이유가 없는 것이다.

어쨌든, 평상시에는 다크에게 끽소리도 못 하고 끌려 다니는 팔푼이 아빠쯤으로 인식되고 있었던 아르티어스였기에, 도대체가 저 사람이 그 사람이 맞는지 의문이 솟아오를 지경이었다. 이 세상에서 다크가 어리광을 부리는 유일한 존재가 아르티어스이듯, 평소에 팔시온이 대하는 얼빠진 아르티어스의 모습은 이 세상에서 단 한 사람뿐인 다크의 앞에서만 나타나는 것이라는 것을 팔시온은 여태까지 모르고 있었던 것이다.

"대공 전하께선 제스터에게 검술을 가르치시던 도중에 갑자기 사라져 버리셨습니다. 그야말로 갑자기 몸통이 쓱 사라지면서 옷가지와 검이 땅바닥으로 투둑 떨어졌습니다. 제가 미친 것이 아니라 정말이라구요. 저기 옷가지들이 그걸 증명하고 있잖아요. 안 그러냐, 제스터?"

우연히 그들 주위에서 검술을 연마하다가 증인이 되어 버린 팔시온은 땅바닥에 떨어져 있는 옷가지와 검을 가리켜 보이며 그때 상황을 말했지만, 아르티어스가 자신의 말을 믿는 것 같지 않자 식은땀을 흘리며 제스터에게 팔밀이를 했다.

로체스터 공작에게 지시받은 대로 제스터는 전쟁터에서 열과 성을 다해서 다크에게 봉사했고, 그것을 인정받아 이곳까지 왔다. 물론 치레아에는 다크를 시중드는 세린이 있었다. 그렇기에 제스터는 요즘 다크의 시중을 드는 대신 그의 간단한 심부름을 하면서 지내고 있었고, 다크는 검술에 대한 제스터의 비범한 재능을 눈치 채고는 요즘 그를 가르치는 데 조금씩 시간을 투자해 주고 있었다.

제법 검술을 익혔고, 키도 제법 크다고 하지만 제스터는 이제 겨우 열여섯 살 정도의 미숙한 청년이었기에, 저 격렬한 광기를 뿜어내고 있는 아르티어스의 눈빛에 질려서 꼼짝도 못 하고 있었다.

"사실이냐?"

"……."

아르티어스는 주눅이 들어서 아무 말도 못하고 있는 제스터를 잡아먹을 듯이 바라보다가, 드디어는 참지 못하고 고함을 질렀다.

"대답을 햇! 저 덩치가 한 말이 사실이냐니까?"

"저…, 그, 그러니까 아, 아, 아르티어스 님. 파, 팔시온 님의 말이 사, 사실이십니다."

더듬더듬 주눅이 든 채 제스터가 말을 마치자 아르티어스는 그 광기 어린 눈동자를 하늘로 향했다. 갑자기 사라졌다면 공간 이동 마법이나 뭐 그런 것을 첫째로 생각할 수 있었다. 하지만 다크는 공간 이동 마법을 할 줄도 몰랐고, 또 안다고 하더라도 남을 가르치다가 갑자기 공간 이동할 이유도 없었다. 그렇다면 둘째로 생각할 수 있는 것은 다른 사람이 다크를 강제로 공간 이동시켜서 끌고 간 경우이다.

아르티어스의 눈이 주위를 샅샅이 훑어나갔다. 하지만 패밀리어(Familier)를 찾을 수는 없었다. 마법사들은 필요에 의해 자신의 눈과 귀, 그리고 손과 발이 되어 줄 동물을 평생 동안 딱 한 마리만 패밀리어로 선택할 수 있었다. 물론 패밀리어는 선택된 후

교체가 불가능했고, 패밀리어가 무슨 이유인가로 사망했을 때 그 마법사는 엄청난 정신적 충격에 바보가 되거나 심지어 사망하는 경우까지 있는 아주 위험도가 큰 마법이었다.

하지만 패밀리어를 가지고 있다면 정보 수집에 매우 효과적인 것은 사실이었기에 한 번씩 사용되기도 하는 마법이었다. 하지만 대부분의 마법사는 패밀리어를 만들지 않았다. 패밀리어를 만듦으로 인해 생기는 이점보다 위험도가 너무 컸기 때문이다.

패밀리어를 이용해서 다크가 있는 좌표를 잡고 강제로 공간 이동해서 끌고 간다. 충분히 가능성이 있는 문제였기에 아르티어스는 어떤 망할 놈의 마법사인지 모르겠지만, 그의 패밀리어를 찾은 것이었다. 하지만 잠시기는 했지만 패밀리어를 찾다가 보니 뭔가 이상한 점을 느낄 수 있었다. 공간 이동을 한다고 해서 절대로 존재감이 사라질 수는 없다는 사실이 불현듯 떠올랐던 것이다. 타이탄과의 맹약이 해지되었다는 말은 아예 다크라는 인물이 이 세상에는 존재하지 않는다는 말과 같았기 때문이다.

아르티어스는 생각을 정리했다. 이런 경우는 처음이었기에 그도 상당히 당황했고, 또 그 때문에 상황 판단이 흐려질 수밖에 없었다.

"도대체 존재 자체를 없앨 수 있는 마법이 있던가? 맞아. 존재 자체를 없앤다면 차원 이동뿐이지. 이 세계에서는 완전히 사라지는 것이니까 말이야. 그렇다면 왜 갑자기 차원 이동이 발생한 거지? 예전에 차원 이동해서 이리로 왔으니까 자연히 다시……. 아니야. 그것은 아니야. 어떤 망할 놈이 개입했다고 봐야 해. 그렇다면 다크를 향해 차원 이동 마법을 쓸 놈이 누가 있지?"

그러다가 아르티어스의 눈에 땅 위에 널브러져 있는 다크의 옷가지 사이로 뭔가 반짝이는 푸른 것이 눈에 띄었다. 바로 다크가 언제나 끼고 있던, 아니 뺄 수가 없었기에 끼고 있을 수밖에 없던 반지였다.

"세상에, 아쿠아 룰러까지 그대로 있다니……. 그렇군! 딴 놈이 그녀에게 마법을 걸었다면 아쿠아 룰러가 막아 줬을 거야. 그런데도 아쿠아 룰러가 방관했다면 차원 이동 마법을 쓴 놈은……."

거기까지 생각이 미치자 아르티어스는 비명을 지르고 말았다.

"나이아드!"

이런 행동을 할 놈은 나이아드 뿐이었다. 아르티어스는 나이아드를 떠올리면서 얼굴색이 핼쑥해졌다.

'자신이 만든 공간으로 끌어들이는 것이라면 구태여 이런 방법을 쓸 이유가 없다. 꿈속에서 그 아이의 정신만을 끌어들여도 충분하기 때문이야. 이렇게 완전한 차원 이동까지 사용해서 다크를 어디로 데려갔을까? 왜? 무슨 목적으로……. 그게 이 사건을 푸는 열쇠야.'

생각이 거기까지 미치자 아르티어스는 기겁을 하며 주문을 재빨리 외워 대기 시작했고, 곧이어 그의 몸은 사라져 버렸다.

무서운 얼굴로 혼자서 북 치고 장구 치고 다 하던 아르티어스가 갑자기 사라져 버리자 남은 사람들은 멀뚱멀뚱한 표정으로 서로의 얼굴을 훔쳐봤다. 하지만 그들은 누구에게서도 그 해답을 얻어 낼 수 없었다.

정령계로 간 묵향

　엄청나게 짙게 우거진 숲. 평생 듣도 보도 못 했던 기이한 식물들이 엄청나게 짙게 우거져 있었다. 몇 미터 앞도 보이지 않을 정도로 빽빽하게 우거진 수풀 덕분에 자신이 어디에 와 있는지조차 알 수가 없었다. 자신이 시종으로 데리고 있는 제스터가 제법 검술에 재능을 가지고 있다는 것을 알고 재미 삼아 조금씩 가르쳐 오며 즐거움을 느끼고 있던 터였다.
　물론 자신이 검술을 가르치며 제자가 잘 소화해 내는 것에 뿌듯한 즐거움을 느끼고 있었지만, 그걸 역으로 생각해서 자신이 마법을 잘 따라서 배우면 아르티어스가 얼마나 좋아할지에 대해서는 아예 생각도 하지 않고 있었다.
　다크는 자신이 평소에 하던 대로 바쁜 와중에도 제스터에게 약간의 시간을 내어 검술을 가르치던 도중, 갑자기 눈앞이 뿌예지더니 이렇듯 울창한 숲이 나타난 것이 믿겨지지가 않았다.

"여기가 어디지?"

갑자기 굵직한 목소리가 입에서 튀어 나오자 그 목소리를 낸 당사자가 오히려 더 놀랐다. 검은 머리카락을 치렁치렁 늘어뜨린 사내. 그는 갑자기 자신의 몸을 내려다보며 이게 꿈이 아닌지 만져 보기 시작했다. 그런 후 터져 나오는 만족스런 목소리.

"드디어 남자로 돌아왔어. 남자로……. 으하하핫!"

한참 웃음을 터뜨렸지만, 이윽고 어느 정도 냉정을 되찾자 여기는 어딜까 하는 생각이 들었다. 우선 이 무더운 온도와 해괴한 나무들이 빽빽이 들어찬 울창한 숲, 그 어떤 것으로 봐도 중원으로 돌아온 것 같지는 않았다.

"남만(南蠻) 지방으로 가면 무덥다고 하던데, 설마 거기에 왔나?"

하지만 머리만 굴린다고 알 수는 없는 노릇이었기에 일단 나무 위로 올라가서 주위를 살펴보기로 작정했다. 나무 위로 몸을 날렸을 때, 묵향은 난생 처음 보는 광경에 입을 떡 벌리지 않을 수 없었다. 군데군데 솟아올라 있는 화산에서는 짙은 연기가 뿜어져 나오고 있었고, 그 화산들이 차지하고 있지 않은 곳은 끝없는 밀림의 연속이었다.

바로 이때 저 먼 곳에서부터 엄청난 먹구름이 강력한 바람을 타고 흘러 들어오며 대지를 향해 마치 화살을 뿌리듯 번개를 뿌려댔다. 아직 거리가 대단히 멀리 떨어져 있었지만 하늘에서 지상으로 연결되는 그 뇌전의 축제는 발밑이 흔들릴 정도로 엄청난 힘을 드러내고 있었다.

이윽고 그 먹구름은 묵향이 서 있는 곳까지 몰려들었고 사방에는 눈이 멀어 버릴 것만 같은 섬광이 피어올랐다. 그리고 곧이어 억수같이 쏟아져 내리는 빗줄기.

"뭐 이런 곳이 다 있지? 눈에 보이는 것은 식물뿐이고, 지독하게 퍼붓는 비, 바람, 번개……. 대기는 그 모든 것들이 뿜어내는 기로 소름이 끼칠 만큼 충만해져 있고, 생명력이 약동(躍動)하는 이런 곳이 말이야."

한동안 주위를 둘러보던 묵향은 여기가 어딘지 알려 줄 사람부터 먼저 찾는 것이 급선무라는 생각이 떠올랐다. 방금 전까지만 해도 살았던 그곳에 처음 갔을 때도 먼저 민가를 찾아 말부터 배우지 않았던가?

"젠장, 재수 없으면 전과 같은 일을 똑같이 반복하게 생겼군."

어느 한쪽 방향을 정한 후 묵향은 자신이 낼 수 있는 최고의 속도로 달려가기 시작했다. 그는 나무 위로 달려가고 있었기에 발밑으로 울창한 밀림들이 쏜살같이 지나가는 듯한 착각이 시작되었다. 하지만 아무리 달려도 밀림은 끝날 생각을 하지 않았다.

그러다가 묵향은 강을 하나 발견했다. 나무 위에서 아래로 내려다보니 강물 속에는 이상하게 생긴 거대한 물고기들이 천천히 움직이고 있었다.

"일단 저걸 잡아먹고 갈까? 언제 또 먹음직한 먹거리를 발견하게 될지 모르는데……."

잠시 그가 궁리하는 사이, 갑자기 붉은 머리카락을 나부끼는 여인이 모습을 드러냈다. 그녀는 상체에는 몸매가 완전히 드러날 정도로 꽉 끼는 옷을 입고 있었고, 하체에는 늘씬한 다리의 허벅지가 거의 다 드러나는 짧은 치마를 입고 있었다. 그녀는 묵향을 잠시 노려보더니 싸늘한 어조로 말했다.

"이봐, 방금 이쪽으로 차원 이동되어 온 놈이 네가 맞냐?"

다행히 일단 말은 통하는 세계라는 것을 확인했기에 묵향은 느긋한 표정으로 고개를 까딱했다. 언어의 장벽이 없는 세계라는 것을 알려 준 보답으로 저쪽의 질문은 다 들어 줄 생각이었던 것이다. 물론 그다음에는 저년에게 무슨 짓을 해서라도 자신이 원하는 것을 다 알아낼 작정이었지만…….

"이상하네. 대상을 잘못 잡았나? 분명히 아쿠아 룰러의 기척을 느끼고 잡아들인 것이었는데, 내가 실수를 하다니……. 이봐, 너는 누구지?"

"묵향이라고 한다."

"무키앙? 웃기는 이름이군. 어떻게 해서 네가 왔는지 모르겠지만, 너는 크라레스라는 작은 나라에서 왔나?"

또다시 사내가 고개를 까딱하자, 그녀는 미간을 살짝 찌푸리면서 말했다.

"다크라는 계집과는 어떤 관계지? 그년을 잡아들였는데, 왜 네가 있는지 그걸 묻는 거다."

"다크? 다크라면 난데?"

"오호호홋, 미친 녀석! 그 계집애가 자기라고 말하다니 진짜

미……."
　갑자기 그녀는 말을 중지했다. 잠시 잊어먹고 있었지만, 아쿠아 룰러의 주인은 원래 남자였다. 그러나 저주를 받아 여자로 변한 것이다. 이곳은 물, 불, 바람, 뇌전, 대지를 주관하는 5대 정령이 다스리는 정령계였다. 차원이 바뀌었기에 묵향을 소녀로 만드는 저주를 주관했던 마왕 크로네티오의 힘도 여기서는 그 빛을 잃게 된다. 그렇기에 묵향의 저주는 풀리게 되고, 다시 남자의 모습을 되찾게 된 것이다.
　"오호호호호……. 바로 여기에 놔두고 찾는다고 그 난리를 피웠었군. 나를 기억하겠냐?"
　묵향의 뇌리에는 저렇게 퇴폐적인 옷차림을 하고 있는 계집은 없었다. 그렇기에 그는 생각할 것도 없이 고개를 가로저었다. 그것을 보고 계집이 생긋 웃더니 어느 순간 그 모습이 확 바뀌어 버렸다. 몸이 허물어지는 듯 보이다가 다시 재구성되는 것을 보면 괴물인 듯 보이기까지 했지만, 다시 나타난 얼굴을 보는 순간 묵향은 그 상대의 얼굴을 며칠 전에 봤다는 것을 기억해 냈다.
　"나이아드?"
　빛나는 금발을 뒤로 쓱 쓸어 넘기면서 남자는 호쾌하게 웃음을 터뜨렸다.
　"으하하하핫! 이제야 기억을 하는군. 네년을 제압하기 위해 이런 수고까지 하게 만들다니……. 지금이라도 늦지 않았으니 나에게 복종하겠다고 맹세해라. 이곳은 정령계. 여태까지의 금제는 사라지고 나는 모든 힘을 다 쓸 수 있다. 그러니 괜한 생각하지 말고 일찍이 포기하는 것이 좋아."

"미친놈!"

"흐흐흐…, 매를 버는구나. 그래 네년은 맞아야 정신을 차리는 타입이었지. 오냐, 원대로 해 주마."

그때부터 묵향에게는 악몽의 연속이었다. 자신과 주종의 관계를 맺었던 타이탄은 어디로 도망갔는지 나오지도 않았고, 설상가상으로 자신이 알고 있던 그 어떤 무공도 전혀 도움이 되지 않았다. 그리고 아무리 애를 써도 나이아드에게서 벗어날 수는 없었다. 생명이 있는 곳치고 물이 존재하지 않는 곳은 없으니, 물을 주관하는 나이아드의 마수에서 벗어나지 못하는 것은 당연한 결과였다.

"헉헉헉……."

묵향으로서는 자신을 이렇듯 숨차게 만든 사람을 만난 적이 거의 없었다. 아마도 묵향이 제일 마지막으로 만났던, 자신을 고생시킨 인물은 그의 마지막 사부 유백뿐이었을 것이다.

"젠장! 아무리 기(氣)가 충만한 곳이라고 해도, 이렇게 되면 밑 빠진 독에 물……. 아니지, 기가 충만하다면 한번 해 볼 만하지."

묵향은 슬쩍 몸을 숨긴 채, 나이아드가 다시 모습을 드러내기를 기다렸다.

"히히히…, 겨우 여기까지밖에 도망치지 못하다니. 내가 시간을 줘도 그 모양이라니. 호비트란 것들은 고집만 세고 정말 쓸 데기가 없어."

거의 포기한 듯 힘없는 눈으로 자신을 멍하니 바라보고 있는 묵향을 보며 나이아드는 이죽거렸다.
 "이제 포기한 것인가? 포기했다면 빨리 나에게 충성을 맹세해라. 한주먹 거리도 안 되는 네년을 잡고 실랑이하는 것도 귀찮은 노릇이니까 말이야. 으하하하핫."
 바로 그 순간 묵향의 손에서 빛나는 막대기 같은 것이 쑥 솟아올랐고, 그와 동시에 묵향의 몸은 나이아드를 향해 돌진해 들어갔다. 나이아드는 재빨리 방어 자세를 취했지만, 그 빛나는 검의 목표는 나이아드가 아닌 나이아드와 비교적 가까운 땅속 깊은 곳을 흐르는 기였다.
 쿠콰콰콰콰…….
 대 폭발이 일어났다. 대지의 기운을 충돌시키는 이 무공을 깨달은 이후, 최고로 강력한 위력이었고, 그 강기의 폭풍은 사방으로 퍼져 나가며 주위를 완벽하게 초토화시켰다.
 "헉헉헉…, 간신히 끝난 모양이군."
 바로 그때 묵향의 뒤에서 목소리가 들려왔다.
 "오오오, 다오(Dao : 대지의 정령왕)가 슬퍼하겠군. 그가 아끼는 숲을 이렇듯 묵사발을 내놓다니 말이야."
 흠칫 굳어 있는 묵향의 뒷모습을 재미있다는 듯 바라보며 나이아드는 속삭이듯 말했다. 하지만 그의 어조는 상당히 꼬여 있었다.
 "어때? 자신이 얼마나 초라한지 깨달았나? 겨우 그따위 공격으로 나를 없앨 수는 없어."

나이아드와 묵향의 대결

 아르티어스가 정신없이 돌진해 들어간 곳은 블루 드래곤 키아드리아스의 레어였다. 키아드리아스는 갑작스럽게 자신의 영토로 공간 이동해 온 엄청나게 강렬한 드래곤의 기척에 약간 정신이 혼란스러웠지만 일단 찾아온 손님을 마중하기 위해 모습을 드러냈다.
 레어 밖으로 나온 키아드리아스는 자신의 레어로 허락도 받지 않고 붉은 머리카락을 나부끼며 접근해 오고 있는, 아름답지만 광폭한 기운을 아낌없이 드러내고 있는 호비트를 볼 수 있었다.
 강렬한 드래곤의 존재감에 저 생김새······. 머리카락의 색깔만 금색에서 붉은색으로 바뀌었을 뿐, 저 트랜스포메이션한 모습은 키아드리아스의 뇌리에 잊혀지지 않고 남아 있는 악몽과도 같은 기억과 함께 되살아났다.

"누군가 했더니, 아르티어스 님이었군요. 여기는 무슨 바람이 불어서 오신 거죠? 여기는 말토리오 산맥이 아닌데……."

아르티어스가 목소리가 들려온 곳으로 시선을 돌렸을 때 그곳에는 초록색의 머리카락을 길게 늘어뜨린 엘프 여인이 서 있었다. 그녀는 고혹적인 커다란 눈동자로 아르티어스를 바라보고 있었지만, 그 눈동자에는 절대로 환영의 빛은 담겨 있지 않았다.

하지만 겨우 그 정도로 남의 영역에 허락도 없이 들어온 것에 대해 미안한 감정을 느낄 아르티어스 어르신은 절대로 아니었다. 아르티어스는 자신이 찾아온 당사자가 모습을 드러내자마자 자신의 목적을 밝혔다.

"카렐! 카렐은 어디에 있지?"

갑자기 아르티어스가 자신이 생명과도 같이 사랑하는 카렐을 찾자 키아드리아스는 가슴이 덜컥 내려앉는 것 같았다. 예전에도 한 번 겪어 봤지만 아르티어스는 정말 무서운 드래곤이라는 것을 잘 알고 있었기 때문이다.

"카렐은 왜 찾나요?"

아르티어스는 카렐의 위치는 알려 주지 않고 우선 그를 찾는 목적부터 물어보는 키아드리아스에게 짜증이 났지만, 그래도 남의 영역에 들어와 있는 만큼 그로서는 터져 나오려는 감정을 참으며 최대한 친절히 대답해 줬다.

"그에게 부탁할 것이 있어서 그래."

"부탁이라고요? 당신이 엘프에게 부탁할 것이 있다니 믿어지지가 않는군요."

쓸데없이 말을 빙빙 돌리자 아들의 실종으로 초조하기 이를 데 없는 아르티어스 어르신은 벌컥 화부터 냈다.

"제발 닥치고 카렐이 있는 곳이나 말해."

하지만 드래곤들 간에 이렇듯 남의 영토에 들어와서 신경질부터 내는 경우는 매우 예의에 어긋난 행위였다. 아무리 아르티어스가 키아드리아스보다 7백 년쯤 더 살았다고 하더라도 키아드리아스에게 해서는 안 될 행동이었던 것이다. '전에 내가 그랬을 때는 엄청나게 신경질을 내놓고는…' 이라고 생각하며 키아드리아스는 일부러 더욱 비꼬듯 말했다.

"호호호…, 말을 해 주지 않으면 무력 사용도 불사하겠다는 것인가요?"

약간 애를 태우며, 아르티어스가 자신의 연인인 카렐을 찾는 이유를 탐색하려는 의도였지만, 키아드리아스가 처음부터 상대방의 감정이 폭발하기 일보 직전이라는 사실을 모르고 있었던 것이 죄였다.

"젠장, 그래! 무력 사용도 불사할 각오가 되어 있다. 하지만 각오해! 내가 힘을 쓰면 전처럼 날개 하나 부러뜨리는 정도에서 끝내지는 않을 거야. 으드드득, 나에게 시간을 그만큼 낭비하게 했으니 이번에는 아예 죽여 버릴 거야!"

키아드리아스는 미간을 살짝 찌푸렸다. 어떻게 남의 영토에 다짜고짜 찾아와서 이렇듯 폭언을 해 댈 수 있는 것일까? 그것도 어린 드래곤도 아니고 이제 고룡이 다 되어 가는 영감이 말이다.

예전에 아르티어스의 영토에서 깝죽거리다가 치고받았을 때가 무려 2천 년 전이었다. 아무리 블루 드래곤이 골드 드래곤보다 강하다고 하지만 사실 그렇게 압도적인 힘의 차이가 있는 것은 아니었다.

그리고 그때 키아드리아스는 아직 성장기에 있었던 반면 아르티어스는 성장을 마치고 완숙기에 접어든 상태였다. 그렇기에 키아드리아스가 묵사발이 났었지만 그때만을 생각하고 이렇듯 오만하게 나올 수는 없는 것이었다.

거의 7백 년의 차이가 있다고 하지만, 키아드리아스도 이제는 완숙기에 접어든 웜급 드래곤이 아니던가? 그런데도 상대의 영토에 무단침입해서는 저렇듯 오만하게 나올 수 있는 그 이유를 알 수 없었다. 설혹 아르티어스가 이긴다고 하더라도 자신을 상대로 그리 손쉬운 승리를 장담하기는 힘들 텐데 말이다.

"도대체 뭘 믿고 남의 영토에서 그렇게 오만한 거죠?"

"내 실력과 힘을 믿는 거지. 설혹 네가 에인션트급이라고 해도 상관없어. 빨리 카렐이 있는 곳이나 말해. 네 녀석하고 한가하게 입씨름하고 있을 여유는 없어."

완전히 이성을 잃다시피 한 채 서슬이 시퍼렇게 말해 대는 상대를 보며 키아드리아스는 상대가 결코 좋은 뜻으로 카렐을 찾는 것이 아니라고 단정했다. 아르티어스의 저 광폭한 눈동자는 아무래도 카렐을 찾기만 하면 찢어 죽이겠다는 의지를 그대로 반영하고 있다는 느낌을 키아드리아스에게 전해 주고 있을 뿐이었다.

"당신에게 알려 줄 수는 없어요."

키아드리아스의 말이 끝나자마자 아르티어스는 경고도 하지 않고 공격을 시작했다. 괜히 시간을 끌 필요 없이, 아직 엘프일 때 없애 버리는 게 최선의 방책이었기 때문이다. 대기를 뚫고 날아오는 엄청난 바람의 칼날을 느끼고 키아드리아스는 경악했다.

그녀는 재빨리 방어 마법을 펼치며 그것도 못미더워서 몸을 날려 칼날을 피했다. 하지만 아르티어스가 날린 바람의 칼날은 그대로 키아드리아스를 따라오며 작렬했다.

"꺄악!"

본체의 상태도 아니고 엘프로 트랜스포메이션한 상태였기에 그녀가 황급하게 친 방어막은 그렇게 강하지 못했고, 그것이 풍압을 견디지 못하고 박살 나면서 엄청난 충격을 그녀에게 안겨 줬다. 아르티어스는 상대를 향해 연속 공격을 감행했다.

일단 기선을 제압하고 있는 상황이었기에, 키아드리아스는 상대의 공격을 피한다고 정신이 없었지만, 아르티어스는 달랐다. 아르티어스는 연속 공격을 감행하면서 틈틈이 생겨나는 약간씩의 여유를 이용해서 바람의 정령왕을 불러냈다.

바람의 정령왕은 아르티어스의 부름에 따라 투명에 가까운 자신의 모습을 드러냈다.

〈무슨 일인가? 아르티어스여!〉

"제길! 저년을……."

희미하게 모습을 드러낸 바람의 정령왕을 보고 아르티어스는 공격 목표를 지시하려고 했다. 하지만 일단 정령왕을 불러내고 보니 자신이 괜한 일을 벌였다는 것을 깨달았다. 카렐을 통해 불의 정령왕 이프리트를 불러내어 정령계로 보낼 필요 없이, 바람의 정령왕 아리엘(Ariel)을 보내 버리면 간단하게 해결되는 노릇이 아니던가?

땅바닥에 떨어져 있던 다크의 아쿠아 룰러를 보면서, 마음이 급하다 보니 미처 자신도 정령왕을 불러낼 수 있다는 그 사실을 망각하고, 정령왕을 불러낼 수 있는 또 다른 아이템을 가지고 있는 카렐에게 도움을 청하러 이곳까지 와 버린 것이 실수였던 것이다.

"이런 제기랄! 여기까지 올 필요가 없었잖아!"

공격의 템포가 끊긴 사이 키아드리아스는 정신을 되찾았다. 원래가 정령 마법의 특성상 전기의 정령은 방어에 약간 취약했다. 그 점을 노리고 자신을 그렇게 정신없이 몰아붙인 것에 감탄을 하긴 했지만, 전기가 방어에 취약한 대신 공격력에 있어서는 엄청나게 강하지 않던가? 일단 여유를 찾자마자 키아드리아스는 공격을 시작했다.

대지를 꿰뚫고 날아오는 뇌전의 세례 속에서 아르티어스는 상대에게 잠깐의 시간 여유를 준 것을 뼈저리게 후회했다. 아르티어스의 평소 성깔대로 죽여 버린 후 생각했어야 했는데, 상대를 죽이기도 전에 해결책이 먼저 떠올라 버린 것이 화근이었던 것이다.

"어쩔 수 없다! 저년을 죽엿!"

그와 동시에 아리엘은 키아드리아스를 향해 막강한 공격을 퍼붓기 시작했다. 그리고 아르티어스는 키아드리아스의 공격을 피하는 데 정신을 집중했다. 이렇게 되자 키아드리아스가 압도적으로 불리해지기 시작했다. 처음 몇 번의 공격만을 했을 뿐, 그다음부터는 연속되는 아리엘의 공격을 회피하는 데만도 정신이 없었던 것이다.

아리엘은 드래곤인 아르티어스와 관계를 맺고 있는 만큼 엄청난 공격을 퍼부어 댔다. 그리고 그사이 아르티어스는 본체로 돌아가기 시작했다. 황금빛 광채가 솟아나오는 가운데 거대한 아르티어스의 몸체가 모습을 드러냈다. 그리고 정말 잠시지만 이 순간이 아르티어스에게는 대단히 위험한 때였다. 공격이고 방어고 할 수 없는 무방비 상태가 되기 때문이다.

그렇지만 키아드리아스는 바로 그 절호의 찬스를 아리엘의 공격을 피하면서 이빨을 갈며 보낼 수밖에 없었다. 그녀도 전기의 정령왕 카르스타를 불러냈다면 모르겠지만, 아리엘은 그녀에게 그 작은 틈조차 허용하지 않고 있었다.

아르티어스의 황금빛 거체가 완벽하게 모습을 드러냈을 때, 키아드리아스는 절망적인 눈빛으로 상대를 바라볼 수밖에 없었다. 이제 곧이어 그녀는 드래곤으로 돌아가 보지도 못한 채 생을 마치게 될 것이 분명했기 때문이다. 이제야 키아드리아스는 아르티어스가 한 말을 이해했다. 자신의 실력과 힘을 믿는다는 말. 그리고 상대가 에인션트급 드래곤이라고 해도 겁나지 않는다는 말. 자식도 낳지 않고 온갖 무예를 익힌다고 떠돌았던 아르티어스는 키아드리아스에 비해 실전 경험이 엄청나게 많았던 것이다.

아르티어스는 본체로 돌아가자마자 즉각 용언 마법을 펼쳤다.

그에 따라 아르티어스의 두 손에서 무시무시한 붉은색 방전이 일어나기 시작했다. 양손에 각각 8사이클급 공격 마법 헬 파이어를 쓰려고 하는 것이었다.

얄미울 정도로 자신을 몰아붙이며 승기를 잡는 아르티어스를 바라보며, 키아드리아스가 차라리 깨끗한 최후를 맞이하겠다고 생각하는 그 순간, 산 밑에서 금빛 광채가 엄청난 속도로 다가오고 있었다. 눈앞에 있는 아르티어스와 같은 찬란한 금빛 광채를 뿜어내고 있는 그것이 급속도로 거리를 좁혀 오고 있었지만 아르티어스와 같은 거대함을 가지고 있지는 못했다. 키아드리아스는 드래곤 두 마리가 싸워 대는 소리를 듣고 잠시 자신의 집으로 내려갔던 카렐이 달려오고 있다는 것을 깨달았다.

그렇지만 아무리 카렐이 강하다고 해도 이 무지막지한 아르티어스에게 이길 수는 없다고 키아드리아스는 생각했다. 키아드리아스는 아직도 정신없이 계속되고 있는 아리엘의 공격을 피하며 절망적으로 외쳤다.

"카렐! 오지 마요. 달아나요! 제발!"

자신은 죽어도 괜찮지만, 자기가 사랑하는 연인까지 죽는 것은 원하지 않았던 것이다.

아르티어스의 두 손에 맺힌 붉은 덩어리. 그것은 이제 발사를 앞두고 있는 응집된 힘의 결정체였다. 하지만 아르티어스는 그걸 키아드리아스에게 발사하지 않고 잠시 멈췄다. 그리고 그 엄청나던 아리엘의 공격도 그때 멈췄다.

〈그렇게 죽고 싶냐? 이제 그만 싸움을 멈추는 것이 어때? 나는

너 따위와 노닥거리고 있을 시간이 없다.〉

생과 사의 기로에서 더 이상 선택의 여지가 없었기에 키아드리아스는 천천히 고개를 끄덕였다. 그녀가 승낙했다는 것을 확인한 아르티어스는 곧장 자신의 양손에 맺혀 있던 두 개의 붉은빛의 덩어리를 소멸시키면서 아리엘에게 말했다.

〈부탁이 있다.〉

〈뭐냐?〉

〈지금 곧장 정령계로 돌아가서 내 아들을 구해 다오. 물의 정령왕 나이아드가 여기서는 도저히 손을 쓰지 못하자 정령계로 그 아이를 끌고 갔다.〉

〈정말인가?〉

〈내가 왜 거짓말을 하겠나?〉

〈그 청은 수락한다. 이계의 생명체를 정령계로 끌어가는 것은 해서는 안 되는 행위…….〉

그리고 그 순간 투명하던 아리엘의 모습을 더 이상 찾아볼 수는 없었다. 아리엘이 모습을 감춘 그때 아르티어스는 자신의 등 뒤를 압박해 들어오는 엄청난 압력을 느꼈다.

〈이건 또 뭐야?〉

아르티어스는 날아오는 그 엄청난 힘의 근원이 아들 녀석이 주로 애용하는 '괴상한 마법'과 유사하다고 느꼈다. 아마도 예전의 아르티어스였다면 이 일격으로 상당한 상처를 입었을 것이 분명했다.

아르티어스의 경험으로 미루어 봤을 때, 그 엄청난 기운은 설혹 드래곤 본이라 해도 간단하게 찢어발긴다는 것을 잘 알고 있었기 때문이다. 아르티어스는 아들 녀석에게 용언 마법을 가르치기 위해 며칠 동안 고민하며 드래곤 하트를 단전으로 대체하게 하는 그 힌트를 역으로 자신에게 적용하여, 검술이란 것을 상당한 수준까지 깨닫고 있는 중이었다.

순간 아르티어스의 몸에서 뿜어 나오던 금광이 더욱 밝아졌다. 그리고 그 몸체에 카렐이 뿜어낸 강기 세례가 부딪쳤을 때 강력한 폭발이 일어났다. 하지만 그것뿐이었다. 아르티어스는 흔히 호비트들이 검술에 써먹듯 자신의 비늘에 마나를 주입한 것뿐이었지만, 마나를 주입받은 드래곤 본은 상상도 못 할 강도를 발휘했던 것이다.

자신의 공격을 아주 간단하게 막아 낸 드래곤을 향해 카렐이 경악감을 감추지 못하고 있는 사이, 아르티어스 어르신은 그 거대한 몸을 천천히 뒤로 돌렸다.

〈네가 카렐이냐?〉

"그렇소."

〈이 찢어 죽여도 시원치 않을 녀석! 네 녀석이 내 아들에게 아쿠아 룰러만 주지 않았어도 이번 일은 일어나지 않았어.〉

아쿠아 룰러라는 말이 나오자 카렐은 흠칫했다.

"으응? 다크라고 하던 그 소녀를 말하는 것이오?"

〈그래. 그 아이는 나이아드의 술수 때문에 지금 정령계에 끌려가 있다. 네 녀석은 그 대가를 치러야 할 거야. 크하하하하…….〉

"자, 잠깐, 이럴 시간이 없지 않소? 그녀가 위험하다면서? 내

이프리트에게 부탁하면 될 거요."

당황한 어조로 말하는 카렐에게 아르티어스는 그딴 거 필요 없다는 듯 이죽거렸다.

〈이미 아리엘을 보냈으니 이프리트 따위는 필요 없다.〉

"그래도 상대는 나이아드인데, 정령왕 하나보다는 둘이 좋지 않겠소?"

상대의 말에도 일리가 있었기에 전의에 불타고 있던 아르티어스는 조금 누그러든 어조로 말했다.

〈그럼 빨리 보내라.〉

이때, 여태까지 아무 말 않고 가만히 앉아서 오가던 대화를 도청(盜聽)하고 있던 키아드리아스도 한마디 보탰다. 나이아드에게 납치된 아르티어스의 아들이 누구인지는 알 수 없지만, 같은 드래곤을 죽일 각오까지 할 정도로 아들에 대한 아르티어스의 사랑이 극진하다는 것을 잘 알 수 있었다. 만약 이대로 아들을 찾지 못한다면 아르티어스는 엄청난 분노를 터뜨릴 것이고 그 분노에 희생될 첫 번째 대상은 자신과 카렐이 될 것이 분명했다. 그리고 방금 전의 격전을 되씹어 봤을 때 그들 둘이 힘을 합한다고 해도 아르티어스를 이길 가능성은 아예 없었다.

그렇기에 무조건 아르티어스의 아들을 정령계에서 구출해 와야만 했고, 또 정령계에서 그 아이를 데려올 가능성을 조금이라도 더 늘리려면 키아드리아스 자신도 끼어드는 것이 좋을 듯싶었다.

"잠깐, 나하고 소통하는 카르스타도 보내죠. 정령왕 둘보다는 셋이 좋지 않겠어요?"

키아드리아스까지 이렇게 말하자 아르티어스는 더욱 누그러든 어조로 말했다.

〈좋을 대로…….〉

묵향은 절망감을 느꼈다. 아무리 자기 집에서는 강아지도 한 수 먹고 들어간다고 하지만, 상대가 이렇게 막강하게 탈바꿈할 줄은 감히 상상도 못했던 것이다. 최후의 비기까지 동원해 봤지만, 상대의 옷자락 하나 찢을 수 없었던 것이다.

"크흐흐흐…, 이제 그만 포기하지 그래. 나에게 복종하면 네가 여태껏 살아오면서 느꼈던 그 어떤 것보다 강한 쾌락과 신에 가까운 힘을 주마. 너와 나는 앞으로 해야 할 일이 너무나도 많아."

이죽거리는 나이아드를 향해 묵향은 입가에 흘러내리는 피를 쓱 손으로 훔친 후 쏘아붙였다.

"젠장! 사양하겠다."

묵향의 온몸은 나이아드의 계속되는 공격으로 인해 만신창이에 가까웠다. 하지만 나이아드는 묵향을 일단 살려 둬야 했기에 그렇게 심한 상처가 생기도록 하지는 않고 있었다.

도저히 방법이 없자 묵향은 죽을 각오를 하고 온 힘을 동원해서 주위의 모든 기를 빨아들이기 시작했다. 전에 살던 중원이나 얼마 전까지 살았던 새로운 세계보다도 이곳은 더욱 기가 충만한 곳이었다. 그 약동하는 대자연의 기운을 온몸이 터져 나갈 정도로 끌어들이기 시작했다. 단전을 가득 메운 기운은 이제 혈맥에 가득 쌓였고, 조금 더 지나자 최하부의 말단 세맥에까지도 꽉꽉 들어차기 시작했다.

　대화를 나누는 중에 엄청난 양의 마나가 상대의 몸속으로 흘러 들어가는 것을 느꼈지만, 나이아드는 처음에는 그걸 그냥 놔뒀다. 아무리 제까짓 게 용을 쓴다고 해도 자신을 능가할 수는 없다고 생각했던 것이다. 하지만 마나가 겨우 한 명의 호비트 몸속에 그야말로 한없이 흘러 들어가고 있자 도저히 묵과할 수 없는 지경에 이르렀다.

　"도대체 무슨 짓을 하는 거냐?"

　엄청난 물줄기가 묵향의 몸을 강타했다. 물론 나이아드에게는 묵향을 이용해야 한다는 목적이 있었기에 그렇게 강한 일격은 아니었다. 하지만 여태껏 그래왔듯 묵향에게 중상(重傷)을 입히기에는 충분할 정도의 위력이었다. 하지만 방금 전까지만 해도 묵향에게 심각한 타격을 줬던 그 공격은 단번에 튕겨 나가 버렸다.

　묵향의 몸에 차고 넘치는 그 엄청난 힘이 자연스레 묵향의 몸 주위에 보이지 않는 장막을 치며 보호하기 시작했던 것이다.

　묵향은 다시 비틀거리며 일어섰다. 나이아드에게 당한 상처 곳곳에서 피가 흘러내리고 있었다. 그런 그가 악귀와도 같은 웃음을 흘리며 말하는 모습은 그야말로 볼 만했다.

　"네 녀석에게 복종할 바에는 차라리 죽겠다."

　그 말을 끝으로 묵향은 자신의 모든 축적된 힘을 발을 통해 대지에 쏟아 부었다. 묵향의 몸속에 축적된 힘은 그 어느 때보다 막대했고, 그것이 몽땅 다 대지의 기운과 충돌을 일으켰으니 그 결과는 어마어마한 것이었다.

콰콰콰콰…….

그야말로 엄청난 대 폭발이 일어났다. 하지만 거기에서 그치지 않고 이 강기의 회오리는 약동하는 대지 밑으로 흐르고 있던 마그마를 건드렸고, 엄청난 화산 폭발까지 동반했다.

온몸의 기운을 폭발적으로 써 버린 묵향은 그야말로 자살 행위에 가까울 정도로 무리한 기의 운용으로 인해 심각한 내상까지 입고서 이제 손가락 하나 까딱할 힘도 없는 지경에 이르렀다.

그런데도 아직 묵향이 화산 폭발의 한가운데에서 살아 있는 이유는 매우 간단했다. 그는 폭발적으로 자신의 공력을 발밑으로 뿜어냈고, 그 반동에 의해 몸이 하늘 위로 솟아 올라와 있는 상태였기 때문이다.

하지만 그의 몸은 인간의 몸이 하늘을 날 수 없다는 간단한 자연의 법칙에 따라, 곧이어 용암이 흐르고 있는 저 불타는 대지를 향해 곤두박질치기 시작했다. 하지만 그에게는 더 이상 내공이 남아 있지 않았기에 그는 절망감을 느끼기 시작했다.

하지만 그렇다고 이렇게 앉아서 화산 폭발에 휩쓸려 죽을 수도 없었다. 그는 무리해서 주위의 기운을 빨아들여 비공술(飛空術)을 펼쳤다. 그에 따라 아래로 곤두박질치던 묵향의 몸은 그 속도를 줄이는 것 같더니 다시 날아오르기 시작했고, 곧이어 속도를 얻어 화살과 같은 빠르기로 용암의 대지에서 벗어나기 시작했다.

하지만 그것도 잠시. 곧이어 진기가 역류하면서 묵향은 입으로 피를 뿜을 수밖에 없었다. 이 정도로 몸이 만신창이가 된 상태라면 언제 절명해도 이상할 것 없을 정도로 지독한 최악의 상황이었다. 그런 상태에서 그렇듯 무리한 공력 운용을 해 댔으니 몸이 견딜 수 없었던 것이다. 의식의 끈이 거의 다 끊어져 가는 가운데 묵향의 몸은 중심을 잃고 빠른 속도로 대지를 향해 곤두박질치기 시작했다.

가물가물하는 의식 속에서도 묵향은 자신의 몸이 대지를 향해 돌진하는 것을 느꼈다. 하지만 이대로 가만히 있는다면 죽음뿐이었다. 그는 마지막 남은 힘을 손바닥에 끌어 모았다. 대지에 격돌하려는 그 위험천만의 순간, 단전은 이제 텅 비어 버린 상황이었지만 그의 의지에 따라 기적적으로 주위의 기가 동조하여 움직이기 시작했다.

그리고 묵향의 몸은 급속도로 감속하기 시작하더니 안전하게 대지에 안착했다. 그리고 바로 그때 묵향은 의식을 잃었다.

"젠장할! 이렇게 지독한 놈은 내 평생 처음 보는군. 하지만 이제 네 몸뚱이는 내 것이야. 크하하핫!"

나이아드는 호쾌하게 웃음을 터뜨렸다. 하지만 그의 그 웃음소리는 또 다른 목소리에 끊겨 버렸다. 그것은 아주 공허한 울림을 담고 있는 특이한 목소리였다.

〈누구 마음대로?〉

서서히 한쪽에서 투명한 음영이 드러나기 시작하는 것을 보고 나이아드는 뭔가 장난질을 치다가 들킨 아이마냥 깜짝 놀라서 외쳤다.

"어엇? 아리엘?"

〈그렇다. 다른 차원에 있는 살아 있는 생명체를 이곳으로 끌어

오는 것은 금기된 사항이다. 너는 그것을 어겼어.〉

나이아드는 주변을 휙 둘러보며 또 다른 정령왕의 존재를 가늠해 보며 아리엘을 향해 대꾸했다.

"그렇다면 이제 다 잡아놓은 먹잇감을 놔 주라는 말이냐?"

〈그렇다.〉

나이아드의 감각에는 땅 밑에 또 다른 한 명의 정령왕의 존재감이 잡혔다. 하지만 그것이 그를 더욱 안심시켰기에 나이아드는 호쾌한 웃음을 터뜨렸다.

"크하하하핫. 그렇게는 못 하겠다. 아무리 그것이 금기라고 하더라도 나는 해야 하겠어. 이 녀석이 얼마나 강한지 여기로 끌고 오는 것 외에는 대안이 없었거든. 다오와 내가 세운 계획을 실행하려면 이 녀석이 꼭 필요하지. 안 그런가? 다오."

그러자 땅속에서 정말 듣기에도 껄끄러운 꽉 쉰 듯한 텁텁한 목소리가 울려 나왔다.

〈나이아드의 말대로다. 아리엘, 네가 아무리 강하다고 해도 우리 둘을 이길 수는 없다.〉

희미한 음영을 만들고 있던 아리엘은 순간 당황하기 시작했다. 아무리 자신이 강하다고 해도 정령왕 둘을 상대할 수는 없었다. 5대 정령왕의 힘은 거의 비슷비슷했기 때문이다.

"이제 그만 꺼져라. 네가 아무리 금기를 떠들어 대도 소용없어. 일단 이 녀석을 손아귀에 넣는 데 성공했으니까 이제 더 이상 여기에 있을 필요는 없어. 곧이어 놈이 살던 세계로 돌려보낼 거다. 자네는 그때까지만 눈감아 주면 돼. 아주 잠시면 모든 일이 끝날 테니까 말이야. 흐흐흐."

하지만 이번에도 나이아드의 웃음소리는 또 다른 목소리에 의해 가로막혀졌다. 그 목소리는 멀리 떨어지지 않은 대지를 흐르는 용암 속에서 울려 나왔다.

〈그렇게 하면 안 되지. 모처럼 카렐이 부탁했는데, 나는 그것을 들어주겠다고 약속했거든. 그리고 너는 금기를 어겼으니 두말할 여지가 없다.〉

그리고 동시에 하늘 위에서도 우렁거리는 목소리가 들려왔다.

〈나도 그래. 그 녀석을 돌려보내라. 우리 셋이서 너희들을 응징하기 전에.〉

또 다른 정령왕 둘이 거의 근소한 시간차를 두고 약속이나 한 듯 등장했기에 나이아드는 당황했다. 이제 사태는 완전히 역전되었다. 2대 2로 싸워도 승리를 장담하기 어려운 것이 사실인데, 2대 3이라면 자살 행위나 다름없었기 때문이다.

〈이런 제기랄. 도대체 이 녀석이 뭐길래 정령왕 셋이서 이놈을 구출하려는 것이냐? 너희들은 그렇게도 할 일이 없냐?〉

〈일단 약속은 약속! 돌려보내라. 우리가 너희들을 죽이고, 너희의 뒤를 이을 정령왕이 탄생하도록 만들기 전에.〉

아리엘의 말은 단순한 협박이 아니었다. 다른 세계에서는 정령왕이 자신의 힘을 모두 사용하지 못한다는 금제가 붙지만 절대로 죽지 않는다는 이점도 있었다. 하지만 이곳 정령계에서라면 얘기가 다르다. 여기서는 모든 힘을 쓸 수 있지만 소멸당하면 그야말로 죽는 것이다. 그렇다고 정령왕이란 것이 죽는다고 변하는 것은 없었다. 정령왕이 사멸하고 나면 그를 대신할 또 다른 정령왕이 거의 순간적으로 태어나기 때문이었다.

"겨우 호비트 한 마리 때문에 그 오랜 세월 사귄 우리들을 없애겠다는 말인가?"

나이아드가 항변했지만, 그의 말은 이프리트에게 간단하게 묵살당했다.

〈네 녀석이 언제 나하고 사귀었단 말이냐? 나는 언제나 꼴 보기 싫은 네 녀석이 사라지기를 원하고 있었어.〉

이제 나이아드와 다오에게는 선택의 여지가 남아 있지 않았다. 잘못하면 자신들이 무(無)로 돌아갈 수 있는 것이다.

〈어쩔 수 없다. 돌려보내자.〉

다오의 체념적인 말에 나이아드는 화를 벌컥 냈다. 그냥 놔 주기에는 여태까지 들인 시간과 노력이 아까웠기 때문이다.

"닥쳐! 내가 이년을 어떻게 잡았는데 그렇게 쉽게 돌려보낸단 말이야?"

〈그렇다면 너는 무로 돌아가고 싶나? 선택하라!〉

이프리트의 최후통첩에 나이아드는 어쩔 수 없다는 듯 입을 열었다. 말은 그렇게 했지만, 그로서도 더 이상 선택의 여지는 없었기 때문이다.

"데리고 가라!"

〈잘 생각했다, 나이아드여.〉

"젠장! 언젠가는 너희들에게 복수하고야 말겠다."

나이아드는 자신이 오랜 시간 공들여 이룩한 것이 완전히 물거

품이 된 것에 대한 분노를 터뜨리며 그 존재감을 지워 버렸고, 곧이어 땅 밑에서 느껴져 오던 기척 또한 함께 사라져 버렸다. 두 정령왕이 사라지자 아리엘은 거의 시체처럼 창백하게 쓰러져 있는 벌거벗은 청년에게 천천히 다가갔다.

〈아직 죽지는 않았군.〉

아리엘은 투명한 자신의 손을 호비트 청년에게로 뻗어 그를 안아 들었다. 아리엘의 몸이 원체 투명했기에 청년은 축 늘어진 채 저절로 공중에 떠오르는 것처럼 보였다. 아리엘은 청년을 안아 들자마자 아르티어스가 기다리고 있는 곳으로 차원 이동을 감행했다.

고약한 드래곤의 성격

 황금빛이 확 뿜어 나오는 가운데, 아르티어스는 처음과 같이 인간의 몸으로 트랜스포메이션했다. 문득 이 영토의 주인이 저렇듯 엘프의 모양새를 유지하고 있는데, 손님인 자신이 위압적인 드래곤의 형태로 있다는 것이 예의에 어긋난다는 생각이 불현듯 들었던 것이다.
 "험험······."
 아르티어스는 잠시 멋쩍은 듯 헛기침을 해 대며 뭐라고 입을 열어야 할까 궁리하기 시작했다.
 이제 소기의 목적을 달성했으니만큼, 타이탄을 집어넣은 후 키아드리아스의 옆에 서 있는 카렐이나 그의 연인인 키아드리아스에게 다짜고짜 행패를 부린 것이 상당히 예의에 어긋난 행동이었다는 게 마음에 걸리기 시작했기 때문이다.

　자신을 위해 목숨을 걸고 저 포악한 아르티어스를 향해 돌진했던 연인을 향해서는 그야말로 달콤한 시선을, 그러면서 아르티어스를 향해서는 감히 드러내 놓지는 못하고 밑바닥에 살짝 분노를 깔아 놓은 시선을 던지고 있는 키아드리아스를 향해 아르티어스는 언제 자신이 그렇게 분노했었느냐는 듯 시치미를 떼고는 주절거렸다.

　"미안하게 되었구먼. 원래 내 성격이 이렇지 않았는데 아들에 대한 사랑이 원체 지극하다 보니 실수를 하게 됐네. 자네가 카렐인가?"

　일단 상대가 의외로 예의를 차리고 나오자 카렐은 얼떨떨한 표정으로 대답했다. 그 위압적인 존재감과 무지막지한 광기를 드러내던 포악한 드래곤과, 저 약간은 쑥스러운 듯한 선량한 미소를 얼굴 가득 짓고 있는 인물이 동일인이라는 것이 도저히 이해가 가지 않았던 것이다.

　"예, 제가 카렐 아미타유스라고 합니다."

　"나는 아르티어스라고 한다네. 그 넓은 말토리오 산맥에서 혼자서 쓸쓸하게 살고 있지. 그러다가 정을 붙인 아이니까 내가 얼마나······."

　하지만 아르티어스의 말은 키아드리아스에게 가로막혔다. 상대가 일단 예의를 차리고 나오자, 방금 전까지 그 놀라운 아르티어스의 전투력과 광기 덕분에 주눅 들어 있던 것이 서서히 사라지기 시작했고, 또 연인까지 옆에 서 있었기에 정신적으로 의지할 곳까지 생기자 원래의 성깔이 고개를 쳐들기 시작했던 것이다.
 저놈의 성질머리를 뻔히 알고 있는데, 저렇듯 내숭을 떠는 것에 그야말로 기가 막히기 시작한 키아드리아스의 회심의 반격이었다.
 "흥! 누가 쓸쓸하게 살았다고 그래요? 2천 년 전에 내가 자기 허락도 받지 않고 그곳에 둥지를 틀었다고 노발대발하면서 달려와서는 내 날개를 박살 낸 것은 누구였죠? 그러면서 어떻게 그렇게 뻔뻔하게도 쓸쓸하다는 말이 입에서 나오느냐구요."
 키아드리아스의 말에 아르티어스는 식은땀을 삐질 흘리면서 항변했다.
 "허허허…, 그런 일이 있었던가? 원체 오래전의 일이라서 기억도 나지 않는구먼. 아, 원래 드래곤이 살다 보면 이런 때도 있고 저런 때도 있는 거지, 뭐 그런 걸 가지고 아직까지 꽁하니 가슴에 품고 있나? 그런 사소한 기억은 훨훨 털어 버리는 것이 정신 건강에 좋지."
 "날개 부러지는 것이 아르티어스 님에게는 사소한 일일지 몰라도, 처음 잡았던 레어가 너무 비좁아 새로운 삶의 터전을 찾고 있던 저에게는 엄청난 충격이었다구요. 그리고 그걸 다시 제대로 치료한다고 얼마나 고생했는지 아세요? 혹시나 날개가 잘못 붙어 버릴까 봐 딴 생명체로 트랜스포메이션도 할 수 없었다구요. 그런 저를 보면서 주위에서 얼마나 많은 드래곤들이 비웃었는데요."
 계속 상대가 밀어붙이자 슬며시 신경질이 나기 시작한 아르티어스는 슬며시 항변하기 시작했다.

"허허, 자네 좀 집요한 데가 있군. 이만 딴 데로 화제를 바꾸는 것이 좋지 않을까?"

아르티어스는 난처한 듯 억지 미소를 지으면서 주절거렸지만, 눈에는 한껏 힘을 주어 만약 말을 안 들으면 아예 없애 버리고 새로 시작하겠다는 강력한 의지를 키아드리아스에게 살짝 보내고 있었다. 그걸 눈치 채고는 카렐이 키아드리아스의 팔을 살짝 잡아끌면서 말했다.

"아르티어스 님의 말이 맞아. 괜히 싸울 필요는 없겠지."

"그래도……."

"쉬쉬…, 오늘 당신답지 않게 왜 그러는 거야? 여태껏 우리들은 평화롭게 살았잖아? 나는 이런 사소한 해묵은 감정을 가지고 우리들의 생활이 깨지는 것을 원하지 않아."

"허허헛! 내말이 그 말이라니깐. 해묵은 감정은 씻어 버리고 우리 사이좋게 지내세나. 나도 옛날과는 아주 많이 달라졌다니까. 원래가 세월이 가면 모든 생명체의 삶을 거부하는 거대한 바위도 풍요로운 옥토로 탈바꿈하는데, 내 성격이 안 바뀌겠는가? 이해해 줄 거지?"

딴 거는 다 좋았는데 "이해해 줄 거지?" 하는 말을 내뱉으며 공포스러운 광기를 드러내는 것을 보며 키아드리아스는 고개를 절레절레 흔들었다. 상대가 이해하지 못하면 적당히 손봐 준 후 다시 우아하게 대화를 시작하겠다는 저 더럽기 그지없는 성질머리. 아르티어스의 성격은 하나도 변한 것이 없다는 게 이로써 증명된

거나 다름없었다.

"물론 이해해 드리죠."

키아드리아스의 표정은 누가 봐도 억지로 내뱉는 말이라는 것이 확실했음에도, 아르티어스는 뻔뻔스럽게 너털웃음을 터뜨리며 말했다.

"그래, 그래! 이웃끼리 서로 사이좋게 지내는 것이 좋지 않겠나?"

'누가 이웃이라는 거야? 여기서 말토리오 산맥이 얼마나 먼데……' 라고 키아드리아스가 생각하고 있는 그때 공간이 확 열리며 누군가를 두 손으로 받쳐 들고 있는 아리엘이 모습을 드러냈다.

아르티어스의 앞에 자신의 성과를 보여 주기 위해 의기양양하게 나타났지만, 바로 그 순간 아리엘은 엄청나게 당황하고 말았다.

〈이런 변이 있나?〉

피투성이의 청년이 자신의 팔에 안겨 있어야 했는데, 거기에는 피투성이의 웬 어린 계집애가 금발 머리를 축 늘어뜨린 채 인사불성인 상태로 안겨 있었기 때문이다. 하지만 그런 아리엘은 본체만체하고 아르티어스는 재빨리 그에게로 다가와 빼앗듯이 소녀를 받아 들었다.

"이럴 수가……."

아르티어스는 방금 전까지의 화기애애(?)한 분위기는 어디로 갔는지 자신의 아들을 아리엘이 그 모양으로 만들어 놓기나 한 듯

고약한 드래곤의 성격 273

그 분노를 아리엘을 향해 터뜨리며 외쳤다.

"이게 어떻게 된 거야? 내 사랑스러운 아들이 왜 이 모양이 되었냐고?"

아르티어스가 축 늘어져 있는 소녀를 단박에 알아보자 아리엘은 안심했다.

〈이게 네 아들이 맞냐? 그렇다면, 약속은 지켜졌다.〉

"뭐야? 이 빌어먹을 녀석아. 어떻게 약속이 지켜져? 너는 이게 안 보이냐? 당장이라도 숨이 끊어질 듯한……."

〈아직은 숨이 붙어 있잖은가? 나는 분명히 살아 있는 채로 너에게 건네줬다. 네 손에서 죽건 말건 그것은 내 책임이 아니야. 이것으로 약속은 지켜졌다!〉

아리엘은 더 이상 욕을 듣기 싫은 듯 사라져 버렸다. 사실 아리엘의 말도 틀린 것은 아니었다. 아르티어스가 아들이 건강하게 살아 있는 상태로 돌려주기를 원했던 것은 아니었으니…….

아르티어스는 더 이상 지체할 시간이 없었기에 분노를 억누르고는 치료에 들어갔다. 자신이 알고 있는 가장 강력한 치유 마법을 이용해서 일단 아들을 살려 놓고 봐야 했던 것이다. 하지만 아르티어스의 우려와는 달리 아들의 치료는 아주 짧은 시간 내에 끝났다. 그게 아르티어스로서도 불가사의한 일이었지만, 아들의 몸은 내부에서부터 엄청난 속도로 재생해 나오고 있었던 것이다. 그런데 거기에다가 아르티어스의 치유 마법이 합쳐지자 정말이지 순식간에 상처가 아물어 버렸다.

"자요."

이제는 축 늘어져서 잠들어 있는 아들을 하염없이 불안한 눈동자로 바라보고 있는 아르티어스가 약간은 불쌍한 듯한 마음이 일었던지, 키아드리아스는 비록 걸레가 되다시피 한 옷이었지만 자신의 겉옷을 벗어서 아르티어스에게 건네줬다. 그제야 정신이 든 아르티어스는 그 옷을 조심해서 아들의 몸 위에 덮어 줬다.

"여기서 이렇게 아니라 일단 레어 안으로 들어가죠. 거기에는 편안한 침대도 있으니까 말이에요. 아무리 치유를 했다고 해도 그런 상태에서 금방 공간 이동을 하는 것은 별로 좋지 못할 거예요. 그 아이를 그렇게 아끼신다면 며칠 정도 여기서 몸조리나 하고 가는 것이 현명하겠죠. 그런데…, 이런 말 묻기는 좀 이상하지만 저 아이, 드래곤이 맞아요? 제가 보기에는 호비트 같은데?"

"내 아들이야. 더 이상 딴 수식어는 필요 없다."

"쳇, 잘난 척하기는……. 알았어요. 빨리 따라 들어와요."

아르티어스의 바보스러운 모습

"여기는……."

"오오, 이제 정신이 드냐?"

다크는 자신을 향한 한없는 사랑을 가득 담고 있는 자애로운 아르티어스의 눈동자를 보며 피식 미소를 지었다.

"어떻게 된 거죠? 이상한 밀림이 우거진 곳에서……."

"아, 거기가 정령계일 게다. 5대 정령의 힘이 절대적으로 행사되는 미지의 세계지. 하기야 물, 불, 바람, 번개, 대지의 정령이 함께 어우러져 있을 테니 어떤 꼴을 하고 있을지는 대충 감이 잡힌다마는……. 그래, 네가 건강하게 살아 있다는 것에 대해 너무나도 감사하고 있다."

아르티어스는 자신도 모르게 누워 있는 아들을 두 손으로 일으켜 꽉 껴안았다. 정말 그에게는 지금 아들의 건강과 행복 이상 아무것도 원하는 것이 없었기 때문이다. 하지만 그것도 잠시, 처음에는 조용히 안겨 있던 다크의 얼굴빛이 핼쑥해지면서 버둥거리기 시작했다.

"으으…, 숨 막혀요."

"으엑, 미안하구나. 내가 힘을 너무 줬나?"

아르티어스는 숨 막혀 하는 아들에게 미안한 감정을 품으며 뒤로 물러선 후에야, 아들이 어떤 꼴을 하고 누워 있는지 불현듯 깨달았다.

방금 상체를 일으킨 덕분에 새하얀 이불이 아래로 내려가고 실오라기 하나 안 걸친 뽀얀 상체가 드러나 있었기 때문이다. 정작 아들 녀석은 그런 것에 아무런 신경도 안 쓰고 있는데, 오히려 아르티어스가 민망해졌다. 아르티어스는 오래전부터 오랜 시간 인간계를 떠돌았기에 인간들의 생활을 꽤 많은 부분 이해하고 있었기 때문이다.

"잠깐만 기다려라. 옷을 장만해 올 테니……."

아르티어스가 나가고 잠시 후 웬 녹색 머리카락을 흩날리는 아름다운 미녀가 방 안으로 들어왔다. 흔히 엘프들이 그러하듯 그녀는 짧은 치마를 입고 있었다. 엘프들의 경우 숲에서 생활하기에 치마는 짧게, 그렇지 않으면 바지나 반바지를 애용했다. 그렇게 해야만 나뭇가지에 걸리지 않기 때문이었다.

그녀는 아르티어스와 격전을 치른 탓에 거의 걸레가 되어 버린 옷을 벗어 버린 후 화사한 새 옷으로 갈아입고 있었는데, 깜찍하게 생긴 작은 조끼가 그녀의 가냘픈 몸매에 아주 잘 어울렸다.

"이것을 입어요. 내가 입던 옷이기는 하지만 없는 것보다는 낫겠죠. 키가 나보다 좀 작긴 하지만 잘 어울릴 거예요."

"당신은 누구지…요?"

다크는 상대의 몸에서 은근히 느껴지는 강력한 마나를 통해 상대가 보통 사람이 아니라는 것을 알 수 있었다. 그리고 저 크고 뾰족한 귀에다가 저 얼굴…, 어렴풋이 기억에 있는 모습이라는 것을 깨달았다. 그리고 잠시 뒤 예전에 자신을 쫓아다니던 도둑 엘프의 모습이 떠올랐다.

"엘프?"

그녀는 살포시 미소 지으며 대답했다.

"엘프는 아니지만 키아드리아스라고 해요. 그 옷을 입고 나와요. 소개해 줄 사람이 있어요. 그도 당신이 깨어나기를 기다리고 있죠."

키아드리아스라고 소개한 여인은 옷가지를 건네준 후 수수께끼 같은 말만을 남기고 밖으로 나가 버렸다.

다크가 예쁘게 차려 입고 밖으로 나섰을 때, 그의 눈에는 아들의 예쁜 모습을 보고 자랑스러워하는 아르티어스와 방금 전에 봤던 수수께끼 같은 엘프 여인, 그리고 카렐이 탁자에 앉아 있는 것이 보였다. 카렐은 다크를 보고 빙긋이 미소 지으며 말을 건넸다.

"오랜만이야. 내가 선물한 아쿠아 룰러 때문에 그렇게 고생을 했다니 정말 미안해."

그 말에 다크는 미소를 지었다.

"아니, 만약 그게 없었다면 아빠를 만나지 못했겠지."

 다크의 사랑이 듬뿍 배어 있는 눈길을 받은 아르티어스의 얼굴이 헤벌쭉 벌어졌다. 그것을 보며 키아드리아스는 자신이 카렐을 정말 사랑하듯, 아르티어스도 저 소녀를 엄청나게 아끼고 사랑하고 있다는 것을 확연히 느낄 수 있었다. 키아드리아스로서는 아르티어스의 저런 바보스러운 모습은 상상할 수도 없었으니까…….

풀리지 않는 비밀의 내공술

아르티어스가 사라진 후 얼마 지나지 않아서 청기사까지 갑자기 모습을 감춰 버렸기에 모두들 초조하게 걱정을 하고 있었다. 그런데 아르티어스와 다크가 아무런 일도 없었다는 듯 다시 모습을 드러냈기에 모두들 기뻐했다.

다크는 치레아의 왕궁에 도착하자마자 자신의 방으로 돌아갔다. 우선 옷도 갈아입어야 했고, 신발도 신어야 했기 때문이다. 다크는 자신의 방에 돌아간 후 세린에게 부탁하여 옷부터 갈아입었다. 옷을 갈아입고 있을 때 작은 책상 위에 놓여 있던 푸른빛 나는 작은 보석이 박힌 반지가 우연히 다크의 눈에 띄었다.

다크는 신발을 신은 후, 그 반지를 집어 들고는 아르티어스에게로 갔다. 아르티어스는 다크가 언제나 입고 다니는 그 시커먼 군복으로 갈아입은 것을 보고 혀를 차면서 말했다.

"쯧쯧, 옷을 갈아입었군. 네게는 이런 옷이 안 어울린다니까 그러는구나. 아까 그 키아드리아스가 선물한 옷은 정말 보기에 좋았는데……."

하지만 다크는 아르티어스의 말을 무시하고 그의 손에 작은 금속성의 물건을 쥐어 주며 말했다.

"잔말 마시고 이거나 받으세요."

아르티어스는 자신의 손바닥 위에 올려진, 푸른색의 작은 보석이 박혀 있는 반지가 뭔지 즉각 알아봤다.

"이건…, 아쿠아 룰러?"

"이게 다시는 세상에 나오지 않게 없애 버리세요. 아니면 아빠가 가지든지……."

아르티어스는 충분히 아들의 마음을 이해했기에 그 반지를 받아서 주머니 안에다 집어넣었다.

"알겠다. 다시는 세상에 나오지 못하게 만들어 버리지."

"그건 그렇고, 해 놓으라는 일은 다 끝내셨어요?"

갑자기 대화가 매우 현실적인 문제로 돌아왔기에, 아르티어스는 허둥지둥 대답했다.

"뭐? 중간에 네가 실종되는 바람에 정신이 없었는데……."

"그렇다면 내일 아침까지 끝낼 수는 있겠죠?"

사정없이 자신을 몰아붙이는 다크를 야속하게 생각하며 아르티어스는 아들의 청이 뭐가 잘못되었는지 차근차근 따지기 시작했다. 그걸 인간들한테 한번 시켜 보라구!

"아무리 내가 드래곤이라고 하지만 그건 너무 촉박한 시간이 아니냐? 좀 더 시간을 줘야지."

"이잉~, 내일 아침까지~~. 알겠죠?"

다크는 아르티어스가 논리적으로 따지고 들어오자 속이 메스껍긴 했지만 비장의 무기를 동원했고, 아르티어스는 거기에 홀딱 넘어가서는 모든 것을 잊고 호언장담을 해 댔다. 물론 오늘 밤을 새우면서 투덜거릴 것이 분명했지만…….

"그럼, 내가 누구냐. 저 자랑스러운 골드 일족의 후예인 아르티어스가 아니더냐. 내일 아침까지 완료하지."

"그럼 부탁드려용~."

생긋 웃으며 돌아서는 아들을 향해 아르티어스는 헤벌쭉거리다가 갑자기 자신에게 닥친 현실을 깨닫고는 얼굴이 벌게져서 비명을 터뜨렸다.

"이런, 또 당했닷!"

아르티어스와 헤어진 후 궁전 밖으로 나온 다크는 곰곰이 생각에 잠겼다. 나이아드와 절망적인 대결을 펼치고 있을 때를 돌이켜 보면 뭔가 이상한 점이 한 가지 있다는 것을 알 수 있었다. 그녀는 어렴풋이 생각나는 대로 자신의 앞에 있는 나무 쪽으로 손을 뻗었다. 하지만 아무런 이상도 변화도 생기지 않았다.

그녀는 자신의 손을 살짝 접어 그것이 남의 손이나 되는 듯 찬찬히 들여다봤다. 그러다가 손을 쓱 뻗으며 내공을 뿜어 넣었다. 그러자 손에서 내공의 덩어리가 뿜어져 나가 그녀의 앞에 서 있던 나무에 선명한 손자국을 만들었다. 여기까지는 그녀도 예상하고 있었고, 또 잘 알고 있는 기술이었다.

그녀는 또다시 자신의 손을 쓱 나무가 있는 쪽으로 뻗었다. 하지만 내력의 이동이 없이 그냥 손만 뻗었기에 전과 같이 아무런 변화도 없었다. 그런 다음 뻗었던 손을 뒤로 물리며 하염없이 자신의 손바닥을 바라보기 시작했다.

그녀는 손바닥을 바라보고 있는 것이 아니라 어렴풋이 떠오르는 나이아드와의 대결 후반부를 다시금 곰곰이 생각하고 있었다. 절대 절명의 순간, 자신의 모든 내공을 폭발적으로 운용한 결과 자신의 몸에는 단 한 올의 내공도 남아 있지 않았고, 설상가상으로 무리한 내력의 운용으로 말미암아 심각한 내상까지 당한 상태였다.

그런 상황에서 밑에서 뿜어 올라오는 엄청난 열기와 시뻘겋게 타오르는 대지를 어렴풋이 보고는 본능적으로 탈출을 시도했었다. 그때 그는 급한 대로 대기의 기운을 흡수하며 그것을 급히 공력으로 만들고, 그것을 이용해서 비등술(飛騰術)을 펼쳤던 것이다.

하지만 만신창이가 된 몸뚱이로 그런 억지 수법이 오래 계속될 수는 없었다. 어느 정도 고도를 높이며 날아오르는 데는 성공했지만, 곧이어 진기가 역류하면서 모든 것이 끝장나고 말았다. 그 덕분에 자신의 내상이 더욱 악화되었고, 혈도 몇 군데가 터져 나갔던 것이다.

그리고 자신을 향해 급속도로 거리를 좁혀 오는 대지를 어렴풋이 볼 수 있었다. 그대로 있으면 그야말로 맨땅에 박치기를 하며 돌아가실 최악의 상황. 그는 내공을 끌어 모아 그 최악의 상황을 모면하고자 했다. 하지만 안타깝게도 그의 몸에 남아 있는 내공은 한 올도 없었고, 이제는 더 이상 외부에서 내공을 흡수할 방법도 없었다. 진기가 역류하면서 내상만 더욱 심화시켰던 그때 완전히 끝장났던 것이다. 그런 최악의 상황에서 자신은 거의 반쯤은 무의식중에 손을 앞으로 뻗었었다.
"젠장! 그다음은 어떻게 한 거야?"
아무리 머리를 싸매고 생각해도 해답을 얻어 낼 수 없었다. 한 올의 내공도 없는 상태에서 그녀는 대지에 격돌하는 것을 멈출 수 있었다. 그것 덕분에 지금 살아 있는 것이니까 자신의 기억이 잘못되었을 가능성은 거의 없었다.
그런데 그런 최악의 상황에서 사용했던 한 수를 도저히 기억해 낼 수도 없었고, 또 어떻게 된 노릇인지 이성적으로 아무리 궁리해 봐도 해답을 얻어 낼 도리가 없었다.
만약 그것을 깨닫기만 한다면 그녀를 한 단계 더욱 높은 무예의 차원으로 이끌 수가 있을 텐데 말이다. 그녀는 그날 아르티어스가 그렇게 바쁘게 일하고 있는 동안 밤새도록 나무 앞에서 손을 올렸다 내렸다 하는 동작만을 반복했을 뿐, 아무런 소득도 얻지 못했다. 오히려 자신의 머리가 돌머리라는 사실만을 뼛속 깊이 새겼을 뿐…….

황태자의 무도회

　제스터는 도저히 믿어지지 않는다는 표정으로 상대를 바라봤다. 물론 이런 시선으로 자신을 바라보는 것을 상관은 매우 싫어했지만, 그는 그것을 도저히 억제할 수 없었다. 지난 6년간 그녀를 모시면서 자신은 이제 더욱 성숙하고, 건장한 몸매를 지닌 수련 기사(修練騎士)로 성장했다. 하지만 그의 상관은 6년 전에 봤을 때나 지금이나 하나도 변함이 없이 18세가 될까 말까 한 가녀린 소녀의 모습을 유지하고 있다는 것은 정말 불가사의한 일이었던 것이다.
　"무슨 일이냐?"
　자신을 괴물 보는 듯한 표정으로 바라보고 있자, 약간 기분이 상한 다크가 퉁명스런 어조로 말했다. 거기에 정신을 차린 제스터는 즉각 고개를 숙이며 말했다.

"대공 전하, 황태자비 전하의 생신 무도회에 참석하셔야 하지 않겠사옵니까?"

6년 전에는 나이 어린 시종에 불과했지만, 세월이 흐르면서 자신의 시중을 성실하게 들고 또 검술 실력이 꽤 좋았기에 다크는 수련 기사가 된 제스터를 부관(副官)으로 승진시켜 아직까지 자신의 주위에 두고 있었다.

"놀고 있네. 그렇게 할 일이 없으면 너나 참석하지 그래?"

상관의 말투가 원체 더럽다는 것을 익히 알고 있는 그였기에 별로 신경이 쓰지 않았지만, 그 말뜻은 매우 파격적인 것이었다.

"옛, 정말 제가 가도 되는 것이옵니까?"

"어라? 그렇게 가고 싶냐?"

원래 다크는 되는 대로 떠든 것이었지만, 제스터가 정말 그곳에 가고 싶어 하는 눈치였기에 순간 당황했다.

크라레스의 국력이 비약적으로 성장해 버린 지금, 황궁에서 개최되는 무도회는 대단히 성대해졌다. 물론 1년 전만 해도 크라레스 황궁의 무도회는 짠돌이 황제 덕분에 매우 검소했었다. 오히려 무도회라고 하기보다는 무도회의 탈을 쓴 작전 회의에 가까웠다. 하지만 황태자가 크루마에서 돌아오면서부터 그것이 완전히 변해 버렸다. 작년에도 거창하게 진행되었지만, 올해는 그 규모가 더욱 커질 것이라는 소문이 파다했다.

그리고 황태자의 명령에 따라 무도회에 참석할 수 있는 최소 자격은 그래듀에이트나 후작 이상의 작위를 지닌 사람에 한했기에 거기에 참석할 수 있는 사람은 크라레스 제국의 실세에 가장 가까운 인물들뿐이었다. 물론 그 당사자만 참석할 수 있는 것이 아니라 그의 부인이나 애인, 가족의 참석도 가능했다.

그렇기에 모든 숙녀들은 그 호화로운 무도회에 참석할 자격을 얻기 위해 동분서주하고 있었고, 남자들도 마찬가지였다. 거기에서 운 좋게 짝을 얻는다면 그야말로 권력의 핵심에 한 발자국 다 가선 것이나 마찬가지였으니까 말이다.

"예, 전하."

"좋다. 대신 올해 휴가는 없다. 그래도 가겠냐?"

다크의 다짐에 제스터는 감격했다는 듯 되뇌었다.

"예, 보내만 주시옵소서. 여자 친구가 정말 가고 싶어 하거든요."

"쯧쯧, 검술을 배운다는 놈이 저따위 생각이나 하고 있었다니……."

"황송하옵니다."

"네가 없는 동안 세린에게 심부름을 시키면 될 테니까 상관은 없겠지. 그건 그렇고 팔시온이나 불러다 줘."

"옛, 전하."

제스터는 허리에 차고 있는 검이 최대한 덜그덕거리는 소리를 내지 않도록 잡고는 밖으로 나갔다. 제스터가 나가고 난 후 다크는 창밖으로 시선을 돌렸다. 창의 한쪽 귀퉁이로 보이는 건물의 외벽이 황금빛으로 아름답게 빛나고 있었다.

똑똑…….

"들어와!"

팔시온은 당당한 걸음걸이로 들어섰다. 그는 주위를 쓱 둘러본 후 다크와 둘뿐이라는 것을 알자 낮은 목소리로 물었다.

치레아 기사단의 부단장인 카알 폰 카슬레이 백작은 다크가 부하들과 말을 터놓고 지내는 것을 굉장히 싫어했다. 과거 총독 시절에는 그래도 봐줄 수 있었을지 모르겠지만, 이제 치레아 공국을 다스리는 대공이 된 다음에도 그게 바뀌지 않았기에 다크에게 잔소리를 해 댔다.

하지만 변한 것은 하나도 없었기에 그다음부터는 그따위 반말지거리를 해 대고 있는 부하들을 족치기 시작했던 것이다. 그렇기에 요즘은 아무도 없는 곳에서는 말을 터놓고, 주위에 사람들이 있는 경우에는 존대를 하면서 지내고 있었다.

"무슨 일로 불렀어?"

"나하고 좀 갈 데가 있어."

"어딜?"

"크라레인시."

"수도에? 그럼 그 뭐시냐? 무도회에 함께 가자는 말이야?"

팔시온의 입이 헤벌쭉 벌어지는 것을 보며, 다크는 꿈 깨라는 듯 단호하게 말했다.

"아니, 무도회가 아니라 폐하를 만나러 갈 거야. 준비하도록 해."

"폐하를 만나러 가는 거라면 평상시처럼 혼자서 가면 되잖아?"

"크라레인시에 들렀다가 다시 딴 곳으로 갈 거야. 그것 때문에 그러는 거지."

"그렇다면 미카엘이나 미디아도 데려가는 것이 좋지 않을까? 가스톤은 일이 바쁘니까 안 되겠지만……. 그리고 지미하고 라빈까지 불러서 오랜만에 함께 여행을 하는 거야."

"쯧쯧, 너는 노는 생각밖에 안 하냐? 지미하고 라빈은 수련을 해야 할 테고, 미카엘하고 미디아는 불러도 상관없겠지."

"알았어. 빨리 준비하라고 할게. 그런데 며칠간 여행을 할 거야?"

"아마도 1주일에서 2주일 사이?"

다크의 말에 팔시온은 실망을 감추지 못했다.

"에게? 겨우 그것밖에 안 돼?"

"싫으면 말고……. 실바르를 데려가면 될 테니까."

"아니, 갈게. 간다고. 조금만 기다려. 모두들 불러 모을 테니까. 그런데 황궁에 갈 거면 정복을 입어야 하나?"

"내가 황제를 만나지 너희들이 만나냐? 간편한 여행복을 입고 준비를 갖춰서 마법진이 있는 곳으로 와."

"알았어!"

팔시르가 뛰어나간 후 다크는 큰 소리로 외쳤다.

"세린!"

"예."

팔시르가 나간 문과는 달리 한쪽 구석에 붙어 있는 작은 문을 열고 세린이 얼굴을 드러냈다.

"저기 책상 위에 있는 편지를 정확히 한 시간 후에 카슬레이 백작에게 전해. 알겠어?"

"예."

"아버지는 어디 계시냐?"

"한 시간쯤 전에 정원에서 뵈었습니다. 아마도 파이어해머의 숙소로 가시는 것 같던데요?"

"흐음……. 그거 잘되었군. 아버지를 어떻게 떼어 놓나 궁리를 하고 있었는데, 이런 절호의 기회가 찾아오다니. 나중에 아버지가 찾거든 기사들 검술 교육시키러 갔다고, 잠시만 기다리시라고 전해라. 알겠냐?"

다크의 말에서 뭔가 음흉한 꾀가 숨겨져 있다는 것을 곧장 눈치챈 세린은 귀를 축 늘어뜨리며 마지못해 대답했다. 아마도 나중에 아르티어스가 속은 것을 알면 제일 먼저 자신에게 경을 칠 것이 뻔했기 때문이다.

"예."

하지만 다크가 그냥 몇 시간 정도 아르티어스를 따돌리는 것이 아니라 몇 주일을 따돌릴 계획이라는 것을 미리 세린이 알았다면 그대로 아르티어스에게 달려가서 고자질부터 했을 것이다. 왜냐하면 다크가 없을 때 아르티어스는 너무나도 무섭게 변한다는 것을 벌써 경험으로 터득했기 때문이다.

다크는 대충 준비를 한 후 이동 마법진이 있는 곳으로 갔고, 그곳에서 세 명의 동료들과 합류하여 곧장 크라레인시로 공간 이동했다. 이런 식으로 도망쳐 버리고 나면 남은 사람들이 아르티어스에게 얼마나 곤욕을 치러야 할지는 생각도 하지 않고 말이다.

새로운 여행의 비밀

"안녕하셨습니까? 폐하."
"오, 어서 오게나. 자네를 부른 것은 대충 언질을 주기는 했지만 왕자의 결혼식 때문이야."
"예? 그렇다면 미란 국가 연합에 가라는 이유가……."
"황태자는 크루마의 여인과 결혼식을 올렸지. 그걸 막으려고 했었지만, 이미 정이 깊이 들어 버린 상태라 떼어 놓기가 힘들었어. 그리고 그 아이가 왜 그렇게 갑자기 고집이 세졌는지, 아무리 말려도 듣지를 않았지. 그래서 가므 의장과의 약속을 지키기 위해서는 둘째를 그곳 여인과 결혼시킬 필요성이 생긴 거야."
"그래서 호위를 해 주라는 말씀이십니까?"
"그렇네. 지금 미란은 크루마 제국 내에 존재하면서 살아남으려고 발버둥을 치고 있는 상황이지. 그리고 본국은 과거의 약속을 지킨다는 명분도 있지만, 크루마를 견제하기 위해 미란의 존재가 필요하고 말이야. 하지만 크루마 쪽에서 그 사실을 알아챈다면 그것을 막으려고 총력을 기울일 거야. 물론 왕자가 가는 것은 비밀리에 추진하고 있지만, 그 비밀이 새 나갈 우려는 언제나 있는 것이지. 내 아들을 맡아 줄 수 없겠나?"

"뭐…, 오랜만에 바람이나 쐴 겸 제가 맡기로 하죠."

"오오, 고맙네. 믿을 수 있는 사람을 내가 몇 명 붙여 줄 테니……."

"아니, 폐하. 제 부하들을 몇 명 데리고 왔습니다. 그러니 그러실 필요까지는 없습니다."

"경의 부하들을 데려왔다면 그들을 데려가는 것도 상관없겠지. 수효가 많을수록 비밀이 샐 우려만 커지니까 말일세."

"그렇다면 왕자는?"

"사람을 보냈으니 조금 있으면 도착할 거야."

얼마 지나지 않아 아리아스 폰 그래지에트 왕자가 도착했다. 다크는 그 왕자가 꽤 낯이 익었다. 전에 언젠가 정원에서 만났던 그 부끄럼을 잘 타던 소년이었는데, 어느덧 청년이 되어 있었다. 거의 180센티미터에 가까운 키였지만, 그의 아버지와 달리 아주 나약한 체격을 가지고 있었다.

그리고 얼굴에는 다크로서는 처음 보는 물건인 안경이라는 것을 끼고 있었다. 동그란 쇠테에 역시 동그란 유리로 만든 렌즈를 붙여 놓은 것이었는데, 유리에 대한 섬세한 가공 기술이 발달하지 못한 관계로 안경의 가격은 대단히 비쌌다. 그렇기에 서민들은 눈이 나쁘다 해도 감히 구입할 엄두도 내지 못하는 고가의 사치품이었다.

"인사하거라. 이쪽이 네 안전을 책임질 치레아 경이다. 그리고 저 아이가 내 둘째지. 아리아스라고 한다네."

아리아스는 부황(父皇)의 소개를 듣고, 눈앞의 소녀를 향해 자그마한 안경의 렌즈 너머로 도저히 믿어지지 않는다는 듯한 눈길을 보내고 있었다. 그는 치레아 공국을 다스리는 치레아 대공은 엄청난 무예와 당당한 위엄을 지닌 여자 호걸쯤으로 전해 듣고 있었던 것이다. 물론 이것도 다 다크가 거의 공식 석상에 모습을 드러내지 않았기에 떠도는 헛소문이었지만.

다크 일행은 황제와 헤어진 후 곧장 미란 국가 연합으로 공간이동했다. 미란에서는 혹시나 이들의 행적을 크루마가 눈치 챌 우려가 있었기에 매우 간소한 환영을 했을 뿐이었다. 미란에서 마중 나온 인물은 단 한 명으로 미란의 근위 기사단이라고 할 수 있는 라이오네 기사단에 배속된 근위 기사였다.

그는 평소의 옷차림대로 호화롭게 차려입은 채 손님들을 마중했다. 사실 그는 가므 의장으로부터 크라레스에서 오는 친선 사절이 도착하는데, 그들을 마중하라는 지시만을 받았을 뿐이었다.

"먼 길에 수고가 많으십니다. 가므 왕국에 오신 것을 환영합니다. 저는 숙소까지 안내를 맡을 스테노 네르갈이라고 합니다. 이쪽으로 오시지요."

정중하게 인사를 건네는 것으로 스테노는 자신이 위임받은 일의 반 이상을 처리한 것이나 다름없었다. 하지만 공간 이동해 온 인물들을 봤을 때 한눈에 뭔가 찜찜함을 느낀 것이 사실이었다.

친선 사절이라면 그렇게 중요한 인물도 아니었고, 또 예전처럼 육로나 해로로 장거리 이동을 해서 도착하는 것이 아니라 공간 이동을 행했기에 호위의 규모는 매우 작은 것이 관례였다. 물론 대단히 비중이 높은 인물이 방문한다면 얘기가 달라지겠지만, 이렇듯 근위 기사 혼자 마중을 나갈 정도의 대접을 받는 인물은 그렇게 중요한 인물이 아니라는 말과 같았다.

그런데도 저 비싼 안경을 쓴 새파란 젊은이를 뒤에서 호위하고 있는 세 명의 기사들은 스테노가 첫눈에 봤을 때 벌써 그래듀에이트급이라는 것을 눈치 챘을 정도로 잘 훈련된 기사들이었다. 별 볼일 없는 인물을 호위하는 규모치고는 그 도가 지나친 것이다. 크라레스의 그래듀에이트가 겨우 450여 명 정도인 것을 감안한다면 그것은 정확한 추리였다.

"이곳으로 모시라는 의장 전하의 명을 받았습니다. 혹시 원하시는 것이나 불편한 점이 있다면 시녀들에게 말씀하시면 해결해 드릴 겁니다. 그럼 저는 이만 가 보겠습니다."

그리고 스테노가 또 이상하다고 느낀 것은 가므의 왕궁 내에서도 가장 경비가 철저한 곳들 중의 한 곳에 그 손님들이 묵게 된다는 사실이었다. 물론 그들이 묵는 곳은 아주 중요한 손님들을 위한 거처는 아니었다. 하지만 아주 중요한 손님들이 묵는 거처 바로 옆에 자리를 줬으니 그 혜택을 상당히 많이 볼 수 있는 위치임에는 틀림없었다. 저 녀석들이 과연 누군지 궁금증이 치민 그는 한참 생각에 잠겨 걸어가다가 앞에서 마주 걸어오는 근위 기사의 존재를 뒤늦게 눈치 챘다.

"이봐, 스테노. 무슨 생각을 그렇게 골똘히 하면서 걸어가는 거야? 애인한테 차였냐?"

"글쎄…, 그건 그렇고 자네는 어디에 가는 길인가?"

"아, 며칠 동안 숙소를 변경하라는 지시가 있어서 말일세. 나하고 믹스 보고 당분간 저기 있는 저 방을 쓰라고 지시가 내려왔거든. 뭐, 숙소의 내부를 수리한다나 뭐라나 하면서 말일세. 그것 때문에 오늘 밤부터 묵어야 할 방을 한번 구경해 보려고 왔지."

"그래?"

이것저것 해야 할 생각이 많았기에 처음에 스테노는 동료가 하는 말을 대충 넘겨들었다. 하지만 돌아서서 가려는 순간 한 가지가 떠올랐다. 그의 동료들이 오늘부터 묵게 되는 방과 특별 손님을 위한 방의 사이에 크라레스에서 온 사신들이 거처하게 된다는 것이었다. 그는 그것을 눈치 채자마자 라이오네 기사단장실을 향해 빠르게 걸어가기 시작했다.

라이오네 기사단장 키르기스는 자신의 집무실 안으로 들어서는 스테노를 향해 물었다.

"임무는 정확히 수행했나?"

"예, 각하. 그런데 소관이 한 가지 여쭈어 볼 것이 있어서 왔습니다."

"그래, 뭔가?"

"그들의 정체가 뭡니까?"

"누구 말인가?"

"크라레스의 사신들 말입니다. 비리비리해 보이는 안경 쓴 사신을 호위하기 위해 그래듀에이트가 세 명이나 함께 왔단 말입니다."

"자네는 알 필요 없네. 더 이상 할 말 없으면 돌아가서 자네 일을 보게나."

"저도 어떤 일에 한해서는 모르는 게 약이라는 점을 알고 있습니다. 하지만, 어떤 경우에는 알고 있는 것이 커다란 도움이 될 때도 있죠."

이 정도까지 말한 스테노는 갑자기 자신이 추측하고 있는 사실을 말했다. 이렇게 갑자기 찌르면 뭔가 상대에게 반응이 올 것을 노렸던 것이다.

"왕국의 안위에 관련된 일이죠?"

"그건……."

갑작스런 부하의 질문에 당황한 기사단장은 자신의 실수를 깨닫고는 얼버무렸다.

"그렇게 중요한 인물이라면 자네 혼자 마중을 보냈겠나? 쓸데없는 데 머리 쓰지 말고 자네 할 일이나 하게."

"정략결혼입니까?"

"헙!"

갑자기 숨이 막히는지 괴상한 소리를 질렀던 기사단장은 재빨리 일어서서는 집무실 문밖과 창문 밖을 살펴본 후 목소리를 낮춰

으르렁거렸다. 코린트와의 전쟁에 휩쓸린 덕분에 뛰어난 기사들의 거의 대부분이 전사해 버린 가므 왕국이었기에 기사단장 또한 저 밑바닥에서 그야말로 벼락출세를 한 인물이었다. 그 때문에 아직 윗사람으로서 미숙함이 많았던 것이다.

"자네 그걸 어떻게 알았나?"

"그거야 아주 쉽죠. 엄청난 호위를 받는 인물. 그런데 이쪽에서는 될 수 있다면 표 나지 않게 맞아들였죠. 그리고 그다음에 진행된 것은 호위하는 당사자들도 눈치 채지 못할 정도로 비밀스런 경호. 그런데도 그런 대접을 받는 인물은 비리비리한 새파란 젊은이. 그 젊은이의 나이로 봤을 때 그렇게 높은 경륜이나 직위를 가진 인물은 아닌 게 확실하고 그렇다면 남은 것은 신분뿐이죠. 설혹 크라레스의 귀공자가 방문한다고 해도 이렇게 조심스럽게 호위를 하진 않아요. 또 그런 귀공자가 본국을 방문한다고 해서 그렇게 중요한 일도 아니구요. 그렇다면 크라레스의 왕자가 방문했다고 봐야겠죠. 그 왕자도 뭔가 꿍꿍이가 있어서 방문한 것일 테니까, 저런 미숙한 왕자가 해낼 수 있는 것은 색싯감 고르는 것 외에 또 뭐가 있겠습니까? 하기야 저렇게 비리비리해서야 첫날밤을 무사히 보낼까 걱정이 되기는 하지만……."

"자네, 말조심해! 할 말이 있고, 못 할 말이 있는 거야."

"저는 틀린 말 한 거 없다구요."

"휴~. 그래 이왕에 눈치 챘으니 어쩔 수 없지. 오늘부터 자네는 잠도 잘 생각 하지 말고 크라레스 왕자를 호위하도록!"

"예?"

"네 녀석이 할 일은 안 하고 쓸데없는 데 잔머리 굴린 벌이다. 이번 혼례는 본국의 미래가 걸린 일이야. 크루마의 야욕을 막으려면 크라레스 같은 강대국의 도움이 절대적으로 필요하단 말이다. 알겠나?"

"알겠습니다."

"크라레스도 나름대로 정예 기사들을 호위로 보내왔을 것이고, 여기는 왕궁이기에 경비도 철저하다고 하지만 그래도 조심하는 것이 좋겠지. 만약 비밀이 새 나가면 크루마는 사력을 다해서 방해 공작을 가해 올 테니 정신 바짝 차리라구. 알겠나?"

"옛, 맡겨만 주십시오."

크루마라는 강대국이 얼마나 막강한 기사들을 보내오게 될지 그 뒷걱정은 하지도 않는 스테노였다.

크라레스의 왕자가 도착한 다음부터 본격적인 짝 맺어 주기 작전이 시작되었다. 선택된 한 명의 여인을 강제로 밀어붙일 수도 없는 노릇이었고, 그렇다고 지체 높은 귀족들의 여식들을 차례로 선보일 수도 없었다. 그러는 과정에서 비밀이 새 나갈 수 있기 때문이었다. 그렇다고 무턱대고 곳곳에서 열리는 무도회에 무작정 내보내서 아무나 짝이 되게 만들 수도 없었다.

무도회에 참석하는 경우 왕자의 경호에도 문제가 있었지만, 지체 높은 귀족의 여식이 선택된다는 보장도 없었기 때문이다. 그래서 가므 쪽에서 생각해 낸 방법이 바로 이것이었다.

가므 의장과 어느 정도 의논 조정을 끝낸 가상의 인물을 먼저 신랑감으로 내세운 다음, 그 인물과 결혼하려는 여인을 찾는다는 미명 아래 지체 높은 귀족 여식들의 초상화를 대량으로 입수하는 것이었다.

그런 다음 크라레스 왕자는 그 많은 아름다운 여인의 초상화들 중에서 마음에 드는 하나를 고르는 것으로 1차 작업이 완료된다. 그런 다음 그 여인과 하루 동안의 비밀스러운 만남을 주선하는 것이 2차 작업이다. 그리고 그 여인이 마음에 든다면 곧장 결혼식을 감행할 예정이었다.

하지만 왕자의 결혼 상대는 정말이지 쉽게 정해지지 않았다. 왕자가 선택한 여인들이 왕자와 만남을 가진 후 모두들 퇴짜를 놨기 때문이다. 비밀 유지를 위해 자신이 만나야 하는 상대가 강대한 신흥 제국 크라레스의 왕자라는 사실을 아무도 알려 주지 않았기에, 그녀들은 수줍음을 많이 타는 이 재미없는 왕자하고의 만남이 별로 유쾌하지 않았던 것이다.

"젠장! 오늘도 헛일이겠는데, 안 그래? 나는 오늘도 안 된다는 것에 1골드 걸지."

"아서라, 누가 그 내기에 응하겠냐? 저 아가씨 하나도 재미없다는 듯 하품을 하고 있잖아. 누가 저 아가씨 귀에다가 저 양반이 크라레스의 왕자라고 한마디만 해 줘도 저러지 않을 텐데……."

"시간 낭비야. 이래 가지고는 결말이 안 나와. 저렇게 숫기 없는 사내 녀석은 그냥 아무나 하나 데려다가 그냥 결혼시켜 버리는 것이 최고야. 정이야 함께 살다 보면 자연히 생겨나는 것 아니겠냐? 여태껏 계집이라고는 모르고 살았으니, 처음 접한 그 여자에게 자연히 정이 쌓이게 되어 있다구."

"미친 소리 하지 마! 그게 될 법이나 한 소리야?"

호위들이 왕자에게서 멀찌감치 떨어진 곳에서 쭈그리고 앉아서 아웅다웅하는 모습을 보며, 스테노는 기가 막혔다. 어떻게 저러고도 대 제국의 근위 기사라고 부를 수가 있을까? 아니, 스테노가 봤을 때 저들의 저 거친 말투라든지 행동거지로 봤을 때 근위 기사는 절대로 아닌 것 같았다. 근위 기사들은 처음 뽑혔을 때부터 일정 기간 왕궁 예절을 철저하게 교육받기 때문이었다.

그런데 근위 기사도 아니면서 어떻게 왕자의 경호를 맡을 수 있었을까? 그들의 실력이 근위 기사들보다 뛰어나다는 추측은 아예 생각할 수도 없었다. 원래가 그렇게 높은 실력자들만이 근위 기사가 되는 것이니까 말이다.

스테노는 크라레스에서 온 경호 기사들에게 어슬렁거리며 다가가서 슬쩍 말을 건넸다.

"수고가 많으십니다."

"그쪽이야 말로. 저런 왕자 호위한다고 그렇게 땀 뻘뻘 흘리며 열심히 경호할 필요 없어요."

"아니, 저런 왕자라니요? 댁들은 근위 기사로서의 예절도 모른단 말입니까?"

스테노는 일부러 그런 식으로 찔러 봤는데, 역시나 상대들은 껄껄 웃으며 스테노가 원하던 것을 알려 줬다.

"우리들은 근위 기사가 아니오."

"그렇다면… 중앙 기사단 소속인가요?"

크라레스는 코린트와의 대전이 끝난 후 유령 기사단과 콜렌 기사단을 해체하고 중앙 기사단이라는 단일 체제를 구축했다. 더 이상 힘을 숨길 필요가 없으니 유령 기사단의 존재가 필요 없었고, 콜렌 기사단은 원체 구형 타이탄들로 구성된 부대였기에 구형 타이탄들이 모두 다 용광로로 들어가거나 타국에 판매되어 버리면서 해체되어 버렸던 것이다.

그렇게 해서 탄생한 것이 중앙 기사단이었다. 현재 크라레스의 중앙 기사단은 8개 전대로 구성되어 있고, 각 전대는 카프록시아급 타이탄 30대씩으로 이루어진 막강한 힘을 보유하고 있었다.

"그것도 아니오."

"그렇다면……."

상대가 해답을 못 찾고서 버벅거리고 있자 미디아가 친절하게 알려 줬다.

"우리는 치레아 기사단 소속이죠."

"어? 그렇다면 치레아 대공의 개인 기사단이 아닙니까? 그런데 어떻게 근위 기사단을 제쳐놓고 호위를 떠맡을 수 있었죠?"

"대공께서 이 일을 맡았기 때문이죠."

"참! 그런데 치레아 기사단이라면…, 진짜로 황금빛 나는 타이탄을 사용합니까?"

모두들 고개를 끄덕이자 스테노는 재빨리 말을 이었다.

"황금 도금을 한 건가요? 아니면 미스릴을 그대로 둔 건가요?"

"황금 도금을 한 거죠. 반짝반짝하면서 얼마나 아름다운데요."

"아아, 소문이 사실이었구나."

"여기까지 소문이 퍼진 모양이죠? 하기야 드라쿤을 가지고 처음 도톤시 외곽에서 기동 연습을 했을 때 정말 대단했었죠. 시민들이 모두들 타이탄을 구경한다고 정말 발 디딜 틈이 없을 지경이었거든요."

"그렇다면 댁들께서도 드라쿤을 지급받으셨습니까?"

상대의 물음에 팔시온이 자랑스러운 표정으로 대답했다.

"예."

팔시온은 자신들이 몇 년에 걸쳐 치레아 대공의 검술 지도를 받았고, 2년 전에 그래듀에이트가 됨과 동시에 타이탄을 지급받았다는 사실은 말하지 않았다.

원래 그래듀에이트가 된다고 해도 타이탄을 곧바로 지급받을 수는 없었지만, 그들은 다크의 친구였고, 또 치레아 기사단은 그녀 개인의 기사단이었기에 타이탄 한 대씩 지급해 주는 것은 별로 어려운 것이 아니었던 것이다. 하지만 그런 것까지 남에게 떠벌리기에는 자존심이 상하는 것 또한 사실이었다.

"한번 구경할 수 있을까요? 이렇게 부탁드립니다."

"뭐, 어려울 것은 없으니까 나중에 궁에 돌아간 다음에 보여 드리죠."

"감사합니다."

상대가 인사를 하고 있을 때 미카엘이 벌떡 일어서면서 말했다.

"끝난 것 같아. 자, 일어서라구."

"오늘도 굉장히 빨리 끝났네."

"보면 몰라? 오늘도 꽝이라구."

이렇듯 가므 의장이 애태우는 가운데 왕자의 결혼은 쉽사리 이루어지지 않았다. 그 덕분에 처음에 2주 정도로 잡고 있었던 여행은 계속 날짜가 늘어나고 있었다. 하지만 가므 의장은 끈질기게도 이 결혼을 밀어붙이고 있었다. 강대국 크라레스와 혈연을 맺는 것이 정치적으로 얼마나 커다란 의미를 가지고 있는지 잘 알고 있었기 때문이다.

가므 의장이 이렇듯 정략결혼 같은 것에까지 심혈을 기울일 정도로 그들의 이웃 나라 크루마는 강했다. 크루마는 코린트와의 전쟁이 끝나고 난 다음 불붙기 시작한 군비 경쟁 덕분에 미란으로서는 상상도 할 수 없을 정도로 강력한 군사력을 보유하고 있었다.

군비 경쟁의 시작은 재미있게도 신생 강대국 크라레스가 불을 질렀다. 그들은 전쟁에서 노획한 타이탄들을 이용해서 꾸준히 카프록시아의 변형인 테세우스를 생산해 댔던 것이다. 테세우스의 숫자가 계속 불어나면서 크라레스와 국경을 맞대고 있던 코린트는 불안을 느꼈고, 그들도 무리할 정도로 타이탄을 생산하기 시작했다.

그렇게 되자 코린트와 국경을 맞대고 있는 크루마로서도 불안감을 느끼기 시작했다. 3차 군비 증강 작업이 어렵사리 끝난 후 한숨 돌리고 있었는데, 코린트가 급속도로 전력을 팽창시키자 크루마는 다시 타이탄의 생산을 재개했고 또 크루마의 생산에 위협을 받은 코린트가 생산을 하고…….

이런 식의 경쟁이 연속되다 보니, 나중에는 멀쩡하게 굴러가는 구형 타이탄들까지 용광로 속에 쑤셔 넣어 신형 타이탄으로 재생산해 버리는 사태까지 들어갔다. 지금에 이르러서 크루마에서 최하의 출력을 내는 타이탄이 출력 1.5나 되는 카마리에였으니 도대체 얼마나 군비 경쟁이 치열했는지 짐작할 수 있을 것이다.

 어쨌든 이런 식으로 되자, 코린트, 크루마, 크라레스의 3대 강국과 그 주변 국가들 간의 군사력 차이가 점점 심화되기 시작했다. 그리고 거기에 가장 큰 불안을 느끼고 있는 인물들 중의 한 명이 가므 의장이었다. 미란 국가 연합은 크루마에 완전히 둘러싸인 형태로 존재하고 있었다. 그렇기에 크루마로서는 쟉센 평원의 점령지와 본국을 딱 가로막고 있는 미란의 존재가 매우 못마땅할 것은 당연했다. 그렇기에 호시탐탐 미란을 병합할 기회를 노리고 있었고, 미란은 크루마의 마수에서 벗어나기 위해 발버둥치고 있었다.

『〈묵향11 : 외전-다크 레이디〉에서 계속』